인물열전

사자성어

인물열전
사자성어

홍장호 지음
황광수 감수

책머리에

이 책에는 70여 개의 사자성어 그리고 사자성어와 관련된 인물들의 이 야기를 담고 있습니다. 함축되고 짧은 고사(古事)들이지만 그 의미와 교훈은 결코 얕거나 가볍지 않습니다. 그것이 고전이 주는 매력이 아 닐까 싶습니다. 사자성어의 역사적인 유래나 사상적인 배경을 이해한 다면 고전이나 고사(古事) 등을 이해하는데, 동양의 인물과 철학을 이 해하는 데 도움이 될 것입니다.
저술 활동을 했던 문인들과 관련된 내용을 주로 소개했습니다. 긴 시 간 시대를 넘나드는 많은 사람의 경험과 지혜가 담겨 있으며, 지금도 그 의미를 공감하며 사용하는 말이기도 합니다. 저 또한 특별한 선물 을 받았습니다. 사실, 10년 이상의 중국 생활을 통해 익숙해진 사자성 어도 있었습니다만 집필하며 새롭게 알게 된 내용들도 많습니다. 다시 금 옛사람의 삶의 지혜와 가치를 깨닫게 되었습니다.

인류의 지혜들이 현재까지 꽤 많이 전해지고 있습니다. 인류가 어렵사 리 축적한 통찰력이나 지혜는 개개인의 기억에서 쉽게 호출될 수 있게 저장될 필요가 있습니다. 때론 방대한 내용을 짧은 문구로 압축할 필 요가 있습니다. 사자성어는 네 글자로 이루어져 있습니다. 네 글자 모 두 어려운 한자에서 출발한 어휘이고 사용하면서 늘 어렵고 까다로운 표현으로 느껴지지만, 일상에서 많이 쓰이고 있습니다. 여전히 내공이 부족하여 부끄럽기도 하지만, 이 책에 수록된 사자성어들이 중국을 연 구하는 분들과 독자 여러분의 삶에 윤활유가 될 수 있길 기원합니다.

많은 분께서 여러 전문적인 조언을 해주셨습니다. 지면을 빌어 힘을 보태주신 분들께 제 감사의 마음을 표현하고 싶습니다. 무엇보다, 제 게 중앙일보 '더 차이나' 코너에 칼럼을 연재할 귀한 기회를 주신 중앙

일보 중국연구소 유상철 소장님의 배려에 많이 감사드립니다. 다음으로, 탁월한 식견을 바탕으로 기꺼이 감수를 맡아준 소설가 황광수 님과 우정의 의미를 다시 생각하게 해준 매일경제신문 김정욱 상무님께 감사의 마음을 전하고 싶습니다. 싱가포르 홍진욱 대사님, 홍콩 유형철 총영사님, 경기연구원 강성천 원장님, 강용중 부사장님, 최우형 행장님 그리고 김성륜, 김영민, 김태종, 박형근, 방주영, 이선호, 이진희, 한상규 등 여러 분야에서 바쁜 하루를 보내고 있을 경제학과 동기들에게도 감사의 마음을 전합니다.

은사님들 특히 성인순, 정영일, 한성호, 김동진, 류재훈, 박요한, 이현숙, 정진영, 이상언, 이철규 선생님의 가르침과 사랑에 감사드립니다. 귀한 통찰과 지혜를 공유해 준 언론계의 박민희, 박영률, 백우진, 신경진, 유강문, 이철용, 이건준, 정관용, 최경선, 한우덕 등 지인분들에게 많은 마음의 빚을 졌습니다. 인공지능(AI) 시대를 맞아, 국제적인 시야가 중요하다는 핵심적인 지혜를 전수해 준 서울대 이창숙, 와세다대 박상준, 성공회대 이남주, 한신대 이건범, 한양대 이상용, 아주대 이홍재, 이화여대 홍기석, 서강대 박정수 교수님께도 감사드립니다. 부족한 제 글이 출판될 수 있도록 어려운 결정을 해준 리얼북스에도 감사드립니다.

끝으로, 사랑하는 가족들에겐 '미안하다'라고 말하지 않을 수가 없습니다. 앞으로는 함께 있는 주말 시간을 더 늘려보겠습니다. 여기까지 이런저런 감사의 인사를 쓰고 보니, "엄마, 평안하시죠?" 하늘나라에 계신 어머님의 미소도 보입니다.

홍장호

차례

제3부 엎질러진 물은 주워 담을 수 없다

제4부 하늘과 땅을 건 진정한 한판 대결

제5부 좋은 자리를 비우고 현명한 사람을 기다려라

제6부 알면서도 모르는 척하는 겸손이 필요하다

우공겸은 '채근담' 서문에 이렇게 적었다. '이 책을 '채근'이라고 명명한 것에서도 알 수 있듯, 저자는 청렴한 생활을 바탕으로 인생의 역경을 극복하기 위해 애쓰면서, 또 한편으로 세상 진리를 깨치고 인격을 수양했을 것이다.' '채근담'의 저술 취지도 저자를 대신해 밝혔다. '내가 부족하지만, 서문을 기록해, 세상 사람들에게 '채소 뿌리' 속에도 인생의 참맛이 담길 수 있음을 알리고 싶다.'

'호행사병'. 힘이 세고 위험한 맹수라서 관련 이미지가 더 생생하게 느껴진다. 중요한 결정을 앞둔 순간 급히 호출하여 읊조리며 되새겨볼 가치가 충분한 네 글자다. 최강자인 호랑이도 한 번의 사냥을 위해 거들먹거림을 뒤로하고 이처럼 최선을 다한다. 『채근담』의 뼈대 가운데 하나다.

I

작은 일에도
최선을
다하다

작은 일에도 최선을 다하다

호행사병(虎行似病)과 홍응명(洪應明)

*

『채근담(菜根譚)』은 중국 '3대 처세서(處世書)' 가운데 하나다.
고전에서 채집된 짧은 어록들이 각 장에 적혀있다. 전집(前集)
225장에는 도덕과 처세 관련 내용이, 후집(後集) 134장에는 자연
과 우주의 이치가 주로 배치되어 있다. 유교를 중심으로 도교와
불교를 수용한 구절이 많다. 현재 두 종류가 전해지고 있으나, 홍
응명(洪應明)의 『채근담』이 먼저 나왔다.

『채근담』의 '채근'은 '만약 우리가 매일 채소의 뿌리를 씹을 수
만 있다면, 이 세상에서 못 이룰 일이 없을 것이다(人就咬得菜根
則百事可成)'라는 송(宋)나라 왕혁어(汪革語)의 문장 가운데 두
글자를 취한 것이다.

'호행사병(虎行似病. 범 호, 다닐 행, 닮을 사, 병 병)'의 앞 두
글자 '호행'은 '호랑이가 걷다'란 뜻이다. '사병'은 '병에 걸린 듯'

14   사자성어 인물 열전

이란 뜻이다. 이 두 부분이 합쳐져 '호랑이는 먹잇감을 속이기 위해, 마치 무슨 병에 걸린 것처럼 힘없이 걷는다'라는 의미가 만들어졌다. '응립여수(鷹立如睡)'가 비슷한 표현이다. '매는 마치 조는 듯 서 있고, 호랑이는 무슨 병이라도 걸린 듯 걷는다.' 채근담 전집 200장 첫 구절이다.

사상가 겸 저술가 홍응명의 자(字)는 자성(子誠)이다. 그는 명(明)나라 말기 태어나 평생 은자로 살며,『채근담』과『선불기종(仙佛奇踪)』을 저술했다. 아쉽게도 그의 생몰 연도에 관한 기록은 전해지지 않고 있다.

그가 태어난 명나라 말기는 환관들이 권력을 쥐고 국정을 좌우하던 매우 암울한 시기였다. 망국의 조짐이 만연했다. 많은 지식인이 세상과 담을 쌓고, 깊은 산속에 은거했다. 벼슬길에 나섰다가 혹시 환관들의 미움을 사게 되면 이유도 모르고 삼족이 한꺼번에 죽는 일이 비일비재했기 때문이다. 그가 처세에 관한 서적을 집필하기로 결심한 것도 이런 특수한 시기의 정세와 무관하지 않을 것이다.

그는『채근담』을 완성하고 서문(序文)을 한 지인에게 부탁했다. 서문을 쓴 우공겸(于孔兼. 1548~1612)의 기록에 기대어, 우리가 홍응명의 활동 연대와 그가 교제하던 지인들의 수준을 짐작할 수 있다.

홍응명에 대한 일화는 그가 지금의 난징(南京) 인근의 한 고을에 머물며 『채근담』을 저술하던 무렵의 일이다. 그 지역은 토양이 좋지 않아 채소가 쓴맛이 강했다. 게다가 당시 채소의 뿌리를 제거하고 판매해야 한다는 규정까지 있어 농민들은 더 어려움을 겪었다. 경제적으로 형편이 넉넉하지 않았지만, 지식인 신분의 홍응명은 시장 바닥에 그냥 버려지는 '채근'을 최소한의 대가를 지급하고 구매하곤 했다. 구매한 채소 뿌리는 직접 요리하여 무슨 특별한 요리라도 되는 것처럼 즐겼다.

사실, 홍응명은 이 '채근' 요리를 통해 깨친 이치와 평생 섭렵한 고전에서 꾸준히 익힌 이치가 크게 다르지 않다고 판단했다. 그가 『채근담』이라고 책의 이름을 결정한 이유다.

우공겸은 『채근담』 서문에 이렇게 적었다. '이 책을 '채근'이라고 명명한 것에서도 알 수 있듯, 저자는 청렴한 생활을 바탕으로 인생의 역경을 극복하기 위해 애쓰면서, 또 한편으로 세상 진리를 깨치고 인격을 수양했을 것이다.' 또한 '내가 부족하지만, 서문을 기록해, 세상 사람들에게 '채소 뿌리' 속에도 인생의 참맛이 담길 수 있음을 알리고 싶다.'라고 저자를 대신해 『채근담』의 저술 취지도 밝혔다.

'호행사병'. 힘이 세고 위험한 맹수라서 관련 이미지가 더 생생하게 느껴진다. 중요한 결정을 앞둔 순간 급히 호출하여 읊조리며 되새겨볼 가치가 충분한 네 글자다. 최강자인 호랑이도 한 번의 사냥을 위해 거들먹거림을 뒤로하고 이처럼 최선을 다한다. 바로 『채근담』의 뼈대 가운데 하나다.

사자성어 인물 열전

하나를 들으면 열을 안다

문일지십(聞一知十)과 안회(顏回)

*

누군가 '공부하기 쉽지 않다'는 결론에까지 이르렀다면 그는 공부를 시작해도 된다. 멀리 갈 채비는 갖추었기 때문이다. 고차원의 논리적 사고가 요구되는 학문 분야라면, 누군가에게 쉬운 말로 설명해 줄 수 있는 수준까지 도달하기가 마음처럼 그리 수월치 않다.

'문일지십(聞一知十. 들을 문, 한 일, 알 지, 열 십)', 공부하기와 무관하지 않은 이 네 글자는 우선 두 부분으로 나뉜다. '하나를 듣다'가 '문일'이고, '열을 안다'가 '지십'이다. 하나를 듣고 능히 열을 아는 인물이 있을까. 공자의 제자, 안회(顏回)가 이런 인물이었다.

공자가 하루는 제자 자공(子貢)을 따로 부르더니 질문 하나를 건넨다. "너는 너와 안회 중에 누가 더 낫다고 생각하냐?" '네, 네에?', 자공은 이런 반응을 한다. 질문이 벌써 우문(愚問)이기 때문이다. 스승은 늘 안회를 공개적으로 칭찬했다. 제자라면 누구나 아는 공공연한 이 평판을 스승이 새삼 묻고 있다. 하지만 곧 정신을 차린 자공은 표정까지 진지하게 바꾸어 현답(賢答)으로 위기를 수습한다. "안회는 하나를 들으면 능히 열을 알지만, 저는 겨우 둘을 압니다." 『논어』 「공야장(公冶長)」 편에 기록된 이 우문현답 일화가 바로 '문일지십'의 유래다.

우리는 이 '문일지십' 문구 자체의 현대적 이해에 있어 핵심을 두 가지 각도에서 찾아볼 수 있다. 첫째, 경청하는 능력의 중요성이다. 둘째, 스스로 추리하는 능력의 중요성이다. 안회가 이 두 장점을 갖춘 인물이기에 스승도 다른 제자들도 젊은 그를 가볍게 대할 수 없었다. 참고로, 안회는 말수도 적고 내성적인 인물이었다. 공자조차도 처음엔 그가 우매한 인물일 수도 있겠다고 의심했을 정도다. 하지만 안회와 긴 대화를 나눠본 이후 스승 공자는 의심을 거두고 그를 특히 아꼈다.

안회는 공자의 유교적 가르침을 따르는 삶에 장애물이라고 판단해 공자의 적극적 권유에도 관직 진출을 마다하고 학문에만 매진했다. 재물에도 무심했다. 경제적으로 그리 여유롭지 않았음에도 행실이나 처신이 이러했다. 안분지족(安分知足)하는 생애였다. 하지만 애석하게도 단명했다. 근대 이전 동양 사회의 인물평인 품인록(品人錄) 문화에서 동량지재(棟梁之材)의 으뜸으로 언

사자성어 인물 열전

급되곤 한다.

　필자는 앞의 '문일지십' 일화에서 자공의 현답에도 마음이 간다. 특히 거기에 등장하는 숫자들은 따로 정독해 볼 가치가 충분하다고 느낀다. 자공은 공자의 제자들 가운데 상인으로서의 자질이 출중했다. 누구보다 숫자에 밝았다. 이 짧은 즉흥적 답변에서 그는 숫자 1, 10, 그리고 2를 언급한다. 그가 언급한 이 숫자들은 당시에도 여러 함축적 의미가 있었다.

　숫자 1은 현대 수학의 초심자라면 여전히 주기적으로 곱씹고 고민하는 숫자다. '대체 1이란 무엇인가?', 이런 식으로 말이다. 두뇌에 이 숫자 1이 정의되고 안착해야 비로소 정수론(number theory) 체계가 잡혀 가깝게는 가감승제(加減乘除)에서 멀게는 선형대수학(linear algebra)까지 수학 세계의 엔진에 시동이 걸리기 때문이다. 자공이 자신의 수준으로 겸허히 언급한 숫자 2는 요즘 인공지능 시대의 핵심 숫자다. 숫자 10도 동서고금 막론하고 그 의미가 크다. 숫자 10은 10진법 체계의 요체일 뿐만 아니라 '완전하다'라는 뜻도 함축한다. 불교에서 모든 방향, 즉 공간을 뜻하는 시방(十方)이란 말도 쓰인다.

과단성과 과욕을 구별하는 눈을 가져라

맹모삼천(孟母三遷)과 맹자(孟子)

*

프랑스에는 사실주의 대표 작가 기 드 모파상의 『여자의 일생(une vie)』이라는 장편소설이 있고, 최근 중국을 대표하는 작가로 자리 잡은 위화(余華)의 『형제(兄弟)』에도 주인공 모친의 애잔한 일대기가 잘 그려져 있다. 동서를 막론하고 여성으로 사는 삶은 무척 고된 것이었다.

'맹모삼천(孟母三遷. 맏 맹, 어미 모, 석 삼, 옮길 천)'. 앞 두 글자 '맹모'는 '맹자(孟子. 기원전 372~기원전 289)의 모친'이다. '삼천'은 '세 번 이사하다'란 뜻이다. 이 두 부분이 합쳐져 '맹자의 모친이 세 번 이사했다'라는 의미가 만들어졌다. 그녀가 세 번씩이나 이사한 이유는 뭘까. 이유는 오직 하나, 맹자의 교육이었다. 한나라 유향(劉向)의 『열녀전(列女傳)』에 기록이 나온다.

사자성어 인물 열전

쇠는 담금질로 강해진다. 인간도 역경을 겪고 나면 더 강해진다. 공자의 어린 시절도 유복하지 못했지만, 유교에서 '공자 다음'이라는 의미의 아성(亞聖)으로 칭해지는 맹자의 어린 시절도 매우 불우했다. 맹자는 아동기에 부친을 잃고 편모슬하에서 자랐다. 편견, 궁핍 등 극심한 어려움 속에서도 지혜와 결단력을 갖춘 맹자 모친은 눈앞의 생존 문제 이상을 항상 염두에 두었다. 그것은 바로 맹자의 교육과 미래였다.

중국 고대 사회는 여성에게 길쌈이라는 노동을 권장했다. 각 가정에서도 적극 호응했다. 베틀이라는 아주 간단한 생산 수단만 갖추면 비단 등 완성품 직물을 생산할 수 있었다. 특히 비단은 환금성이 좋아 맹자 모친도 중노동이지만 잠을 줄여 일을 했다.

『열녀전』에 소개된 일화를 보면 그녀가 처음 거주했던 곳은 성 밖의 공동묘지 부근이었다. 철부지 맹자는 나팔을 불어대는 장례 행렬의 소란스러움을 따라다녔다. 맹자의 모친은 자식을 키우며 '살 곳'이 아니라고 느꼈다. 두 번째 거주한 곳은 성 안이었지만 시장 근처였고 그것도 돼지를 도축하는 가게들 부근이었다. 가난했기에 선택지가 많진 않았으리라. 돼지 도축을 거들며 노는 맹자를 보고 그녀는 또 다시 이주를 결심한다.

'삼세번'이란 말이 있다. 이번에는 학교 옆으로 이사를 한다. 일관되게 총명한 아동 맹자는 학습 중인 형들의 낭랑한 책 읽는 소리를 학교 담장 밖에서 따라 하기 시작했다. 교육 환경으론 최고였다. 심지어 공자의 손자인 자사(子思)가 가르치는 학교 부근이었다. 아무 생각 없이 흉내 내기에 집중력을 발휘하는 놀라운 '싹'이었던 맹자는 어머니와 스승 자사의 배려 속에서 학문의 큰 줄기를 제대로 깨쳤고, 살아생전에 이미 중국의 동쪽 하늘을 가리는 우람한 한 그루 '나무'로 성장할 수 있었다.

참고로, '단기지교(斷機之敎)'라는 사자성어의 유래도 맹모 일화다. "네가 학업을 중단하고 귀가한 것과 이 절단된 천은 대체 뭐가 다르냐?"라는 이야기와 교훈이 담겨있다.

맹모의 사례를 좀 더 깊이 살펴보자. 다음 두 가지가 눈에 띈다. 첫째, '첫 숟가락'에 만족하지 않았다. 만약 세 번째 거주지에서도 맹자가 일탈 행동을 했다면, 몇 번이고 더 나은 거주지로의 이사를 멈추지 않았을 것이다. 그녀는 시행착오를 딱히 두려워하지 않았다. 즉, 향상심(向上心)이 있는 한, 눈앞에 벌어진 이사 오류를 군대의 '병가지상사'처럼 여겼다. 다만 우리는 그녀가 '돼지 도축장 부근' 다음으로 어시장이나 채소 판매상 인근 등 비슷비슷한 범위에서 이사하진 않았다는 사실에 주목해야 한다. 둘째, '멈추는 법'을 알았다. 맹모의 이 '환경 바꾸기' 일화에서 과욕을 부린 경우는 발견되지 않는다. 그녀에겐 과단성과 과욕을 식별하는 눈이 있었다.

사적 습관이나 조직의 관행도 모든 이슈를 수술대 위에 '딱' 올려놔야 한다. 그저 '면피'나 '주마간산'이 아닌, '용맹정진' 식으로 말이다.

사자성어 인물 열전

패러다임을 깨뜨리고 나아가다

격물치지(格物致知)와 정이(程頤)

*

옛날 공자(孔子) 집안에서 빚어 제사 때 쓰던 술이 이젠 전 세계를 대상으로 판매되고 있다. 산둥성(山東省) 취푸(曲阜)에서 생산되는 공부가주(孔府家酒)다. 물론, 공자 후손들이 일부 참여는 하고 있으나 일반적인 양조 기업이다.

격물치지(格物致知. 이를 격, 만물 물, 이를 치, 알 지)의 앞 두 글자 '격물'은 '사물의 이치나 원리를 깨치려 깊이 사색한다'라는 의미다. '치지'라는 '앎에 이른다'라는 의미다. 이 두 부분이 합쳐져 '어떤 대상의 이치나 원리에 대해 깊이 파고들어, 명징한 지식을 획득한다'라는 의미가 만들어졌다. '격물치지'가 상투적 표현은 아니지만, 솔직히 지금 기준으로는 '뻔한 이치'를 담고 있다는 느낌은 든다.

그렇다고 해서 '격물치지'를 퀴즈의 '정답 추측하기' 수준으로 오해하면 안 된다. '격물치지'에는 '지식 탐구'라는 의미가 함축되어 있다. 즉, '학문의 길'에서 견지해야 할 일종의 방법론이다. 송나라를 거치며 유학(儒學) 분야에서 빈번하게 쓰이는 한 '철학 용어'로 자리 잡았다. 『대학(大學)』 그리고 주희(朱熹)의 『주자어류(朱子語類)』에 관련 문장이 나온다.

북송 시대에 정이(程頤. 1033~1107)라는 인물이 학문으로 크게 이름을 떨쳤다. 그는 한 살 위의 형 정호(程顥)와 함께 소위 '신유학(Neo-Confucianism)' 학설을 펼쳤는데, 역학(易學) 해석과 '격물치지'에 밝았다. 후세 사람들은 그의 형과 함께 이정(二程)으로 호칭한다. 훗날 남송 시대에 주희가 이천(伊川) 선생 정이의 학통을 잇는다. 이들은 철학적 사유가 부족하던 유학에 형이상학을 성공적으로 도입했다. 우리 조상들도 이정과 주희를 높이 평가하며 유학계의 큰 스승으로 여겼다.

이들은 여러 왕조를 거치며 관료 채용 시험 과목으로 전락한 유학에 잠시나마 생기를 되살렸다. 공자 사후 수백 년 세월을 거치면서 유교는 누더기처럼 퇴보한 상태였다. 우후죽순처럼 등장한 해설서들 때문이었다. 동한(東漢)의 장제(章帝) 시대엔 『백호통의(白虎通義)』라는 '회의록 서적'까지 등장했다. 유교를 국가 차원에서라도 조금 일목요연하게 해석하기 위함이었다. 이렇듯 과거제에 기반한 왕조들을 거치고 문치(文治)를 강조하는 송나라 시기가 되자, 청소년들은 본능적으로 '복사기'가 되길 꿈꿨다. 창조적으로 사색하길 꺼렸다. '기출 문제' 답안지를 암기하는 선에서 만족했다. 정호와 주희가 철학적 사고가 가능한 쪽으로 유교

사자성어 인물 열전

의 방향을 튼 이유다.

　이런 맥락에서, '격물치지' 관련 인물을 찾아 보자. 공자는 대체 왜 유교를 창시했을까? 당시 중국은 기술적으론 더욱 예리한 철제 무기가 생산되고, 정치적으론 세습 귀족 중심에서 관료 중심으로 차츰 사회 시스템이 바뀌고 있었다. 공자는 영토 확장과 효율만을 중시하던 중국 사회에 '브레이크(brake)' 도입의 필요성을 직감했다. 주지하듯, 청년기에 학문에 뜻을 세웠고, 중년기에 일찌감치 깨우치게 된다. 그는 인(仁)과 예(禮)를 핵심 키워드로 삼아 천하를 교화하기로 결심한다.

　'인의예지신'과 극기복례(克己復禮)를 고집하는 공자와 그의 제자들을 접하고 제후들은 난처했다. 너무 낯선 주장이었다. 처음에는 일부 제후들이 호기심을 가졌지만, 곧 외면했다. 공자의 '첫 브레이크'는 작동되지 않았다. 오히려 차츰 '겉과 속'이 다른 독재 군주와 부패 관료의 '공자 왈 맹자 왈'로까지 남용되며 너덜너덜해졌다. 정이와 주자의 '격물치지 브레이크'가 등장한 이유다.

　이번엔 격물치지와 '신발을 신고 가려운 곳을 긁는' 격화소양(隔靴搔癢)이 서로 충돌한다. 신유학이라는 '두 번째 브레이크'도 얼마 지나지 않아 반대파를 쳐내기 위한 수단으로 변질됐다. 과도한 형이상학이 공동체의 건강을 해친 사례다. 사회가 한 패러다임을 깨뜨리고 개울을 건너뛰어, 일 보(步) 더 나아간다는 것이 얼마나 힘든 일인가를 생각하게 한다.

여러 사람의 말은 쇠도 녹인다

중구삭금(衆口鑠金)과 굴원(屈原)

*

쓰촨(四川) 사람들은 요리가 매워도 이렇게 말한다. "부파라." '매워도 난 괜찮아요'라는 의미다. 같은 매운 요리를 앞에 두고 구이저우(貴州) 사람들은 이렇게 말한다. "라부파." '매운맛 그딴 거, 뭐 두려워하지 않습니다'라는 의미다. 그러면 후난(湖南) 사람들은 어떻게 말할까? 꽤 무지막지한 표현으로 상대의 기를 제압한다. "파부라." '우린 말이죠. 혹시라도 요리가 맵지 않으면 어떡하나, 이걸 염려하거든요', 대략 이런 뉘앙스다. 중국인이 즐기는 '식탁 유머' 한 토막이다. 후난의 매운맛은 정말 '고추 맛' 그 자제다.

중구삭금(衆口鑠金. 무리 중, 입 구, 녹일 삭, 쇠 금)의 앞 두 글자 '중구'는 '여러 사람의 입'이란 뜻이다. '삭금'은 '쇠를 녹이다'라는 뜻이다. 둘을 결합하면 '여러 사람의 말은 쇠도 녹인다'라는

사자성어 인물 열전

의미가 된다. 전국시대 초(楚)나라 애국 시인(詩人) 굴원(屈原)의 비극적 운명과 관련이 깊은 사자성어다.

굴원은 그의 조국 초나라가 서북의 진(秦)나라에 의해 망국의 길로 들어서는 역사 현장의 한가운데에 서 있었다. 문관이었지만 외적의 침입을 저지하기 위한 우국지사로 한평생 일관했다. 당랑거철(螳螂拒轍)의 그 기세등등한 사마귀를 떠올려도 무리가 없을 정도다. 숙적 진나라를 둘러싸고 전투보다 치열한 외교전이 펼쳐지던 시기였다.

굴원은 세로로 뭉치자는 합종(合縱)의 편에 서서 가로로 뭉치자는 연횡(連橫) 측과 대항했다. 마지막까지 남은 전국칠웅 가운데 초(楚)·제(齊)·연(燕)·조(趙)·위(魏)·한(韓) 이렇게 6국이 소진(蘇秦)이 설계한 합종책에 응했다. 한편, 상앙(商鞅)의 법가 행정에 의해 초강대국으로 급성장한 진나라는 외교에선 연횡책을 밀어붙였다. 장의(張儀)가 아이디어를 내고 국경을 넘나들며 부지런히 움직였다.

굴원은 장의가 꾸민 이간계에 협력한 초나라 관료들에 의해 모함받고 가까이 모시던 회왕(懷王)의 눈 밖에 났다. 어리석은 회왕은 '장의와 진나라에 속지 말라'는 굴원의 조언을 외면했다. 회왕은 결국 장의에게 연거푸 농락당한다. 진나라를 방문했다가 객지에서 우둔한 생을 마감했다.

회왕 뒤를 이은 혼군에게 재차 '바른 소리'를 하다가 굴원은 장강 이남으로 추방을 당하는 신세가 된다. 그는 지금의 창사(長沙)

인근을 배회하며 시를 지었다. 둥팅호(洞庭湖)로 흘러드는 멱라수(汨羅水)가 있다. 분한 마음과 우국충정을 노래하던 그의 고매한 시작(試作)은 이 안개 자욱한 물가에서 끝이 났다.

굴원은 『이소(離騷)』라는 초사(楚辭)를 지었다. 읽어보면 『시경(詩經)』의 간결한 시 305수(首)와 분위기가 다르다. 조금 길고 정형시 형식이다. 내용도 서사시에 가깝다.

중구삭금에 얽힌 굴원의 삶과 죽음에서 두 가지 힘(power)을 기억할 필요가 있다. 첫째, 이간책(離間策)이다. 우리가 굴원의 반대편 진나라 입장이라고 가정해 보자. '초나라 사람끼리 서로 싸우게 하자!' 이 계책 말고 딱히 떠오르는 묘수가 없다. '초나라'는 산과 강과 습지 덕에 장성(長城)도 필요 없는 천연의 요새 지역이다. 게다가 '초나라 사람 3명만 모여도 싸움에선 이기기 힘들다'라는 말까지 있었다. 그런 거친 지역을 자중지란(自中之亂)으로 유도하는 방법 아니면 무엇으로 제압할 수 있을까. 강한 조직을 이끌고 있다고 나름 자부하는 리더일수록 이 '이간책의 파괴력'을 유념할 필요가 있다. 둘째, 굴원이 어느 순간 불현듯 '너무 분하다'라는 생각이 들어, 돌을 품고서 거친 급류 속으로 뛰어든 것이 아니다. 그는 초나라 조정이 바른 판단을 하도록 긴 세월을 인내하며 기다렸다. 국력이 회복될 기미는 아예 보이지 않았다. 그리하여 그는 절명 시를 남기고 멱라수에 몸을 던진다. 귀한 목숨을 바치고 후세에 큰 울림을 주기 위함이었다. 우리나라 매천 황현(黃玹)의 깊은 뜻과 다르지 않다.

자신만의 이야기와 핵심 아이콘을 소중하게 간직하는 민족이나 공동체는 복원력이 있어 생명력도 오래간다. 중국인들은 요즘에도 굴원의 충정을 기억하고 추모하기 위해 매해 음력 5월의 단오절에 용선(龍船)을 띄우고 쫑쯔(粽子)를 강에 던진다.

비 온 뒤 부는 시원한 바람과 밝은 달

광풍제월(光風霽月)과 주돈이(周敦頤)

*

한평생 언행이 바르고 이웃이나 사회의 귀감이 되는 인물이 있
다. 광풍제월(光風霽月. 빛 광, 바람 풍, 갤 제, 달 월)은 그런 인품
을 가진 인물을 비유하기도 한다. 앞 두 글자 '광풍'은 '비 온 뒤
불어오는 시원한 바람'을 뜻한다. 다음으로 '제월'은 '비나 눈이
멈췄을 때의 밝은 달'이다. 이 둘이 결합해 '막힘없이 탁 트이는
흉금과 담백한 마음' 상태를 의미하기도 한다. 즉, 인품의 고매함
을 비유하는 말로도 쓰인다.

북송(北宋)의 시인 황정견(黃廷堅)의 「염계시(濂溪詩)」서문 "
용릉(舂陵) 땅 주무숙(周茂叔)은 인품이 매우 고아하여, 그 흉중
이 마치 광풍제월과 같다"라는 표현에서 나왔다. 염계는 주돈이(
周敦頤. 1017~1073)의 호이고 무숙은 자(子)다.

전라도 광주호(光州湖)에서 가까운 담양 소쇄원에 광풍각과

사자성어 인물 열전

제월당이 있다. 이 역시 광풍제월에서 두 글자씩 취한 이름이다. 두 건물의 현판은 모두 우암 송시열의 친필이다. 그는 '큰 글자' 서예에 능했다. 경북 영주 소수서원의 경렴정(景濂亭)도 주돈이와 관련이 있다.

도가와 불교가 성행하던 북송 시기에 유학자 염계 주돈이는 '독특한 그림'으로 시작되는 『태극도설(太極圖說)』을 저술했다. 그 '개념도(槪念圖)'를 얼핏 보면 무극과 태극, 음양, 오행(五行), 남녀, 그리고 만물을 세로로 나란히 정렬시켜 도교의 한 비망록처럼 느껴지기도 한다. 훗날 주희(朱熹)는 심화 해설서인 『태극해의(太極解義)』를 저술하여, 불교·도교와 선을 긋는 자신만의 이기론(理氣論)을 펼쳤다.

여담으로, 주돈이는 외모에 있어서 키도 작고 전체적으로 아주 볼품없었다. 그의 지인들은 그런 외모 안에 고매한 인품과 호연지기, 그리고 깊은 학식이 깃든 것에 몹시 놀라워했다. 안타깝게도 57세에 병사한 돈이는 '이정(二程)' 형제의 스승으로도 유명하다. 주돈이보다 약 100년 후 출생한 주희는 주돈이와 정이(程頤)의 학통을 이었다. 따라서 주돈이를 주희 성리학의 선구자로 볼 수 있다.

푸젠성(福建省) 남안(南安)에서 관리로 근무할 때 주돈이는 이정의 부친 정향(程珦)을 직장 동료로 만났다. 그의 인격과 학식에 반한 정향은 아들 둘을 그에게 보내 배우게 한다. 맹모(孟母)처럼 적극적으로 이사를 감행한 경우는 아니지만, 그는 주변에서 자녀의 훌륭한 스승을 찾아냈다.

주돈이와 이정 형제의 사제지간 인연에서 필자는 다음 두 가지를 떠올렸다. 첫째, 학식 깊은 스승의 중요성이다. 대체로 '자기 자식은 직접 가르치기 어렵다'라고 말한다. 그래서 보통 교육이 시행되기 전엔 좋은 스승을 물색해 자녀 교육을 위탁하는 경우가 대부분이었다. 주돈이가 동료 덕에 총명한 제자들을 가졌고 주자(周子)라고까지 칭해지며 천추에 아름다운 이름을 전한 것일까. 아니면 이정 형제가 '좋은 질문'을 던져주는 탁월한 스승을 만나 눈을 뜨고 소위 '신유학(Neo-Confucianism)의 길을 개척한 것일까.

둘째, 청출어람이다. 공자보다 약 180년 후 태어난 맹자는 아성(亞聖)에까지 이르렀으나 공자를 넘어서진 못했다. 하지만 이정 형제는 학문의 깊이와 넓이에 있어 결국 스승 주돈이를 넘어선다. 문구를 해석하는 훈고학(訓詁學)적 사유와 철학적 사색의 차이일 수 있다. 칸트에서 헤겔로 이어지는 독일 철학의 한 계보는 미지의 세계를 향한 철학적 사색이 얼마나 견실한 청출어람의 탯줄인가를 보여준다.

평소 주돈이는 모란보다 연꽃을 더 사랑했다. 모란이 부귀한 자의 꽃이라면, 국화는 현자의 꽃이요, 연꽃은 '군자의 꽃'이라고 「애련설(愛蓮說)」에서 노래했다. 창덕궁 후원의 애련지(愛蓮池)와 애련정(愛蓮亭)도 주돈이의 연꽃 사랑과 관련이 깊다.

인생은 길고 기회는 많다

개관사정(蓋棺事定)과 두보(杜甫)

*

"내 인생의 목표는 사후(死後)에도 모스크바 예술극장의 존립과 위상을 보장받는 것이라네." 배우 겸 연출가 스타니슬랍스키는 친구에게 이렇게 고백했다. 그는 젊은 시절 일찌감치 자신의 연기론을 발견했다. 그는 패턴화된 연기 테크닉을 거부했다. 배역에 '깊이 몰입할 것'을 배우에게 요구했다. 오늘날 '메소드(method) 연기론'의 원조다.

개관사정(蓋棺事定. 덮을 개, 널 관, 일 사, 정할 정)의 앞 두 글자 '개관'은 '관 뚜껑을 덮다'라는 뜻이다. '사정'은 '어떤 일이 결정되다'라는 뜻이다. 이 두 부분이 합쳐져 '사후에야 비로소 한 인물의 평가가 가능하다'라는 의미가 만들어졌다. 본래 두보(杜甫. 712~770) 시 「군불견간소혜(君不見簡蘇)」의 한 구절에서 유래했다. '장부개관사시정(丈夫蓋棺事始定)'. 이 일곱 자가 '개관

사정'으로 압축됐다. 오지로 유배당해 낙담한 젊은 지인 소혜에
게 두보가 위로를 담아 건넨 시의 일부다. 대략 '관 뚜껑 덮기 전
까진 아무도 인생 전체를 평할 수 없다'라는 의미다.

君不見道邊廢棄池(군불견도변폐기지)
君不見前者摧折桐(군불견전자최절동)
百年死樹中琴瑟(백년사수중금슬)
一斛舊水藏蛟龍(일곡구수잠교룡)
丈夫蓋棺事始定(장부개관사시정)
君今幸未成老翁(군금행미성노옹)
何恨憔悴在山中(하한초췌재산중)
深山窮谷不可處(심산궁곡불가처)
霹靂魍魎兼狂風(벽력망량겸광풍)

그대 보지 못했는가. 길가에 방치된 연못을
그대 보지 못했는가. 꺾여 쓰러진 오동나무를
백 년 지난 죽은 나무도 가야금으로 쓰이고
열 말 되는 썩은 물에도 교룡이 숨어 있다네.
장부는 죽은 뒤에야 인생을 평할 수 있는 것
그대는 다행히 아직 늙지도 않았으니
초췌한 몰골로 산중에 있다고 무엇이 슬프겠는가.
심산궁곡은 사람이 있을 곳이 못 되니,
벼락치고 도깨비 나오고 미친 듯 바람까지 분다네.
「君不見簡蘇徯(군불견간소혜)」

사자성어 인물 열전

만약 젊은 날이 '총(聰)'이라면, 노년기는 '혜(慧)'다. 한창나이인 소혜에게 총기가 없어 두보가 위로를 건넨 것은 아니었다. 소혜에게 그가 전수한 것은 '인생은 길고 기회는 여러 길로 다시 찾아온다'라는 지극히 보편적인 지혜였다. 하지만, 이 '개관사정'을 자신에게 건넨 위로로 볼 여지도 없지 않다. 안정된 생계를 꾸리지 못한 채 피난민으로 여러 지방을 전전하며 몸과 마음이 고달프던 무렵의 작품이기 때문이다.

젊은 두보는 관직에 뜻을 둔 패기만만한 지식인이었다. 두보는 중산층 관료 집안에서 태어났다. 두보의 조부와 부친 모두 지방 정부에서 벼슬을 했다. 병약한 두보는 유년기에 모친과 사별했다. 이후 고모의 극진한 보살핌을 받으며 낙양(洛陽)과 인근 도시에서 성장했다. 두보는 문장과 시에 일찍부터 재능을 드러냈다. 당나라는 과거에서 시작(詩作) 능력을 중시했다. 관료 선발 과정에 부패가 없지 않았지만, 시라면 누구에게도 뒤지지 않던 그가 중앙 정부 관료의 꿈을 끝까지 접지 못한 이유다.

755년 중국 전체에 깊은 흔적을 남긴 안녹산(安祿山)과 사사명(史思明)의 난이 발생한다. 두보의 나이 43세 때의 일이었다. 오랜 구직 활동 끝에 한직이지만 중앙 관료 생활을 막 시작한 무렵이었다. 만약 갑작스러운 전란(戰亂)이 아니었다면 두보도 수도 장안에서 차츰 승진하며 평탄한 관료의 삶을 살았을지도 모른다.

난세를 만나 그의 관료 꿈은 꺾였지만, 재능에 노력을 더해 율시(律詩)와 절구(絶句) 분야에서 전무후무한 최고 경지에 도달했다. 중국어에서 성조는 매우 중요한 요소다. 율시와 절구에서 특히 '각운(脚韻)'은 쉽지 않다. 지식인에게도 꽤 난도가 높은 글쓰기다. 과거나 지금이나 중국에서 사람들은 두보를 시성(詩聖)으로까지 존칭하며, 그의 시를 꾸준히 애송(愛誦)한다.

  무엇보다 두보의 시는 분량에서 독자를 압도한다. 현재 약 1,500수의 시가 전해지고 있다. 매주 1편을 30년 넘게 창작해야 가능한 어마어마한 분량이다. 참고로, 한글 창제 이후 번역된 『두시언해(杜詩諺解)』 분량도 무려 25권 17책에 달한다. 『분류두공부시언해(分類杜工部詩諺解)』가 정식 제목이다. 우리 옛말 연구의 귀중한 문헌 가운데 하나다.

  두보의 시풍(詩風)은 휴머니즘과 서정적 색채가 강하다. '삼리(三吏)'와 '삼별(三別)'처럼 사실주의로 분류되는 작품이 많다. '국파산하재(國破山河在. 나라가 전란에 휩싸였지만, 산천은 여전하구나!)'. 이렇게 시작되는 '춘망(春望)'처럼 유교 지식인의 관점에서 우국충정을 노래한 시도 있다.

  두보는 58세에 거처를 겸하던 작은 배에서 세상을 떴다. 늘 정착하는 삶을 동경했으나, 전란은 쉽게 가라앉지 않았다. 이러지도, 저러지도 못하며 전성기를 보내야만 했던 한 지식인의 애환이 그의 작품에 물씬 묻어난다.

  찰랑이는 물결의 흐름 위에서 눈을 감는 순간, 충만했던 시인의 삶으로 회고(回顧)하며 두보는 큰 후회가 없었으리라. 일가(

사자성어 인물 열전

一家)를 이루었고 난세(亂世)지만 기록도 보존했다. 천 년 후에
도 여전히 살아 숨 쉴 것을 두보도 모르지 않았을 것이다. '개관
사정'은 긴장이다.

쓴소리를 가르침으로 여겨라

양약고구(良藥苦口)와 장량(張良)

*

'초한(楚漢) 전쟁'의 조짐이 나타나던 시기의 에피소드다. 유방(劉邦)은 서쪽으로 진격해 진(秦)나라 수도 함양(咸陽)을 항우보다 한발 앞서 정복했다. 유방은 말로만 듣던 진시황의 화려한 궁정을 직접 보게 되자 갑자기 점령군으로서 노략질을 하고 싶은 유혹에 휩싸인다.

"옛사람도 '좋은 약은 입에 쓰지만 병엔 이롭고, 충성스러운 말은 귀에 거슬리지만 행동에는 이롭다'라고 하지 않았습니까. 번쾌 장군의 건의를 받아들이셔야 합니다." 참모 장량(張良)이 나서서 부드럽지만 단호하게 만류했다. 그러자 유방도 장량의 이 조언에는 귀를 기울였다.

양약고구(良藥苦口. 좋을 양, 약 약, 쓸 고, 입 구), 앞 두 글자 '양약'은 '치료 효능이 좋은 약'이란 뜻이다. '고구'는 '입안에서 쓴

　　　　　　　　　　　　　　사자성어 인물 열전

맛으로 느껴진다'라는 의미다. 이 두 부분이 합쳐져 '좋은 약은 입에 쓰다'라는 의미가 만들어졌다. 본래 법가(法家) 서적 『한비자(韓非子)』에서 유래했다. 장량이 유방에게 직언하는 이 일화에도 등장해 더 유명해졌다.

장량은 한(韓)나라 재상의 아들로 태어났다. 조부도 재상을 지냈다. 하지만 어린 시절에 부친을 여의고 편모슬하에서 성장했다. 강대국에 둘러싸인 약소국 한나라는 전국칠웅(戰國七雄) 가운데 진(秦)나라 영정에 의해 가장 먼저 멸망한다. 장량의 나이 20세, 혈기 왕성한 시기였다. 이후 약 10년 동안 협객들과 교제하며 영정에게 복수할 기회만을 노렸다. 마침내 그가 고용한 역사(力士)가 영정이 탄 것으로 추정되는 수레에 약 30kg의 쇠뭉치를 투척했다. 하지만 엉뚱한 빈 수레만 부수고 암살 작전은 실패하여 장량은 30세 무렵부터 도망자 신세가 된다.

또다시 약 10년 세월이 흘렀다. 진시황이 사망하고 얼마 지나지 않아 진승과 오광이 반란을 일으켰다. 이에 호응해 진나라에 의해 멸망한 6국 재건을 명분으로 망국의 후예들과 협객들이 크고 작은 봉기를 일으켰다. 영정 암살 미수 사건 이후에 개명(改名)하고 협객들과 교류하며 숨어 지내던 장량도 남은 재산으로 약 100명 규모의 사병을 모아 기병했다. 그의 나이 40대 초반이었다.

이 무렵 그의 외모는 여전히 여성처럼 가냘팠지만, 정신세계는 더 이상 '자객을 동원한 복수'라는 유치한 수준에 머무르지 않았다. 특히 군사(軍師)로서 정교한 작전 지략이라면 이미 최고 경지까지 통달해 있었다. 산책하다가 다리 위에서 우연히 '황석공(黃石公)'이라는 노인을 만나고 『태공병법(太公兵法)』이라는 신비한 서적을 전달받은 것이 주요 계기였다.

훗날 그는 운명처럼 유방의 핵심 참모가 된다. 항우와 유방의 '초한 전쟁'을 유방의 승리로 이끄는 데에 결정적 역할을 담당하면서 장량은 단숨에 중국 역사상 '제왕의 지낭(智囊)과 책사' 분야에서 가장 빛나는 별로 떠올랐다. 그의 통찰력은 항우의 책사 범증은 물론이요, 훗날 유비의 군사 제갈량보다 한 수 위였다. 시국(時局)을 살피며 경중(輕重)을 짚는 감각도 탁월했지만, 천리 밖에서도 각 단계의 디테일을 상식에 맞춰 설계하는 수완은 타의 추종을 불허했다. 타인의 언행에서 불만(不滿)과 야망의 크기를 예민하게 읽어냈다.

장량이 재능을 발휘한 분야는 요즘 기준으로 보면 큰 조직의 '싱크 탱크(think tank)'다. 책사로 활약한 그의 연령대에 주목할 필요가 있다. 그는 젊은 나이도 아니고 노익장으로 볼 수도 없는 40대에 비로소 세상에 나와 재능을 발휘했다. 그의 능력은 타고난 것이 아니었다. 긴 수양과 인내의 열매였다. 우연히 습득한 귀한 책 한 권을 여러 차례 정독한 후, 장량은 새로운 세계에 눈을 떴다. 자기 내면을 점검하고 '리셋(reset)'하는 시간도 충분히 가졌다. 이런 장량과 비교하면 제갈량은 이른 새벽에 꽃을 피우고 정오가 지나자 시든 경우다.

장량은 조언할 때, 에둘러 말하지 않았다. 늘 직언(直言)했다.

사자성어 인물 열전

유방은 귀에 거슬리는 이 '쓴소리'들을 하늘의 가르침으로 여겼다. 상호 약점을 보완한 '성공적 파트너십' 사례였다. '끝이 좋으면 다 좋다'라는 말이 있다. 유방과 장량의 관계는 시작부터 끝까지 일관되기에 좋았다. 주로 장량 자신의 욕망 통제력 덕분이었다.

명필은 붓과 종이를 가리지 않는다

불택필지(不擇筆紙)와 구양순(歐陽詢)

*

    과거에는 서수필(鼠鬚筆)을 붓 가운데 으뜸으로 여겼다. 쥐 수염으로 만든 붓이다. 다음으로 좋은 붓은 호액필(狐腋筆)인데 여우 겨드랑이 털로 만든 붓이다. 다음으로 족제비 꼬리털로 만든 황모필(黃毛筆)이다. 만약 동물 구분만 없다면, 수염이 제일이고, 겨드랑이는 다음, 꼬리가 다음이라 흥미롭다. 서성(書聖) 왕희지(王羲之)는 '난정서(蘭亭序)'를 쓸 때 서수필을 사용했다. 조선시대 붓 제작은 주로 공조(工曹)의 필공(筆工)이 담당했다.

    불택필지(不擇筆紙. 아니 불, 가릴 택, 붓 필, 종이 지), 앞의 두 글자 '불택'은 '선택하거나 가리지 않는다'라는 뜻이다. '필지'는 '붓과 종이'라는 뜻이다. 이 두 부분이 합쳐져 '불택필지'는 '서예가가 붓과 종이의 품질을 가리지 않는다'라는 의미가 만들어졌다. 만약 누군가 문방사우(文房四友)의 품질에 구애받지 않고 한결같이 좋은 글씨를 쓸 수 있다면, 높은 경지에 도달한 것으로 평가될 수 있다. 구양순(歐陽詢, 557~641)이 그런 인물이었다.

구양순은 수(隋)나라에 의한 중국 통일 이전의 혼란스러운 시대에 태어났다. 어려서 부친을 포함한 모든 가족을 정치적 사건으로 잃고 홀로 남겨졌다. 다행히 부친의 절친이던 양부(養父)의 보살핌을 받으며 성장했다. 얼굴이 원숭이를 닮았고, 체격도 왜소하여 자주 놀림을 받으며 성장했다. 이런 불리한 조건에도 불구하고, 남달리 총명했던 그는 청소년기 학업에 집중했고, 수나라에서 중앙 관료 생활을 했다. 수나라가 짧게 수명을 다하고 당(唐)나라가 세워졌으나 그는 순탄하게 고위 관료 생활을 이어 나갔다. 84세까지 장수하며, 『구성궁예천명(九成宮醴泉銘)』, 『천자문』 등 섬세하고 생동감 넘치는 작품들을 남겼다.

구양순, 우세남(虞世南, 558~638), 저수량(褚遂良, 596~658)은 당나라 초기의 서예 3대가로 꼽힌다. '불택필지'는 이 인물들 사이의 한 일화에서 유래했다. 두 인물보다 약 1세대 젊은 저수량은 승부욕이 강했다. 하루는 그가 우세남에게 '구양순과 자신 가운데 누구의 서예 실력이 더 좋은지'를 평가해달라고 청했다. 우세남은 침착하고 조용한 편이었지만 할 말은 직선적으로 하는 성격이었다. 당 태종 이세민을 비롯해 많은 지인이 그의 인품과 박학을 흠모해 마지않았다. 우세남이 저수량에 대답해 준다. "구양순은 붓이나 종이에 상관없이 원하는 글씨를 쓸 수 있다고들 합니다. 당신도 뛰어나지만, 아무래도 구양순의 그 실력엔 미치지 못할 것 같군요." 비록 자존심에 상처는 입었지만, 저수량도 우세남의 이 정곡을 찌르는 평가를 수긍할 수밖에 없었다.

노년기에 구양순은 자신만의 서법 이론을 완성한다. 그의 해서(楷書) 서법 이론서 '8법(八法)' 가운데 이런 내용이 나온다. '점(点)획은 높은 봉우리에서 돌이 떨어지듯 써야 한다.' 또 이런 내용도 있다. '꺾이는 획은 만 근의 활을 당기는 것처럼 써야 한다.' 만약 정말 이런 기세로 각 획을 쓴다면, 재료의 품질이 어떻든 원하는 서체에서 크게 어긋나는 일이 없을 것도 같다.

붓, 깃펜, 연필, 죽간, 화선지, 양피지, 비단 등 다양한 도구는 우리 인류가 손으로 쥐고 기록하기 위해 고안한 탁월한 발명품들이다. 여기에 미학적 본능이 추가되면 명필이 되기도 하고 달필(達筆)이 되기도 한다.

우리에게도 '명필은 붓 가리지 않는다'라는 말이 있다. 같은 의미로 '유능한 목수는 연장 탓하지 않는다'라는 말도 있다. 하지만, 이 말들을 '소재 자체를 구별하지 않는다'라는 의미로 너무 확장해서 이해하거나 신비화하면 곤란하다.

'불택필지'는 각 재료에 '품질의 좋고 나쁨에 크게 개의치 않는다'라는 정도로 우리가 제한하여 받아들이는 것이 상식에 맞다. 흡족하지 못한 결과에 대해 '자신의 부족함을 반성하지 않고서 남의 평계를 대면 안 된다'라는 의미로 새긴다면, 취지를 제대로 이해하는 해석이 될 것이다.

구양순은 노년기에도 글을 쓸 때, 저러다 으스러지면 어떡하나 싶을 정도로 강하게 붓을 쥐고 글씨를 썼다고 전해진다. 이 또한 '불택필지'의 숨겨진 스킬(skill)이자 건강의 비결이 아니었을까 싶다.

마음을 비우고 가르침을 구하다

허심구교(虛心求敎)와 구양수(歐陽脩)

*

취옹정은 도연정(陶然亭), 애만정(愛晚亭), 호심정(湖心亭)과 함께 중국의 이름난 정자 가운데 하나다. 구양수(歐陽脩, 1007~1072)가 40세에 지은 서정적인 산문 「취옹정기(醉翁亭記)」는 중국 문학사의 영롱한 한 페이지다. 이에 대한 후학(後學) 소동파의 댓글도 꽤 흥미롭다.

'마신 술 많지도 않았는데, 어찌 그리 취할 수 있었소? 고령도 아닌데, 또 어찌 자신을 늙은이라 칭했소?' 소동파는 스승 구양수에게 간접적으로 이렇게 묻고 있다. 취옹정에 오르면 소동파의 이 뛰어난 글귀를 볼 수 있다. 읽는 이로 하여금 문득 사색에 빠지게 하는 문구다.

허심구교(虛心求敎. 빌 허, 마음 심, 구할 구, 가르칠 교), '허심'은 '마음을 비우다'라는 뜻이다. '구교'는 '가르침을 구하다'라는

사자성어 인물 열전

뜻이다. 이 두 부분이 합쳐져 '마음을 비우고 가르침을 구하다'라는 의미가 만들어졌다. 구양수가 '취옹정기'를 쓰던 무렵의 한 일화에서 유래했다.

구양수의 어린 시절은 유복하지 못했다. 쓰촨(四川)성의 한 지방관을 지내던 부친을 4세에 여의었다. 구양수가 출생했을 때 부친은 이미 고령이었기 때문이다. 학동 시절 매우 가난하여 정규 교육을 받지 못하고 독학했는데, 총명했던 그는 어려서부터 한유(韓愈)의 문장에서 매력을 발견하고 깊이 빠져들었다. 17세에 처음으로 과거를 보았으나 관운(官韻)에 부합하지 않은 답안지를 제출해 탈락했다.

훗날 장인이 되는 서언(胥偃)의 문하로 들어간 구양수는 더욱 학습에 매진하여 23세에 진사에 합격한다. 하지만 중앙 정부 관료이던 29세에 개혁파 범중엄(范仲淹)을 나서서 옹호하다가 지방관으로 좌천됐다. 범중엄이 다시 중용되자 그는 긴 좌천 시절을 마감하고 중앙 정부로 화려하게 복귀했다.

이후 비록 정적의 비방으로 한 차례 더 지방관으로 좌천되는 아픔을 겪지만, 중앙 정부로 복귀했고, 인종(仁宗)의 두터운 신임을 받으며 순탄하게 고위 관료로 승진했다. 과거를 감독하는 직책을 맡았을 땐 젊은 소동파를 발굴했다. 부재상(副宰相) 시절엔 개혁가 왕안석(王安石)을 기용했다.

문장에 있어, 구양수는 한유와 함께 '당송팔대가(唐宋八大家)'의 일원이다. 그는 당나라의 한유가 시작한 '고문(古文) 운동'을 적극 계승했다. 후학인 소동파, 증공(曾鞏), 왕안석 등 걸출한 문장가들도 '백락(伯樂)'의 안목을 가진 구양수의 도움으로 세상의 주목을 받기 시작했다. 평소 구양수는 좋은 글을 쓰기 위해서는 '많이 보고, 많이 쓰고, 많이 생각하는' 3다(三多)에 힘써야 한다고 강조했다.

구양수가 안후이성(安徽省) 저주(滁州)의 태수로 근무하던 시절의 일이다. 하루는 평소 친하게 왕래하던 낭야사(琅琊寺)의 한 스님이 정자를 지었다고 그를 초청했다. 구양수는 정자의 이름을 '취옹정'으로 지어주고는, 귀가하여 그 유명한 '취옹정기'라는 산문을 쓰기 시작했다. '취옹'은 구양수 자신이 지은 호(號) 가운데 하나다.

글을 완성한 후, 그는 바로 성문에 붙이지 않고 사람들의 조언을 청취하는 '허심구교'의 시간을 갖는다. '낭야산(琅琊山) 남문에 올라가서 주위 전경을 한번 둘러보시는 게 좋을 것 같습니다.' 이때 한 나무꾼이 나타나 구양수에게 말했다. 이 말을 듣고 가슴이 철렁한 구양수가 직접 낭야산 남문에 올라 사방을 둘러보니 과연 자신의 표현에 문제가 있었다. 그는 상상하여 장황하게 묘사한 도입부 구절을 '환저개산야(環滁皆山也)'라는 간략한 5글자로 수정했다. '저주성을 빙 둘러 산들이 에워싸고 있구나'라는 의미다. 그가 강조한 '3다' 가운데 '많이 보고, 많이 생각하라'는 부분의 의미를 조금 확장된 각도에서 음미하게 해주는 에피소드이기도 하다.

　　　　　　　　　　　　　　사자성어 인물 열전

자신의 마음을 비우고 타인에게 가르침을 구하는 것은 누구에게도 쉬운 일이 아니다. 아마도 지위가 높거나 학식이 깊을수록 누군가와 '더불어 많이 생각하는' 이 일이 더 계면쩍고 힘들게 느껴질 것이다. 조언하는 이의 사회적 지위가 낮거나 학식이 부족하다고 판단되는 상황이라면 귀 기울이기가 더 어려울 것이다. '허심구교' 이 '꽉 찬' 4글자에서 구양수의 비범함을 새삼 실감하는 이유다.

스스로 하나의 세상을 이루다

자성일가(自成一家)와 문징명(文徵明)

*

졸정원(拙政園)은 쑤저우(蘇州)에 있다. 중국 강남의 아름다
운 정원 가운데 하나로, 이 지역 관광의 필수 코스로 꼽힌다. 명
나라 서예가 겸 문인화가 문징명(文徵明. 1470~1559)이 설계했
다. 졸정원 각 건물의 절묘한 배치는 물론이고, 몽환적 산책로와
연못 하나하나까지 이 전체적 조화가 오롯이 그의 사색과 느낌
을 통해 탄생했다.

자성일가(自成一家. 스스로 자, 이룰 성, 한 일, 집 가)의 앞 두
글자 '자성'은 '혼자 힘으로 이루다'란 뜻이다. '일가'는 '집 한 채'
고, 여기서는 추상적 의미다. 이 둘이 합쳐져 '학문, 예술, 기술 등
영역에서 독창적 견해나 기법에 기반해, 자신만의 한 체계를 만
든다'란 의미가 만들어졌다. 비슷한 의미로 '독수일치(獨樹一幟)'
라는 표현이 쓰인다. 반대말로는 '보인후진(步人後塵)', '인운역

사자성어 인물 열전

운(人雲亦雲)' 등이 있다.

문징명은 물과 문화의 도시 쑤저우에서 태어났다. 부친 문림(文林)은 지방 정부의 관료였다. 문진명은 사교성과 교육열이 남달랐던 부친 덕에 일찍부터 문인의 교양이 몸에 뱄다.

우선 그는 서예 분야에서 일가를 이뤘다. 21세에 대가 이응정(李應禎)으로부터 서예를 배웠다. 문징명은 중년기에 이미 자신만의 글씨를 쓰는 경지에 도달한다. 전서, 예서, 해서, 행서, 초서 등 여러 서체에 능했다. 왕희지, 구양순, 조맹부, 소식, 황정견, 미불 등 선인들의 서체를 빠짐없이 연습한 덕분이었다.

시인 자질도 요구되는 심오한 문인화 분야에서 문징명은 더욱 성공적으로 일가를 이뤘다. 직업 화가와 달리 문인들의 취미에서 출발한 문인화 재능의 뿌리는 서예다. 따라서 서예의 붓놀림과 먹의 농담 표현 기법들은 문인화 장르에서도 매우 중요하다. 그는 19세부터, '오파(嗚派)'의 창시자 심주(沈周)를 스승으로 모시고 그림을 배웠다. 만년에 그는 문인화의 개념과 이론적 체계를 세운 동기창(董其昌)과 어깨를 나란히 하며, 쑤저우 지역 남종화(南宗畵)의 든든한 기둥 역할을 떠맡았다.

문징명이 이처럼 일가를 이루고 후세까지 이름을 알렸으나, 평생에 걸쳐 시련도 적지 않았다. 그는 6살에 모친을 잃었다. 가뜩이나 말문이 늦게 트이는 아이라고 염려했는데, 이 충격 때문인지 그는 더 입을 꾹 닫고 벙어리처럼 유년 시절을 보냈다. 11세에 비로소 말문이 트였다.

그의 관료 이력도 꽤 이색적이다. 25세에 참가한 향시에서 처음 낙방한 것을 시작으로 과거 시험에 10차례 연속 불합격했다. 54세가 되어서야 추천을 통해 겨우 관직 생활을 시작할 수 있었다. 수도 베이징에서 근무하며 『무종(武宗) 실록』 편찬 등에 참여했다. 하지만 58세에 사직하고 고향 쑤저우로 귀향했다. 베이징에 머무는 동안, 그는 작품을 탐내는 동료 관원들의 이런저런 압박에 적지 않은 스트레스를 받은 것으로 전해진다. 이후 그는 시, 문장, 서예, 문인화 등 작품 활동에 매진하다가, 향년 89세로 세상을 떴다.

만년까지 꾸준히 이어진 그의 작품 세계는 무척 다채롭다. 「계교책장도(溪橋策杖圖)」, 「화설경(畵雪景)」 등 산과 물이 함께하는 탁월한 남종화 작품들도 많이 남겼다. 또한 그의 글씨를 보면 필치가 강건하고 짜임새가 견고하다. 훗날 청나라 서예 비평가 주화갱(朱和羹)은 '명나라 해서(楷書) 가운데 문징명이 제일'이라고 극찬했다.

청백리였던 부친은 그에게 아무런 재산도 남기지 않았다. 부친과 사별한 39세부터 그는 주로 서예와 문인화 작품을 판매해 생계를 유지했다.

자성일가. '일가'를 이룬 이야기를 그냥 후일담으로 들어보면 그럭저럭 고개가 끄덕여진다. 그러나 그 주인공의 하루하루는 절대 녹록지 않았을 것이다. 창작의 세계에서, 문징명은 매일 수차

사자성어 인물 열전

례 천자문을 쓸 정도로 느슨하지 않은 루틴을 견지하며 붓놀림을 연마했다. 80대 후반까지도 그가 아주 작은 소해(小楷) 서체까지도 쓸 수 있었던 이유다.

문징명이 말문도 늦게 트였고 타고난 천재는 아니었으나, 습관과 각오가 일반인과 달랐다. 과묵하던 젊은 시절, 그의 마음속엔 과거 답습에 머물지 않고 스스로 힘으로 어떤 성취를 이루겠다는 원대한 포부가 자리 잡고 있었다.

수많은 괴로움과 역경

천신만고(千辛萬苦)와 백리해(百里奚)

*

진(秦. 기원전 770~기원전 207)은 초기에 서쪽 변방의 약소국에 불과했다. 하지만 인재 등용에 탁월했던 진 목공(穆公)이 고령의 백리해(百里奚)를 재상으로 전격 발탁하면서 서북 지역의 강국으로 거듭난다.

천신만고(千辛萬苦. 일천 천, 매울 신, 일만 만, 쓸 고)의 앞 두 글자 '천신'은 '천 가지 매운 일'이다. '만고'는 '만 가지 고생한 경험'이다. 이 두 부분이 합쳐져 '각종 괴로움과 고생'이란 의미가 만들어졌다.

백리해는 아주 작은 제후국이던 우(虞)의 빈궁한 집안에서 태어났다. 어려운 환경이었으나 글을 익혔다. 차츰 학식이 깊어지자, 고위 관료가 되어 세상에 뜻을 한번 펼쳐보고 싶은 야망이 자연스럽게 싹텄다.

　그에겐 현명한 아내 두(杜) 씨가 있었다. 그녀는 그의 꿈틀거리는 마음을 읽었다. 선 굵은 그녀는 가정은 자신이 챙기겠다며, '좁은 가정사에 얽매이지 말고, 넓은 세상에 나가 어렵게 갈고닦은 실력을 한번 발휘해 보라'라고 적극 제안했다.

　백리해는 집을 떠나 대국 제나라로 향한다. 하지만 빨리 자리를 잡지 못해 유랑 걸식까지 하게 되는 상황에 부닥쳤다. '천신만고' 그 자체였다. 다행히 건숙(蹇叔)이라는 제나라 현인을 만나 걸식하는 신세를 면했다. 서로 이해가 깊어지자, 둘은 의형제를 맺고, 깊은 대화를 나누는 사이가 됐다. 그는 백리해가 출사를 결심할 때마다 매번 '그런 리더 아래로 들어가면 안 된다'라며 더 기다리라는 조언을 했다.

　목공에 의해 발탁되기 직전의 신분이 도주한 노비였던 것도 사실 백리해가 이런 기다림에 지쳤던 것과 관련이 있다. 건숙의 반복되는 반대에 지친 그는 썩 내키진 않았지만, 우나라로 귀국해 무능한 군주 밑에서 관료 생활을 시작했다. 얼마 지나지 않아 건숙의 우려대로, 그 무렵 강국이던 진(晉)의 헌공(獻公)이 우나라를 침략해 멸망시켰다. 고위 관리였던 백리해도 포로가 되어 적국으로 끌려갔다.

　'천신만고'는 계속 이어졌다. 포로 신분이었다가, 목공의 아들과 혼인하는 공주의 몸종에 포함되는 수모를 겪는다. 공주가 이동하던 중에 그는 초(楚)나라로 탈출해 숨어 살며 소를 키웠다. 어느 날, 인재를 목말라하던 목공은 백리해가 천하의 인재라는 정보를 접한다. 마음은 급했지만, 만약 많은 돈을 지급하겠다며 일개 몸종을 돌려달라고 하면 초나라가 의심할 게 뻔했다. 목공은 시치미를 떼고 겨우 '염소 다섯 마리의 가죽'만 약속하고는, 며느리의 도망간 몸종이니 돌려달라고 초나라에 요구했다.

목공과 백리해가 처음 대면한 일화는 꽤 유명하다. "연세가 어떻게 되십니까?" 목공은 백리해의 나이가 많아 보이자 이렇게 질문했다. "70입니다." "너무 고령이군요." 백리해가 유세(遊說)를 시작한다. "맹수를 포획하는 사냥에 쓰실 요량이라면, 제가 많이 늙은 게 맞습니다. 만약 국정에 참여시킬 계획이라면, 과거 강태공과 비교해도 저는 젊은 편이라고 생각합니다."

이 말에 목공은 비로소 백리해와 진지하게 부국강병책에 대해 며칠 연속 의논했다. 백리해는 우, 제, 진, 초 각국에서 몇십 년 '천신만고'하며 샅샅이 살핀 실태와 허실을 예로 들며 목공이 고심하는 여러 현안에 대해 자기 생각을 소상히 밝혔다.

하늘은 위인에게 일부러 큰 시련을 내린다고 한다. '고생 끝에 낙이 온다'라는 속담도 있다. 백리해에게 주어진 '천신만고'라는 긴 담금질 과정이 이제 마무리된 것일까. 오래 소식이 끊겼던 가족도 극적으로 재회할 수 있었다.

백리해가 집을 떠나고 부인 두 씨도 '천신만고'를 겪어야 했다. 그녀는 타국으로 여러 번 이사했고, 길쌈과 세탁으로 생계를 해결했다. 백리해가 가족을 수소문했지만 찾을 수 없었던 이유다. 하루는 백리해가 높은 지위에 올랐다는 소문을 듣고 그녀는 아들

과 함께 찾아간다. 재상 백리해를 만나자 이별하던 날의 형편을
노래 가사로 만들어 들려주는 기지까지 발휘했다.

　백리해와 아내 두 씨가 나이 70이 다 되도록 웅지(雄志)와 절개
를 잃지 않고 계속 간직했기에 비로소 가능한 일들이었다. 천신만
고와 해피엔딩 사이엔 '미끄러운 비탈길'이 숨어있다.

'전문'은 시대를 한참 앞선 뛰어난 감각의 정치가였다. 큰 가문을 이끌면서도 그는 수천 명 규모의 식객을 따로 정성껏 대접하며 교류했다. 그들에게 무료로 숙식을 제공했고, 자주 직접 대화하고 '밥도 함께 먹으며' 다방면의 지혜를 구했다. 꽤 '통 큰' 처세였다. 제후들 사이에도 차츰 그의 이름은 인자하고 유능한 제나라의 재상으로 알려졌다.

그의 식객 가운데 풍환(馮驩)이라는 괴짜 인물이 있었다. 현재 '교토삼굴'로 압축되어 쓰이는 이 말은 전문의 불투명한 앞날에 대비하기 위해 풍환이 미리 일련의 비밀 프로젝트를 기획하고 진행하는 과정에서 나온다. 설땅 주민들의 차용증서를 불태워 일찌감치 민심을 다독여 둔 것도 풍환의 이 프로젝트 가운데 하나였다.

II

토끼는
세 개의 굴로
위기에
대비한다

늙지 않고 오래오래 산다

불로장생(不老長生)과 이시진(李時珍)

*

이시진(李時珍. 1518~1593)의 『본초강목(本草綱目)』에 이런 내용이 나온다. 한약재 감초(甘草)는 단맛이 난다. 성질은 평(平)하고, 독성(毒性)도 없다. 하지만 생으로 쓰는 경우와 구운 후 처방할 때를 구별해야 한다. '만약 속을 보(補)하려는 용도라면 구운 후 처방하고, 화(火)를 치유하려는 경우라면 굽지 않고 그대로 처방해야 한다.'

불로장생(不老長生. 아니 불, 늙을 로, 긴 장, 살 생)의 '불로'는 '늙지 않는다'라는 뜻이다. '장생'은 '수명이 길다'라는 뜻이다. 이 두 부분이 합쳐져 '신체적으로 젊음을 유지하며 오래오래 산다'라는 의미가 만들어졌다.

이시진은 명(明)나라 말기에 등장한 새로운 유형의 지식인이었다. 대대로 환자 치료를 생업으로 삼는 집안에서 태어났다. 부친도 의원(醫員)이었다. 부친의 바람에 따라 과거에 응시했지만 팔고문(八股文) 규칙을 위배하는 문장을 제출해 계속 낙방했다. 그는 부친에게 자신은 고루한 팔고문이 너무 싫다고 속내를 밝힌다. 팔고문은 중국 명·청 시대 과거시험의 답안에 요구되던 획일화된 문체다.

부친을 설득하고 가업을 이은 이시진은 찾아오는 환자를 치유하는 소극적 진료에 만족하지 않았다. 스승을 찾아 멀리까지 여행했고, 의학 서적을 두루 섭렵한 후 실제 효능과 대조하며 오류를 수정했다.

마침내 그는 35세에 자신이 집중해야 할 소명 하나를 자각한다. 권위 있는 기존 의학 서적들마저 오류가 적지 않음을 발견한 것이 계기였다. 오류를 바로잡아 집대성할 필요를 강하게 느낀 것이다. 이후 27년이 빠르게 흘렀다. 35세부터 61세까지 그는 시간과 열정의 대부분을 오롯이 『본초강목』 집필에 쏟았다. 애초 품었던 원대한 포부를 뛰어넘는 큰 성과를 남기고 향년 75세로 생을 마감했다.

『본초강목』 제목에 나오는 '강(綱)'은 약재 명칭을, '목(目)'은 약재 분류를 의미한다. 일목요연한 집필을 위해 그가 알고리즘까지 치열하게 고민했음을 느낄 수 있다. 저서에 수록된 약재 종류는 무려 1,892종이다. 많은 그림과 11,096개 처방이 함께 실려 있다. 심지어 민간에 떠돌던 처방까지도 이 방대한 저작에 포함했다.

이시진이 이 책을 통해 수정한 오류들 가운데 사회의 고질적인 악습과 관련된 것도 적지 않았다. 인간은 대체로 '불로장생'이라는 허망한 꿈에 집착한다. 이 헛된 욕망에 기대거나 부추기는 업종도 당연히 존재한다. 이시진이 집필과 진료를 겸하며 치열하게 활동하던 시대엔 소위 도사(道士)로 불리는 이들이 인체에 해로운 것을 알면서도 수은과 납을 섞어 만든 단약(丹藥)을 불로장생의 신비한 약이라며 현혹했다.

하루는 이시진이 광부의 중독 상태를 확인하기 위해 납 광산을 방문했다. 마침, 인근에 사는 도사가 납 구매를 위해 들렀다가 이시진과 딱 마주쳤다. "단약을 만들어 무지한 백성들에게 파는 행위는 물욕에 눈이 어두워 인명을 해치는 것과 같습니다." 이시진의 따끔한 일침에 도사가 응수한다. "떠돌이 의사 따위가 함부로 지껄이는구나. 대역무도한 말은 삼가는 것이 네 신상에도 이로울 것이다." 도사가 갑자기 대역죄를 언급하자 이시진은 내심 매우 놀랐다.

곁에 있던 제자가 이시진을 대신해 따졌다. "스승님께서는 의원의 양심과 호의로 말씀하신 것입니다. 도사님은 어찌 그렇게 험한 말을 하고 그러십니까?" 도사도 그제야 목소리를 낮추어 설명했다. "나도 호의에서 말한 것이다. 황제께서 지금 '불로장생'의 단약을 찾고 계시는데, 네 스승이 저런 말을 하고 다니면 목숨까지 위태로울 수 있단 말이다." 여하튼 고향에 돌아오고 얼마 지나지 않아 이시진은 가정제(嘉靖帝)가 세상을 떴다는 소식을 들

　　　　　　　　　　　　　사자성어 인물 열전

게 된다. 단약에 의존하다가 수명이 단축됐다는 것이 정설이다.

이시진의 이 일화가 있고 벌써 450년도 더 흘렀다. 불신과 냉소가 '불로장생'하며 세력을 떨치면 공동체의 장래가 어두울 수밖에 없다. 이시진이라면 이런 농담이나 단약이 아닌, 바른 처방전과 감초 섞인 쓴 약을 건네지 않았을까 싶다.

눈을 비비고 상대의 변화를 살피다

괄목상대(刮目相對)와 여몽(呂蒙)

*

'몸이 천 냥이면 눈은 팔백 냥이다', 이런 속담이 있다. 안구(眼球)는 얼추 탁구공 크기다. 신체 가운데 그리 크지 않은 기관이다. 포유류뿐 아니라 대부분의 다른 동물들도 마찬가지다. 눈이 몸에서 차지하는 부피의 비율은 이처럼 미미하다. 하지만, 이 속담에서 보듯 귀하게 대접받고 있고, 눈에 대한 비유적 표현들이 세상에 꽤 많다. 눈에 대한 비유라면 더 주목받게 되고, 피부에도 와닿아 기억하기에 유리하기 때문일 것이다.

'괄목상대(刮目相對. 긁을 괄, 눈 목, 서로 상, 대할 대)'의 앞 두 글자 '괄목'은 '눈을 비비다'라는 뜻이다. 이어지는 두 글자, '상대'에는 '상대방을 대하다'라는 뜻도 있다. 이 두 부분이 합쳐져 '눈을 비비고 상대방을 대하다'라는 의미가 만들어졌다. 현재 중국에서 '괄목상대'는 '괄목상간(刮目相看)'으로 쓰인다. 맨 끝 한

사자성어 인물 열전

자가 바뀌어 '본다'라는 세부 동작이 더 강조되고 있다.

요즘에도 한중일에서 자주 쓰이는 이 '괄목상대'의 유래는 서진(西晉)의 역사가 진수(陳壽)의 정사『삼국지』에 등장하는 '오(嗚)나라 장수 여몽(呂蒙)'의 일화다.

삼국지에 등장하는 주요 인물들은 저마다 특출한 장점 몇 개는 지녔다. '강동의 호랑이' 손견(孫堅)의 차남으로 태어나 오나라를 거의 50년 가까이 다스린 손권(孫權. 182~252)은 풍채도 당당하고 다방면으로 역량이 걸출한 리더였다. 그는 라이벌 조조나 유비에 비해 수군(水軍) 전술에 밝았고 수성(守城)에 강했다. 손권이 매우 아낀 인물 가운데 '괄목상대'의 주인공 여몽 장군도 포함된다.

여몽은 빈궁한 집안에서 태어났다. 군문(軍門)도 병졸부터 출발했다. 하지만 여러 전투에서 공을 세워 차례로 진급했고 마침내 그 실력을 인정받아 젊은 나이에 오나라의 촉망받는 장군 지위까지 올랐다. 입지전적 인물이었다. 하지만 아쉽게도 그에게는 소위 학식이라는 것이 매우 부족했다.

"박사가 되라는 게 아닐세. 학문을 닦아 문무를 겸비한 장군이 되라는 말이야." 손권은 어느 날 여몽에게 리더이자 멘토로서 이런 조언을 한다. 즉, 약점을 보완하라며 그 수단으론 독서를 권한 것이다. 손권은『손자병법(孫子兵法)』,『육도(六韜)』,『좌전(左傳)』,『국어(國語)』,『사기(史記)』 그리고『한서(漢書)』를 여몽에게 추천한다. 비록 어투는 따뜻한 톤이었으나, 그 내용은 새 임지로 떠나는 여몽을 향한 손권의 인생 내공이 실린 차가운 맞춤형 훈시였다.

여몽은 책을 읽기 시작한다. 손에서 책을 거의 놓지 않았다. 그리고 마침내 평소 자신의 약점을 괄시하던 학식 깊은 노숙(魯肅)과 단둘이 긴 대화를 나누는 기회를 얻는다. 노숙은 적벽대전의 영웅 주유(周瑜)가 급사하자 뒤를 이어 오나라 군대의 대도독을 맡은 인물이다. 그날 두 사람의 긴 대화가 끝날 무렵 여몽의 학식이 깊어진 것에 놀란 노숙은 칭찬을 아끼지 않았다. 그 노숙의 칭찬을 받아, 마주 앉은 여몽이 아주 태연한 표정으로 한 마디를 보태는데 바로 여기에 '괄목상대' 네 글자가 선명히 등장한다. "모름지기 선비란 3일 만에 재회해도 서로 눈을 비비고 상대의 변화를 파악하려 노력해야 맞겠죠." 여몽의 의미심장한 이 마무리 발화에 나온 '괄목상대'는 차츰 한중일 3국 모두가 선호하는 사자성어로까지 성장했다.

훗날 여몽은 백전노장 관우를 굴복시켜 최후를 맞게 한다. '괄목상대'의 중요성은 당시 여몽이 관우를 사로잡기 위해 수립한 탁월하고 치밀한 전술만 봐도 알 수 있다. 하지만 '하늘은 한 개인에게 전부를 주진 않는다'라는 말이 있다. 여몽은 병치레가 잦았다. 그를 아끼던 손권의 극진한 최후 병간호에도 불구하고 여몽은 42세라는 안타까운 나이에 병사했다.

개인의 삶은 누구에게나 장단점을 동반한다. 벗을 사귀고 만남에 있어 잠시 자신의 '눈을 비벼볼' 시간은 충분하고도 넉넉하다.

사자성어 인물 열전

꿰뚫어 보는 눈썰미를 가져라

양두구육(羊頭狗肉)과 안영(晏嬰)

*

잠수함이 수면 위에서 이동하는 순간을 '수상항주(水上航走)'라고 한다. 이 경우 주변의 상선이나 어선이 잠수함을 '작은 배'로 착각할 수 있다. 파도가 높은 날과 야간에는 더 오인한다. 선체의 3분의 2가 수면 밑에 있는 '큰 배'라는 것을 주변 선박에 알리기 위해 잠수함에는 '레이더 반사기' 등 특수한 장비들이 실려있다. 사람도 마찬가지다. 키가 특별히 작다고 해서 그를 깔본다든가 조롱하면 안 된다. 양두구육(羊頭狗肉)과 관련된 '안영'이 바로 그런 인물이다.

'양두구육(羊頭狗肉. 양 양, 머리 두, 개 구, 고기 육)'. 이 '양두구육'은 원래 '현양두, 매구육' 이렇게 여섯 자였다. '매단다'라는 동사 현(縣)과 '판다'라는 동사 매(賣), 이 두 글자가 생략되어 차츰 사자성어로 굳어졌다. 직역하면, 그냥 정육점 등에서 '양 머리를 걸어놓고, 실제로는 개고기를 판다'는 뜻이다. 속임수다.

'양두구육'은 『안자춘추(晏子春秋)』에 나오는 안영(晏嬰)의 일화에서 유래했다. 안영은 관중(管仲)과 함께 제나라의 명재상으로 꼽히는 인물이며, 『안자춘추』는 안영의 어록과 행실을 위주로 사후에 빈객(賓客)들이 대화 형식으로 기록한 그리 '딱딱하지 않은' 책이다.

안영은 관중보다 100여 년 후에 등장한 명 재상이다. 관중은 환공이라는 걸출한 인물을 보필하며 제나라를 강국으로 이끄는 행운을 누렸으나, 안영에게는 '리더(Leader) 운'이 없었다. 당시 제나라는 혼군(昏君)이 계속 집권하고 사회 지도층에도 무능하고 부패한 관리들이 날뛰어 하루하루 망국으로 치달았다. 이런 나라에서 안영은 50년 넘게 거의 홀로, 직언도 하고 비유도 하고 때론 으름장도 놓는 등 동분서주하며 해결사 노릇을 해냈다. 훗날 '양두구육'으로 바뀐 '우수마육(牛首馬肉)', 이 네 글자도 그가 보필하던 혼군 영공(靈公)을 깨우치는 직언 도중에 나온다.

제나라 영공(靈公)의 총애하는 첩인 융자(戎子)가 남장하고 다녔는데, 나라 안의 백성들이 모두 그렇게 따라 입었다. 영공이 "남장하는 여자가 있으면, 그 옷을 찢고 그 띠를 끊어라."라고 말했지만, 서로 눈치 보기만 할 뿐 멈추지 않았다. 안영이 보이자, 영공이 물어 말하길, "남장하는 여자의 옷과 띠를 찢고 끊었는데, 서로 눈치 보기만 할 뿐 멈추지 않는 까닭은 무엇인가?" 안영이 대

사자성어 인물 열전

답하여 말하길, "군주가 궁내에서는 입게 하고 궁 밖에서는 금지하는 것은, 소머리를 문에 걸어두고 안에서는 말고기를 파는 것과 같습니다. 영공께서 어떻게 하든 궁내에서 남장하는 것을 금지하지 않으신다면, 밖에서 하는 것을 감히 막지 못할 것입니다." 영공이 "좋다"라고 말하고 궁내에서 남장하는 것을 금지했더니, 한 달이 지나자, 나라에 남장하는 사람이 없어졌다. 『안자춘추(晏子春秋)』에 전하는 내용으로 오늘날과는 달리 말고기를 쇠고기인 척 내놓았다는 이야기다.

오늘날처럼 양고기와 개고기의 고사로 바뀐 것은 송나라 시기 보제(普濟)의 『오등회원(伍燈會元)』에 나오는 구절 "현양두매구육(懸羊頭賣狗肉)"에서 부터이다. 『오등회원』은 송나라 선승 보제가 집필한 불교 선(禪) 교양서로, 이 책에서 '양두구육'의 원문이 처음 등장해 "양 머리를 걸어두고 개고기를 판다(懸羊頭賣狗肉)"로 바뀌며, 겉과 속이 다름을 뜻하는 고사성어로 자리 잡았다.

안영과 동시대를 살았던 공자 역시 그를 높이 평가했다. 사마천도 『사기』 「열전(列傳)」에서 관중과 묶어 안영을 소개하고는 "만약 지금 안자가 생존한다면, 그를 위해 마부가 되고 싶을 정도로 흠모한다"라는 극찬 문구로 마무리했다.

여담으로, 춘추전국 시대에 진(秦)나라 등 일부에선 호구 조사를 할 때 사내아이의 나이는 적지 않았다. 나이 대신 키를 기록했다. 워낙 나이에 대한 신뢰도도 낮았지만, 대략 163cm를 기준으로 군역(軍役) 의무를 부과하기 위해서였다. 이런 난세에 안영은 성인이 되고 나서도 키가 작았다. 150cm에도 미치지 못했다는 것이 정설이다. '작은 거인'이었다. 왜소한 체구의 명재상 안영과 '큰 키에 우쭐하길 즐기던' 그의 마부와 또 그 마부의 '할 말은 꼭 하는' 아내 일화는 언제 접해도 입가에 잔잔한 웃음기를 남긴다. 사마천도 『안자춘추』를 읽다가 이 일화를 발견하고 사기에서 반 페이지가량을 할애했다.

마부의 아내가 말한다. "안자께서는 키가 6척(尺)에 못 미치지만, 신분은 제나라의 재상이고 그 명성은 여러 제후 사이에도 자자합니다. 오늘 그분이 외출하시는 것을 보았는데 뜻과 생각은 깊고 자신을 낮추시는 분이었어요. 당신은 키가 8척인데도 남의 마부 신세에 불과해요. 그런데도 당신은 아주 만족스럽다는 표정을 짓고 있더군요. 그래서 제가 헤어지자고 하는 것입니다." 이 '정문일침(頂門一鍼)' 경고를 귀담아들은 뒤 마부는 자신 안의 허세와 헤어진다. 자제하며 겸손한 사람이 된다. 안영도 마부가 '새 사람'이 된 연유를 듣고 그를 천거하여 실무 관료인 대부(大夫)로 지위를 높여주었다.

'양두구육'에서 양(羊)과 구(拘)를 분별할 지혜만 있다면, 이 네 글자의 부정적 의미가 우리에겐 '긍정의 힘'이 될 수도 있다. 사마천이 '안영의 마부가 되고 싶다'라고 기록했지만, 그는 『사기』

사자성어 인물 열전

집필을 시작하기도 전에 궁형(宮刑)을 받고 불구가 된 상태였다. 궁형은 오형(伍刑) 중 하나로 '거세하는 형벌'이다. 이 극한의 시련에도 사마천은 『사기』라는 불멸의 역사서를 저술한다. 또 다시 사마천의 '흔들림 없던 붓'과 그 마부 아내의 '투시할 수 있는 눈썰미'가 절실해진 시대다. 그들은 한결같이 '드러난 몸'이나 '내걸린 것'이 전부는 아님을 간파했다.

패배의 원인은 적을 깔보는 데서 시작한다

소리장도(笑裏藏刀)와 제갈량(諸葛亮)

*

"내가 웃는 게, 웃는 게 아니야"라는 말처럼 웃음에도 여러 종류가 있다. 우리가 상대방의 웃음에도 어느 정도는 주의를 기울이며 사는 이유다. 겉웃음, 너스레웃음, 반웃음, 선웃음, 억지웃음, 헛웃음, 여우웃음, 염소웃음 그리고 특히 간살웃음에 대해서는 한 번 깊게 곱씹어볼 필요가 있다. 이런 웃음들은 공통으로 뭔가 개운치 않은 여운을 남기기 때문이다. 그래서 까투리웃음, 비웃음, 쓴웃음 등 부정적인 감정 상태를 노골적으로 드러내는 웃음이 차라리 더 낫다는 이도 있다.

'소리장도(笑裏藏刀. 웃을 소, 속 리, 감출 장, 칼 도)'는 '웃음 속'에 '칼을 숨기다'라는 뜻을 가진 사자성어이다. 이 두 부분이 합쳐져 '겉은 미소를 짓고 있으나, 안으론 칼을 숨기고 있다'라는 의미가 만들어졌다. 세 글자로 줄여 '소중도(笑中刀)'라고도 쓴

사자성어 인물 열전

다. 중국에서 속담집처럼 대중에게 익숙한 책 『삼십육계』의 제 2부 「적전계(敵戰計)」에도 이 군사적 지략이 나온다. 「적전계」 에는 양측의 군사력이 '대등한 상황'일 때의 계책들이 적혀있다.

고대 중국의 빼어난 군사 전략가로 세 인물이 손꼽힌다. 『손자 병법』의 저자 손무(孫武), 초한 전쟁 시대의 장량(張良), 삼국시 대의 제갈량(諸葛亮. 181~234)이다. 이 3명 가운데 한중일 대중 들 사이에 가장 인기를 누리는 이는 누굴까. 단연코 제갈량이다. 물론 유방의 지낭(智囊)으로 활약한 신비한 인물인 장량도 상당 한 인기가 있다. 그래도 부동의 '인기 1위'는 삼국지에서 촉(蜀) 나라의 군사(軍師)이자 '넘버 2'였던 공명(孔明) 선생 제갈량이 다.

공명의 직업을 현재 기준에서 바라보면 어디에 속할까? 거창 하게 사상가나 철학자로 분류했다면 분명 오답이다. 정치인 또는 행정가로 분류했다면 아주 틀린 답은 아니지만 말이다. 만약 더 세밀한 분류를 선호한다면 요즘의 국방부 장관 또는 합참의장으 로 상상해 볼 수도 있겠다. 하지만 이런 분류들은 카리스마 넘치 는 이 '일중독(workaholic)' 천재를 너무 좁은 틀에 가두는 한계 를 지닌다.

이 시대에 비춰, 가장 근접한 제갈량의 직업은 전문 경영인이 아닐까 싶다. 요즘으로 보면, 그는 갑자기 스카우트를 당한 인공 지능 전문가 CEO다. '중 3수준'의 의협심과 실패를 무릅쓰는 '벤

처 기업가' 마인드를 밑천으로 황건적에 맞서 창업했다가 도산(倒産) 직전까지 몰린 유비는 '삼고초려(三顧草廬)'를 하는 등 제갈량 영입에 많은 공을 들였다. 유비와 그의 조직은 제갈량을 만난 후에야 처음으로 '큰 판'을 제대로 읽었다. 지피지기(知彼知己) 분석과 군량미 대비책 등을 마련한 뒤 전투를 치를 수 있었다. 첫 약속을 무르지 않고, 평생 제갈량 한 사람에게 힘을 실어준 유비의 리더십도 대단하다.

무직 청년 제갈량에게는 '어지러운 시대에 태어났으나 천하 경영에는 참여한다'라는 큰 포부가 없지 않았다. 교류하던 당대의 인재들 사이에 이름도 알려진 상태였다. 하지만 본래 그는 '때를 기다린다'라는 심정으로 난세를 피해 은둔자의 길을 택했던 젊은 현인이었다.

안타깝게도 제갈량은 50대에 과로사했다. 그가 저술한 병법서도 현재까지 전해지는 것이 없다. 그는 약체(弱體) 촉나라의 군사(軍師) 직위를 맡아 거의 매년 쉽지 않은 전쟁을 치렀다. 승상의 지위를 맡아 국정 전반에 기강을 세우는 등 매우 분주한 일정을 가냘픈 몸매로 버텨냈다. 덕분에 그가 살아 활약하던 시기에 촉나라는 남북으로 광활한 영토와 세력권을 확보할 수 있었다. 정치에서도 심모원려(深謀遠慮)와 신상필벌을 키워드로 삼아 안정을 유지했다. 고성능 인공지능이라도 달성하기 쉽지 않을 업적이다.

예나 지금이나 전쟁의 승패는 시작하기도 전에 미리 결정되는

사자성어 인물 열전

경우가 많다. "패배의 모든 원인은 적을 깔보는 데서 기인한다."

제갈량은 이렇게 조운, 강유, 마속 등 휘하의 장수들에게 자주 조언했다. 이 말에는 적으로 하여금 아군을 깔보게 유도하라는 의미도 있겠으나, 적장이 구사하는 '소리장도(笑裏藏刀)' 계책에는 특별히 주의하라는 의미에 방점이 찍혀있다. 당시나 지금이나, 웃는다고 꼭 복(福) 오는 것은 아닌 세상살이 이치 때문이다.

토끼는 세 개의 굴을 파놓고 위기에 대비한다

교토삼굴(狡兎三窟)과 전문(田文)

*

순서가 쓰임의 핵심인 말들이 있다. 대표적인 예로, '갑을병정무기경신임계'는 10간(十干)의 순서다. 자연수 1부터 10까지 차례로 배열한 것과 같다. '자축인묘진사오미신유술해'는 십이지(十二支)의 순서다. 쥐, 소, 범, 토끼 등 익숙한 실재 동물 11종류에 가상의 동물 용(龍) 하나를 추가한 것이다. 그런데 이 십이지에서 각 동물의 순서는 누가 정한 것일까. 몇 개의 주장이 있다.

그 중 전래 설화도 포함된다. 먼 옛날에 동물들이 '누가 일찍 도착하나' 경주를 벌였고, 선착순으로 순번이 정해졌다는 그런 내용이다. 이 설화에서 영리한 쥐는 하루 일찍 출발하기로 결심한 소의 등에 올라타 조용히 힘을 비축하고 있다가 마지막 순간에 잽싸게 뛰어내려 1위를 차지해 버린다. 황당했지만 소는 2위에 만족한다. 그런데 용, 말 등 다른 쟁쟁한 동물들을 제치고 연약한 토끼가 4위를 차지한 비결은 의외로 단순하다. 참여한 동물 가운

사자성어 인물 열전

데 뛰는 종목이라면 토끼가 호랑이 다음으로 빠르기 때문이었다.

교토삼굴(狡兎三窟. 교활할 교, 토끼 토, 석 삼, 굴 굴), 앞 두 글자 '교토'는 '교활한 토끼'다. '삼굴'은 '세 개의 굴'이다. 본래 '영리한 토끼는 세 개의 땅굴을 파 놓고 만약의 위기에 대비한다'는 의미의 문장이었다. 훗날 이 네 글자로 압축됐다. 한나라 유향(劉向)의 『전국책(戰國策)』에 관련 기록이 나온다.

맹상군(孟嘗君)으로 우리에게 알려진 전문(田文)은 중국 전국시대 말기 제(齊)나라의 유명한 정치가다. 그의 생일은 음력 5월 5일, 단오(端吾)날이다. 당시 음력 5월 출생한 사내아이는 '키가 지게문 높이만큼 자라면 아비를 해친다'라는 속설이 있었다. 전문의 부(父)는 그를 '거두지 말라'고 전문의 모친에게 말했다. 정(正)부인이 아니었던 모친은 그를 몰래 키웠고, 장성한 후에 부친에게 보낸다.

"만약 목숨을 하늘로부터 받는 것이라면 걱정할 일이 없고요. 만약 지게문으로부터 받는 것이라면 지게문을 아주 높이면 그만 아닙니까?" 전문은 첫 대면에서 이 간단한 이치로 부친의 우려를 잠재웠다. 부친은 그의 총명함을 즉시 알아챘다. 훗날 전문은 제나라 재상을 오래 지낸 부친이 세상을 뜨자, 영지 설(薛) 땅과 작위의 승계자가 된다.

전문은 시대를 한참 앞선 뛰어난 감각의 정치가였다. 큰 가문을 이끌면서도 그는 수천 명 규모의 식객을 따로 정성껏 대접하며 교류했다. 그들에게 무료로 숙식을 제공했고, 자주 직접 대화하고 '밥도 함께 먹으며' 다방면의 지혜를 구했다. 꽤 '통 큰' 처세였다. 제후들 사이에도 차츰 그의 이름은 인자하고 유능한 제나라의 재상으로 알려졌다.

그의 식객 가운데 풍환(馮驩)이라는 괴짜 인물이 있었다. 현재 '교토삼굴'로 압축되어 쓰이는 이 말은 전문의 불투명한 앞날에 대비하기 위해 풍환이 미리 일련의 비밀 프로젝트를 기획하고 진행하는 과정에서 나온다. 설 땅 주민들의 차용증서를 불태워 일찌감치 민심을 다독여 둔 것도 풍환의 이 프로젝트 가운데 하나였다. 전문이 보필하던 제나라 민왕(湣王)은 호전적 기질에 교만한 리더였기 때문이다. 그는 명망이 높은 전문을 늘 경계했다.

중국 전국시대에 4공자(四公子)가 천하에 이름을 떨치며 활약한 시기가 출현한다. '4공자'는 조나라의 평원군 조승(趙勝), 위나라의 신릉군 위무기(魏無忌), 초나라의 춘신군 황헐(黃歇), 그리고 맹상군 전문이다. 이들은 대적하기 버거울 정도로 강성해진 서쪽 진나라의 위협에 맞서고, 한편으로 각자 국익을 위해 기발하고 대범한 계책을 펼쳐 상당한 유명세를 누렸다. 참고로, '계명구도(鷄鳴狗盜)'라는 우리에게 잘 알려진 사자성어 역시 전문과 그의 기상천외한 재주를 가진 식객들이 함께 등장하는 한 에피소드에서 유래했다.

혹시 직장이나 사회에서 곤욕을 치를 때에 처했다면 이 '4공자'의 활약상을 일독해 보는 것도 나쁘진 않을 것 같다. 전형

사자성어 인물 열전

(prototype)에 가까운 이들 사례에서 '묘책의 단서'를 몇 개 발견하는 귀한 시간이 될 수도 있다.

직장, 경제, 미래 준비 등 다양한 분야에서 '대비'의 중요성을 일깨워준다. 위기 상황에서 유연하게 대처하고, 실패를 반복하지 않기 위해서는 상황을 정확히 파악하고, 여러 대안을 마련하는 것이 필요하다.

상태가 돌이킬 수 없을 만큼 악화되다

병입골수(病入骨髓)와 편작(扁鵲)

*

"의사가 돈을 탐내어, 아프지도 않은 사람을 병이 있다며 치료하려 드네." 피부에 가려운 증세가 있어도 심각하게 여기지 않는 환자들이 많다. 어떤 환자는 의사가 심각한 병의 초기 증세라고 말해줘도 귀담아듣지 않는다. 일단 의심부터 한다. 진실을 회피하고 싶은 심리 때문이다. 병이 조금 악화해도 그 반응은 달라지지 않는다. "난 병이 없다니까요!" 서둘러 치료하지 않으면 심각해질 것이라는 두 번째 경고에는 이렇게 퉁명스럽게 반응한다.

병입골수(病入骨髓. 병 병, 들 입, 뼈 골, 뼛골 수)의 앞 두 글자 '병입'은 '~에 병이 든다'라는 뜻이다. '골수'는 순우리말로 바꾸면 '뼛속'이다. 이 둘이 합쳐져 '뼛속까지 병든다'라는 의미가 만들어졌다. 이 '병입골수'는 사마천 『사기(史記)』 「편작창공열전(扁鵲倉公列傳)」편의 한 일화에서 유래했다. '병입골수'와 '병입

사자성어 인물 열전

고황(病入膏肓)'은 유의어다. '고황'은 심장과 횡경막 사이다. 몸의 제일 '깊은 곳'을 비유한다.

　편작은 기원전 401년 출생했다. 본명은 진월인(秦越人)이다. 전(田)씨 제나라의 환후(桓侯)는 '서둘러 치료해야 한다'라는 편작의 경고를 세 번 연속 무시하다가 결국 사망한다. 두 번째 경고에만 치료를 시작했더라도 건강을 되찾을 수 있는 병이었다. 당대의 명의 편작도 '뼛속까지 스며든 병'은 치료할 방법이 없었기에 서둘러 도주한다.

　'편작'을 글자 위주로 풀이하면 '널리 돌아다니는 까치'라는 뜻이다. 중국인들도 까치를 기쁜 소식을 전하는 새로 여긴다. 그가 한곳에 머무르지 않고 여러 나라를 순회하며 위중한 환자들을 치료해 붙여진 이름이다.

　편작은 주요 진료 과목도 현지의 수요에 맞춰 변경했다. 부녀자를 귀히 여기는 한단(邯鄲)에서는 산부인과 위주로 진료했다. 노인을 존중하는 낙양(洛陽)에서는 안과와 관절염 치료 통증 클리닉을 열었다. 어린아이를 소중히 여기는 함양(咸陽)에 머물 때는 소아과 진료에 전념했다.

　편작이 괵(虢)나라 태자를 살려낸 에피소드는 매우 극적이다. 그가 괵나라 궁문 앞에 이르렀을 때 태자는 그날 새벽 이미 사망한 것으로 결론이 난 상태였다. 그가 사망한 태자를 직접 확인할 방법은 없었다. 편작은 먼저 태자에게 '어떤 증상'이 있었는지에 대한 간단한 설명만을 듣는다. 이어 "제 의술은 맥을 짚거나 안색을 살피거나 청진(聽診)하거나 그러지 않아도 병의 증상만 들으면 확진할 수 있는 수준입니다"라며 태자를 살려낼 수 있다고 설득했다. 과연 편작의 진단대로 태자의 병은 시궐(尸蹶)이었다. '시궐'은 졸도하여 '죽은 사람처럼' 되는 병증이다. 편작이 치료를 시작하고 20일이 되자 태자는 건강을 되찾았다. 『사기』에는 '능생사인(能生死人)'으로 적혀 있다. '죽은 사람을 살릴 수 있다'라는 뜻이다.

편작의 최후는 꽤 덧없다. 질투에 눈이 먼 동종 업계 종사자가 보낸 자객 손에 희생됐다. 동서고금 인간 세상에 좋은 일만 계속될 수는 없다. 평생 좋은 일을 해도 최후 순간은 어처구니가 없을 수 있다. 이런 아이러니를 보여주는 사례는 의외로 세상에 흔하다.

편작의 인품은 무던한 편이었다. "뭐, 제게 죽은 사람을 되살리는 재주가 있는 게 아니에요. 원래 살아날 수 있는 사람을 제가 '일어서게' 한 것일 뿐이죠." 괵나라 태자를 되살리는 공로를 두고도 그는 이처럼 '쿨(cool)'하게 말했다.

20세기 초 영국에서 최초의 항생제 페니실린이 발견된 이후 현대 의학은 눈부시게 발전했다. 지금은 '병에 걸려 죽으려고 해도 그게 쉽지 않다'라는 유머까지 있다. 하지만 유독 심리 분야에선 약물 치료의 길이 여전히 미답이거나 미완성이다. 우리 현대인은 원인을 알 수 없는 마음의 병을 많이 앓고 있다. 불편함과 신

사자성어 인물 열전

음과 두려움은 있지만 편작이 선보인 비책(秘策)은 아직 찾지 못하고 있다. 수시로 엄습하는 불안으로 '사회적 은퇴'를 강요당하는 이들도 있다.

의술만의 문제는 아닐 것이다. '성과 중시' 문화에서 원인을 찾는 진단도 있다. 궁금하다. 여전히 우리의 전부를 지배하는 이 '마음이란 것'은 대체 우리 몸 어디쯤 있는 것일까.

닥쳐올 위기에 한발 앞서 벗어나라

토사구팽(兎死狗烹)과 범려(范蠡)

*

　말을 타고 싸우던 기병(騎兵)은 전쟁이 끝나자, 이번에는 그 말에게 밭을 갈게 했다. 먹이도 일도 당나귀처럼 대우했다. 다시 전쟁이 발발해 그 말을 타고 전쟁에 나섰으나 출발부터 쉽지 않았다. 과거의 날쌘 말이 굼뜬 말로 변했기 때문이었다. 이솝 우화의 한 페이지다. 전쟁이 끝난 후 군마(軍馬)에게 멍에를 씌워 중노동을 시킨 것을 사자성어와 연관시키면 뭘까. 토사구팽(兎死狗烹. 토끼 토, 죽을 사, 개 구, 삶을 팽)이다. '토사'는 '토끼가 죽다'라는 뜻이다. '구팽'은 '개를 삶다'라는 뜻이다. 이 두 부분이 합쳐져 '토끼 사냥이 끝나면 사냥개는 삶아지는 신세가 된다'라는 의미가 만들어졌다. 이 사자성어의 유래를 유방과 한신(韓信)의 일화로 오해하는 이들이 가끔 있다. 월(越)나라 왕 구천(句踐)과 그의 책사 범려(范蠡)의 일화가 '토사구팽'의 진짜 유래다.

사자성어 인물 열전

'토사구팽'을 설명하려면, 먼저 '와신상담(臥薪嘗膽)'을 살펴볼 필요가 있다. 구천은 '와신상담의 유래와도 관련이 있는 인물이다. 부차(夫差)가 '와신(臥薪)' 했고, 구천은 '상담(嘗膽)'을 했다. 오월동주(嗚越同舟). 이 유명한 사자성어에서 짐작할 수 있듯이 오나라와 월나라는 사이가 좋지 않았다. 위아래로 영토가 인접하여 서민들도 적국 사람을 원수로 여겼다. 서로 앙숙으로 지내다가 비교적 짧은 역사만을 남긴 채 사라지고 말았다. 이 두 나라의 악연에는 나름대로 사연이 있다.

　월나라 정벌에 나선 오나라 왕 합려(闔閭)가 화살 상처 때문에 병석에서 사망한다. 합려의 아들 부차는 아버지의 원수를 잊지 않기 위해 편안한 침대를 두고 아예 땔나무 더미 위에서 잠을 잤다. 마침내 부차는 전쟁에서 승리하고 구천을 사로잡는다. 이어 구천은 천신만고 끝에 간신히 오나라에서 탈출해 월나라로 돌아온다. 그는 설욕을 벼르며 쓸개를 매일 혀로 핥았다. 10년을 '상담'하며 호시탐탐 기회를 노린다. 마침내 구천이 오나라의 수도를 급습해 부차를 죽이면서 이 끊임없는 설욕전이 일단락됐다.

　구천의 최종 승리에 책사 범려와 문종(文種)의 공도 지대했다. 더 이상 전쟁을 할 필요가 없게 되자 범려는 고민에 빠졌다. 이제는 국가가 아닌 자신과 가족의 안위를 위해 계책을 세워야 할 때가 되었음을 직감했다. 범려의 눈에 구천은 고생을 함께 할 수는 있어도 공(功)을 나누기는 어려운 인품의 소유자로 보였기 때문이다. '상담' 일화에서 보듯 꽤 '독한 기질'의 리더(Leader)였으리라 짐작된다. 관상학적으로 그는 '목이 길고 입은 까마귀의 부리처럼 생겼다(長頸烏喙)'라고 전해진다.

범려는 구천의 곁을 즉시 떠나기로 결심한다. 제(齊)나라로 탈출해 그는 친구인 문종에게 편지를 한 통 보낸다. '새 사냥이 끝나면 좋은 활은 창고에 보관되고, 토끼 사냥이 끝나면 사냥개는 솥에서 삶아지게 된다네.' 범려가 자신들의 신세를 사냥개에 비유하며 신속한 탈출을 권한 이 편지에서 '토사구팽'이 유래했다. 머뭇거리던 문종은 구천이 보낸 칼로 자결하는 최후를 맞는다. 범려는 나중에 이름을 바꾸고 상인으로 크게 성공했다.

범려의 경우는 '독한 기질'의 리더를 만난 경우였다. 유방이 한신 등 건국 공신들을 처형한 것은 나름대로 이유가 있었다. 이런저런 반란의 위험 때문이었다. 부득이한 경우가 아닌데도, 병적으로 과도하게 공신을 '배신하고 없애버린' 극악한 경우도 전혀 없지 않다. 명(明)나라를 건국한 주원장(朱元璋)이 그러했다.

한 가지 우리가 오해하면 안 되는 사실이 있다. '모든 리더'가 '토사구팽'하는 것은 아니다. 만약 그렇지 않다면 우리 인류의 역사는 다른 길로 접어들었을 것이다. 지금과 같은 고도의 문명사회에까지 이르지 못했을 것이다. 고생만 같이하고 공을 혼자 누리는 리더가 세상을 가득 채운다면 그다음 세대의 누가 자신의 리더와 고생을 같이 할 결심을 할까.

기술이 발전한 오늘날에도 머뭇거리다가 '토사구팽'의 궁지에

사자성어 인물 열전

빠지는 이들을 가끔 본다. 범려는 '토사구팽'의 유래가 된 문장을 남겼지만, 자신에게 닥쳐올 재난에서 한발 앞서 벗어났다. 위험을 예견하는 것과 서둘러 대응하는 것은 다른 차원의 내공이 아닐까 싶다.

요행을 기다리지 말고, 결과를 만들어라

수주대토(守株待兎)와 한비(韓非)

*

농부가 하루는 자신의 밭 안에 있는 그루터기에 토끼 한 마리가 큰 소리를 내며 부딪히고 튕겨 나가는 장면을 목격한다. 빠르게 밭을 가로지르던 토끼였다. 다가가서 보니 목이 부러져 즉사한 상태였다. 이후 그는 농사일을 팽개치고 이 그루터기 근처에 매복하며 다른 토끼를 기다린다. 결국 이 소문이 퍼지고 나라 전체의 웃음거리 신세가 되고 만다.

수주대토(守株待兎. 지킬 수, 그루터기 주, 기다릴 대, 토끼 토)의 앞 두 글자 '수주'는 '그루터기를 지키다'라는 뜻이다. '대토'는 '토끼를 기다리다'라는 뜻이다. 이 두 부분이 합쳐져 '그루터기를 지키며 토끼가 오길 기다린다'라는 의미가 만들어졌다. '수주대토'는 춘추전국시대 송(宋)나라 농부를 주인공으로 내세운 고사에서 유래했다. '여기가 칼 빠뜨린 곳이라며, 타고 가던 배에

사자성어 인물 열전

표식을 새긴다'라는 의미의 '각주구검(刻舟求劍)'과 쓰임에서 서로 통한다. 둘 다 주인공의 '어리석음'에 대한 통렬한 풍자가 줄거리의 핵심이다.

한비(韓非)가 저술한 『한비자(韓非子)』에 이 '수주대토' 고사가 나온다. 그는 요순(堯舜)시대 등 먼 과거의 이상적인 정치를 그리워하는 이들의 주장을 반박하기 위해 이 고사를 활용했다. 그는 '가뭄에 콩 나듯' 드문 명군(明君)의 출현을 기다리는 것은 '수주대토'하는 농부처럼 어리석다고 여겼다. 명문화된 법률과 제도를 확립하고 그대로 집행하는 것이 더 중요하다고 주장했다. 한비가 평균 수준의 군주를 염두에 두고 '통치권 강화 매뉴얼'도 함께 제시한 이유다.

한비는 한(韓)나라의 공자로 태어났기에 일찌감치 궁정의 이런저런 내막이나 위선 사례를 가까이서 목격했다. 군주에 대한 환상은 없었다. 군주라 할지라도 자존심에 상처받는 조언이라면 극도로 꺼린다고 그는 기록했다. 자신보다 높은 지위를 가진 이에게 다가가 유세할 때 실패하는 경우는 대부분 이 핵심을 놓치기 때문이라고 그는 주장한다. 『한비자』의 「세난(說難)」 편에 여러 예시가 나온다.

한비의 삶은 순탄치 못했다. "나는 한비가 「세난」 편을 저술하고도 정작 자신은 죽음에서 벗어나지 못한 것이 유독 마음 아프다." 사마천은 이렇게 그를 애도했다. 한비가 친구로 믿었던 동창생 이사(李斯)의 질투 탓에 진(秦)나라 옥에 갇히고 독살되는 최후를 맞았기 때문이다.

한비는 훗날 한(韓)·조(趙)·위(魏)·초(楚)·연(燕)·제(齊)를 차례로 멸망시키고 중국을 통일한 진시황 영정과 동시대 인물이다. 영정이 하루는 우연히 '고분(孤憤)'편과 '오두(伍蠹)'편의 일부를 읽고 저자 한비에게 적극적인 관심을 보였다. 이윽고 한비는 진나라를 방문하고 영정을 만나 유세한다. 하지만 등용되지 못했다.

이 대목에서 시야를 조금 확대할 필요가 있다. 영정이 이끄는 진나라의 통일 의지는 쉽게 꺾을 수 있는 것이 아니었다. 대야망을 숨기지도 않았다. 진나라 전체가 살기(殺氣)를 내뿜었고, 결기로 가득했다. 이런 분위기였기에 '한나라 공자가 어찌 적국 진나라를 위한 계책을 내겠는가. 그건 불가능하다'라는 이사와 요고(姚賈)의 이간질이 영정에게도 쉽게 통했다.

한비는 '적국 인재를 살려두면 후환이 생긴다'라는 이사의 독하고 비정한 논리에 따라 진나라 감옥에서 독을 마셔야만 했다. 그의 나이 불과 47세였다. 한비의 최후에서 알 수 있듯 당시 진나라를 잠재적으로 위협할 만한 적국 인재에게 선택지는 많지 않았다. '진나라에 등용된다, 제거당한다, 철저히 은둔한다.' 이 세 갈래 길뿐이었다. 영정의 진나라가 파죽지세(破竹之勢)로 나머지 6국을 멸망시키고 중국을 통일한 것은 '수주대토'나 우연이 아니었다.

한비는 자신의 애독자(愛讀者) 영정과 시기심 많은 이사에 의해 안타까운 최후를 맞았다. 죄를 짓지 않았음에도 희생됐다. 가해자와 피해자 모두가 유명한 법가였다. 먼 과거의 비극이지만 오늘날에도 법(法)의 양면성엔 늘 주의가 필요함을 각성하게 한다.

부드러움 속에 강함을 가져라

면리장침(綿裏藏針)과 조맹부(趙孟頫)

*

'솜처럼 부드럽다'라는 표현이 있다. 순백의 목화(木化)를 수확한 후, 속에 든 씨앗을 제거하면 바로 솜이다.

이번 사자성어는 면리장침(綿裏藏針. 솜 면, 속 리, 감출 장, 바늘 침)이다. 앞 두 글자 '면리'는 '솜의 속'이다. '장침'은 '바늘을 감추다'란 뜻이다. 이 두 부분이 합쳐져 '솜 속에 쇠붙이나 바늘을 감추어 꽂는다'라는 의미가 만들어졌다.

'면리장침'은 맥락에 따라 2가지 상반된 뉘앙스를 가진다. 첫째, 겉이 부드러우나 속엔 강인함을 가진 경우다. 애초 문인화가 겸 서예가 조맹부(趙孟頫. 1254~1322)가 '부드러운 획 안에도 강한 기운이 꼭 포함돼야 한다'라는 의미로 썼다. 둘째, 온화한 표정으로 마음속 흉악한 의도를 감춘 경우, 즉 부정적 뉘앙스다. 소리장도(笑裏藏刀), '포장화심(包藏禍心)' 등이 유의어다.

조맹부는 송(宋)을 건국한 조광윤의 11대손이다. 항저우(杭州)가 수도였던 남송(南宋. 1127~1279)이 몽골 군대와 서로 대치하던 시기, 지금의 저장(浙江)성에서 태어났다. 남송의 고위 관료였던 부친을 11세에 여의었다.

25세에 남송이 멸망하자, 그는 의기소침한 상태로 바깥출입을 삼가며 지냈다. 모친이 하루는 눈물을 내비치며 신신당부한다. "너는 서자로 태어났다. 어린 나이에 부친과 사별했고, 최근엔 왕조까지 바뀌었다. 집안의 경제적 형편도 궁핍해졌다. 하지만 새로 들어선 원(元. 1271~1368)나라도 결국 한족 인재를 등용할 수밖에 없을 것이다." 학문을 익히며 때를 기다리면, 기회가 찾아올 것이라는 취지였다.

모친의 눈물에 자극받은 조맹부는 심기일전했다. 저명한 유학자에게 고급 학문을 익히고, 화가 전선(錢選)에서 그림을 배우며 약 10년을 보냈다. 차츰 그의 이름이 원나라 조정에까지 알려져, 세조(世祖) 쿠빌라이 칸이 먼저 초빙하길 원하는 인물에 포함됐다. 그의 기량이 당대 지식인 사회에서 군계일학(群鷄一鶴)으로 평가될 정도의 경지에 도달했기 때문이다.

조맹부는 30대 중반에 지금의 베이징(北京)에 도착해 세조의 총애를 받으며 중앙 정부에서 관료 생활을 시작했다. 그러나 세조가 고령이 되자, 조정은 극심한 혼란에 빠졌다. 한족이고 송나라 종실 출신인 조맹부는 요동치는 정국에서 희생될 수도 있겠다는 예감에 휩싸인다.

이런저런 노력 끝에, 길게만 느껴지던 중앙 정부에서의 6년 생활을 마감하고 산둥(山東) 지역 지방 관료로 부임했다. 그가 임기를 채 마치지 못한 상태에서, 제2대 성종(成宗)이 그를 다시 조정으로 불러들였다. 그러나 병을 핑계로 40대 초반에 고향으로 돌아와 작품 활동에 힘썼다.

제4대 인종(仁宗)이 그를 다시 초빙해 조정으로 복귀시켰다. 지위가 종1품에 이르렀고 늘 황제 주변에 머물며 매우 분주했지만, 오히려 그는 송 황실의 후예이기에 장식 꽃병처럼 쓰이는 그런 신세라고 부끄러워했다. 자신의 처지를 한탄하는 시도 남겼다. "머리 벗겨지고 이가 빠지는 63세에 이르니, 지난 일들이 수치스럽게만 느껴지네. 그래도 나름 필묵에 힘을 썼으니, 후세 사람들이 이에 대해 담론하게 되리라."

배우자이자 좋은 벗이던 문인화가 관도승(管道昇)의 장례를 핑계로, 66세에 궁궐을 떠나 귀향했다. 거듭된 조정의 복귀 명령에도 나이를 핑계로 거절하고 계속 고향에 머물렀다. 향년 68세로 세상을 하직했다. 이로써 동유럽 일부와 러시아, 중앙아시아, 동아시아 등 여러 문명을 아우르던 글로벌 용광로 대몽골국도 문화 분야에서 튼실한 버팀목 하나를 잃었다.

'면리장침', 이 네 글자는 조맹부 송설체(松雪體)의 별칭이기도 하다. 특히 서성(書聖) 왕희지 서체를 골간으로 한 그의 해서(楷書)는 '부드러우면서도 힘이 느껴지는' 작품으로 높이 평가받는다. 회화 분야에선 말(馬) 그림에 능했다. 「욕마도(浴馬圖)」, 「인

사자성어 인물 열전

기도(人騎圖)」,「추교음마도(秋郊飮馬圖)」등이 있다.

고려 말 재상을 지낸 이제현(李齊賢. 1288~1367)이 상왕 충선왕(忠宣王)을 수행하며 원의 수도에 머물던 젊은 시절, 그와 자주 왕래했다. 이 인연으로 '면리장침' 송설체가 조선 초기 크게 유행했다.

실력과 인품을 두루 갖추어라

행림춘만(杏林春滿)과 동봉(董奉)

*

봄에 살구나무는 연한 분홍색 꽃을 피운다. 개화 시기가 벚꽃보다 살짝 이르다. 요즘에도 중국에서 '행림(杏林)'은 진료하는 의원들의 미칭(美稱)으로 쓰이고 있다.

사자성어 행림춘만(杏林春滿. 살구나무 행, 수풀 림, 봄 춘, 찰만)의 '행림'은 '살구나무 숲'이다. '춘만'은 '봄이 가득하다'라는 뜻이다. 이 두 부분이 합쳐져 '살구나무 숲에 봄이 가득하다'란 뜻이 만들어졌다. 주로 실력과 인품을 두루 갖춘 의사의 미덕을 칭송하는 의미로 쓰인다. '예만행림(譽滿杏林)'도 비슷한 의미를 담고 있다. 중국 명의(名醫) 동봉(董奉. 17?~28?)의 행적에서 유래했다.

동봉은 삼국시대 오(吳)나라에서 태어났다. 일찍 부친을 여의었다. 가정 형편이 어려웠으나 현명하고 엄격한 모친의 보살핌을 받으며 성장했다. 모친은 집 주위에 살구나무를 많이 심었다. 덕분에 그는 살구가 익은 후 판매하면 가계에 도움이 되고, 만약 누군가 구걸하러 오면 배고픔을 바로 해결해 줄 수 있다는 사실을 일찍 배웠다. 당시 위(魏)·촉(蜀)·오(吳) 삼국 사이에 큰 전쟁이 끊이지 않는 시기였기에, 흉년이면 배고픔에 시달리다가 유랑하거나 걸인 신세가 된 사람들이 꽤 있었다.

이런 난세였기에 동봉도 성장하면서 유교 서적보다는 의학 서적과 도교 서적에 더 관심을 가졌다. 손권(孫權)이 통치하던 오나라에서 잠시 벼슬을 하기도 했으나 바로 그만뒀다. 장수들의 입김이 세고, 상명하복과 기강을 중시하는 관료 사회는 가치관은 말할 것도 없고 그의 기질과 잘 맞지 않았기 때문이다.

특이하게도 그는 의원으로 활동하며 치료비를 받지 않았다. 대신 그는 자신의 집 주변에 살구나무를 심는 것으로 치료비를 대신하게 했다. 일반 환자는 한 그루, 중증 환자는 다섯 그루를 심는 방식이었다. 세월이 흐르자, 그의 집 주변에 울창한 숲이 형성됐다. 사람들이 '동선행림(董仙杏林)'이라고 부르던 이 10만여 그루 살구나무 숲은 차츰 그의 명성을 대신하는 고유명사가 됐다.

그의 평범하지 않은 진료 행적과 함께, 몇 가지 흥미로운 일화들도 존재한다. 그의 '행림'에 살구가 노랗게 익는 수확의 계절이 오면 누구든지 곡식을 가져와 동일한 양의 살구와 바꿔 갈 수 있었다. 만약 한 광주리 분량의 곡식을 가져와 두 광주리 분량의 살구를 가져가면, 규칙을 어긴 셈이어서 합당한 대가를 치러야 했다. 호랑이가 포효하여 결국 더 가져간 살구를 스스로 반환할 수밖에 없었다는 과장된 에피소드도 전해지고 있다.

해마다 차가운 바람이 불기 시작하면 적지 않은 곡식이 그의 창고에 쌓였다. 살구와 곡식을 동일한 무게로 교환하면 당시 기준으로 주민들에게 충분히 이익을 보장하는 구조였기 때문이다. 이렇게 모은 곡식으로 그는 빈민을 구호했다.

살구씨(杏仁)는 중국 전통 의학에서 약재로 쓰인다. 복숭아나 자두와 다르게 잘 익은 살구를 반으로 쪼개면 씨앗이 쉽게 분리된다. 이어 굳은 씨껍질을 깨뜨리고, 부드러운 부분을 한약재로 쓴다. 대체로 호흡기 계통에 치료 효과가 있다. 기침을 멎게 하고 천식을 누그러뜨린다.

노인성 변비에도 효과가 좋다. 그뿐만 아니라 이 살구씨에서 추출한 기름으로 기미나 주근깨를 치료하기도 한다. 이런 효능 때문에 살구씨 성분을 함유한 비누가 상품화되어 사용된다. 동봉이 치료비를 대신해 살구나무 묘목을 그의 숲에 심으라고 한 것은 살구의 이런 다양한 쓰임을 숙지했기 때문이었음을 우리가 짐작할 수 있다.

동봉은 조조에게 살해당한 화타(華佗), 최초의 체계적인 중국 전통 의학서 『상한잡병론(傷寒雜病論)』의 저자 장중경(張仲景)과 비슷한 시기에 활동했다. 예나 지금이나 전쟁이 끊이지 않고 전염병이 창궐하는 난세에 오히려 의학은 발달한다. 행림춘만. 봄은 늘 그렇듯 사람들의 마음을 설레게 한다. 동림처럼 고운 마음을 가진 명의가 그립다.

문왕과 강태공이 처음 마주한 낚시터 일화는 꽤 유명하다. 하루는 그가 소문을 듣고 강태공을 방문했다. 이 무렵 중년의 강태공은 곧은 바늘을 사용하며 물고기 대신 세월을 낚고 있는 인물로 세상에 알려져 있었다. 하지만 실제로는 한 국가를 경영하기에 부족함이 없는 지략을 궁리하며 보필할 군주를 탐색하던 중이었다.

문왕이 다가와 먼저 질문했다. "노인장은 낚시가 즐겁습니까?" 잠시 침묵하던 강태공이 준비된 답변을 한다. "뭔가 일을 할 때, 군자는 그 뜻이 이루어지는 과정 하나하나를 참을성 있게 기꺼이 즐깁니다. 소인들이 그 일의 결과로 생기는 이익만을 즐기는 것과는 다른 점이지요." 몇 마디 대화가 더 오가고 문왕은 흔쾌히 강태공을 등에 업고 무려 800걸음을 걸었다. 주나라 800년 역사를 암시하는 첫 만남이었다.

III

엎질러진 물은

주워 담을 수

없다

나를 알아주는 벗

관포지교(管鮑之交)와 포숙아(鮑叔牙)

*

    단 한 글자만으로도 크고 온전하고 긍정적인 의미를 지니는 순 우리말 명사들을 떠올려본다. '꽃, 물, 해, 땅, 달, 쇠, 돌, 뫼, 별, 새' 그리고 '벗'이 있다. 이 단순한 한 음절의 몇몇 어휘들이 어쩌면 우리 문화의 원형(原型)을 향해 거슬러 올라가는 탐색 여정의 튼 실한 사다리나 열쇠일 수도 있다.

    '관포지교(管鮑之交. 대롱 관, 절인 물고기 포, 어조사 지, 사귈 교)', '우정' 또는 '벗'과 관련해 검색하면 가장 먼저 나오는 사자 성어 가운데 하나인 이 '관포지교'를 구성하는 네 글자는 의미상 크게 두 부분으로 나뉜다. 우선 앞 두 글자를 살펴보자. '관'은 훗 날 중국에서 관자(管子)로까지 추앙되는 관중(管仲) 관이오(管 夷吳)의 성씨고, '포'는 포숙아(鮑叔牙)의 성씨다. 다음으로, '지 교'는 '~의 사귐'이다. 이 두 부분이 합쳐져 '관이오와 포숙아의 사귐'이란 의미가 만들어졌다.

　사마천의 『사기(史記)』 「열전(列傳)」의 「관안열전(管晏列傳)」
에 관중의 우정 고백 부분이 나온다. 각종 사료와 목민(牧民), 경
중(輕重) 등 관중의 저술을 검토한 후 사마천은 이 한 편의 우정
드라마를 기록했다. 이로써 포숙아와의 수십 년 사귐에 있어 관
중 자신이 얼마나 부족했고, 또 포숙아가 얼마나 관중 자신과의
우정에 사려 깊고 관대했는가가 비교적 낱낱이 후세에 알려졌다.
　핵심 얼개는 이러하다. 오늘날 중국 최초의 경제학자로까지 평
가받는 관중이 막강한 권력을 누리던 노년기에 당시로선 상당히
예외적인 우정에 관한 고백을 하나 한다. 관중의 이 고백은 진솔
하기에 짝이 없다. 읽는 순간 그저 어안이 벙벙할 지경이다. 사실
사람이라면 누구나 감추고 싶어 하는 자신의 약점과 '흑역사'가
있는 법이다. 그것을 그저 담담히 고백했다는 사실만으로도 관중
이 얼마나 도량이 큰 인물인가를 우리는 짐작할 수 있다. "나를
낳아준 것은 부모님이지만(生我者父母), 나를 알아준 것은 포숙
아님이다(知我者鮑子也)." 관중 고백의 엔딩 부분이다. 관중은 이
엄숙한 마무리 심정 고백으로 당시 여전히 현재진행형이기도 했
던 포숙아와의 긴 사귐의 개인사를 요약했다. 이어 사마천은 포숙
아의 사람을 알아보는 대단한 안목에 대해서도 높이 평한다. 세상
은 이 우정에 '관포지교'라는 미명(美名)을 붙여 후세에 전했다.

　이 우정 이야기가 오늘을 살아가는 우리에게도 울림을 주는 이

유는 뭘까. 넷을 꼽아볼 수 있다. 첫째, 성공한 최고 권력층 사례지만 때가 덜 묻었기 때문이다. 흔히 권력층 내부의 우정 후일담은 과장이나 미화의 유혹에 약하다. 둘째, 진솔한 우정의 '비하인드 스토리' 고백이다. 대개 '회고록'은 기억 뒤틀기나 자기변명이 끼어들기 쉬운 영역인데 여기서는 오히려 거꾸로다. 셋째, 빈부와 귀천을 초월한 우정이다. 젊은 관이오는 아주 가난했고, 포숙아는 귀족 집안에서 태어났다. 과거 신분 사회에서 이런 사랑이나 우정은 당연히 금기시되었고, 요즘에도 주목받는다. 넷째, 생사가 걸린 가혹한 시험을 통과한 우정이다. 누가 봐도 죽을 '운명의 덫'에 빠진 관중을 포숙아는 제나라 환공(桓公)에 적극 추천해 오히려 재상의 자리에 오르게 돕는다. 환공은 재상 관중의 탁월함에 기대어 춘추시대 첫 패자(霸者)의 지위에 올랐다.

지구촌에, 우정에 대한 명언(名言)들은 참 많다. "사업하다 생긴 우정이 우정으로 하는 사업보다 낫다." 미국의 사업가 록펠러는 이렇게 우정의 빈틈과 위태로움을 간파하기도 했다. 하지만 이것은 동질의 우정일까. 쉽지 않은 질문이다. 칸트조차도 뭔가 답을 찾아보려 '사랑'과 '존경'의 분석을 시도하기도 했고, '도덕적 우애(moralische Freundschaft)'라는 말까지 고안했다. 대략 그는 우애를 서로에게 거리를 두면서 존경하려는 감정으로 이해하며 특히 '수단'으로 접근하는 것을 경계했다.

사자성어 인물 열전

대범하고 올바른 처신의 삶

안근유골(顔筋柳骨)과 안진경(顔眞卿)

*

'서예를 잘 쓰는 비결이 뭐냐'라는 왕의 질문에 서예가 유공권(柳公權, 778~865)은 이렇게 대답한다. "붓글씨는 마음이 중요해요. 마음이 바르면 글씨도 바르게 써집니다". 언중유골(言中有骨)이었다. 혹자는 이를 필간(筆諫)으로 본다. 말에 '뼈'가 있기 때문이다. 왕이 듣기에 따라서 뒷수습이 쉽지 않을 수도 있었다. 유공권은 '해서(楷書) 4대가'의 일원이다. 87세까지 장수하며 귀한 작품들을 많이 남겼다. 평생 '뼈' 있는 말을 입에 달고 살았지만, 벼슬길은 순조로웠다.

안근유골(顔筋柳骨. 얼굴 안, 힘줄 근, 버드나무 유, 뼈 골), '명필 안진경의 글씨엔 힘줄이 있다. 필체가 탄력이 있으면서도 투박하고 강건하다'. 앞 두 글자 '안근'은 대략 이런 의미의 줄임말이다. '명필 유공권의 글씨에는 뼈가 있다. 필체가 군세고 골기로 가득하다'. '유골'은 이런 의미의 줄임말이다. 따라서 이 둘이 결합한 '안근유골'은 서예가에게 건네는 최고의 찬사로 굳어졌다. 단순 병렬 구조라서 '유골안근', 이렇게 앞뒤가 바뀌어도 의미는 같다.

한자와 흑백의 묘한 매력 때문일까. 탁월한 서예 작품을 마주하면 탁해진 정신이 일순간 정돈되기도 한다. 서예는 선(line)의 조합보다 면(face)의 호응에 가깝다. 붓과 먹의 재료 특성 때문에 가느다란 선의 처리가 쉽지 않다. 중국에서 서예라면 왕희지(王羲之, 303~361)와 안진경(顏眞卿, 709~785)을 으뜸으로 친다.

안진경 해서의 특징은 '잠두연미(蠶頭燕尾)'와 '횡경수중(橫輕豎重)'으로 요약된다. 즉 '누에머리처럼 시작해서 제비 꼬리처럼 끝나는 획들'과 '가로는 가늘고 세로는 굵은 필체'가 특징이다. 언제 감상해도 그 굵은 세로획들은 뇌리에 마치 굵은 기둥처럼 안착한다.

'서여기인(書如其人)'이란 말이 있다. '글씨는 쓴 사람을 닮는다'란 뜻이다. 안진경의 필체 역시 그의 굵고 대범한 삶과 꽤 닮았다. 관료 안진경의 생애는 조직 전체나 나라의 큰 이익을 먼저 생각하고, 미혹되기 쉬운 작은 이익들을 뒤로 미룬 것으로 요약할 수 있다.

755년 '안사의 난'이 일어났을 때의 일이다. 당시 안진경은 황하 하류에 있는 평원(平原)의 태수였다. 현재의 베이징 일대에 근거지를 둔 안녹산과 사사명은 무서운 기세로 당나라 수도 장안(長安)을 향해 진격했다. 현재 허베이(河北)성과 황하 일대의 대부분 도시가 순식간에 반란군의 수중에 떨어졌다.

안진경은 대담하게도 적진 한가운데에서 신속히 의병을 조직해 평원과 주변 성을 지켜낸다. 반란의 기미가 보일 때부터 일찌감치 대비를 해둔 덕분이었다. 그는 안녹산의 의심을 피하고자 홍수 대비 명분으로 미리 성벽을 높이고 성밖에 해자를 깊게 팠다. 성안에 은밀히 물자도 비축했다.

안진경은 문관이었다. 전투 지휘 경험도 전혀 없었다. 하지만 놀랍게도 약 10만 명의 의병을 이끌며 반란군을 후방에서 성공적으로 교란했다. 무엇보다 그는 항상 대국(大局)적 안목을 견지하며 휘하 병력을 운용했다. 주변 성에서 요청이 오면 자신의 평원 지역이 잠시 위험에 빠지는 것을 각오하고 병력과 물자를 흔쾌히 지원했다. 전투에서 승리한 후에는 주변 성의 의병장들과 공(功)을 다투지도 않았다.

훗날 북송(北宋) 정치가 겸 역사가 사마광(司馬光)은 『자치통감(資治通鑑)』에 안진경의 의병장 시기를 비교적 상세히 소개한다. 특히 인근 도시의 의병장이었지만 그 처신에 있어 대국적 안목과는 아주 거리가 멀었던 소인 하란진명(賀蘭進明)을 나란히 기록해, 안진경의 대범하고 '선 굵은' 처신을 잘 드러나게 했다.

안타깝게도 노년기에 안진경은 또 다른 '반란군' 진영에 설득을 위해 파견되었다가 감금되고 교살당했다. 계속된 반란군의 회유를 그가 한사코 거절했기 때문이었다. 그의 나이 이미 76세였다. 후회도 부끄러움도 없는 삶이었다.

'어려울 때 돕는 친구가 진짜 친구다(A friend in need is a friend indeed).' 같은 이치로, '국가는 무엇으로 살며, 국가의 '힘줄'은 뭘까.' 국가도 위험에 처했을 때 충성심의 진위와 인물들의 기국(器局) 차이가 고스란히 드러나는 법이다.

사자성어 인물 열전

남의 것을 탐하기보다 자신의 것을 소중히 여겨라

가계야치(家鷄野雉)와 왕희지(王羲之)

*

흔히 두보는 시성(詩聖), 왕희지(王羲之, 303~361)는 서성(書
聖)으로 칭해진다. 둘 다 으뜸에 대한 찬사다. 문득 궁금해진다.
왕희지의 서예는 어느 정도의 뛰어난 경지에 이른 것일까.

가계야치(家鷄野雉. 집 가, 닭 계, 들 야, 꿩 치)의 앞 두 글자 '가
계'는 '집에서 키우는 닭'이란 뜻이다. '야치'는 '들판이나 산에 서
식하는 꿩'이란 뜻이다. 본래 '염가계(厭家鷄), 애야치(愛野雉)',
이 여섯 글자에서 동사가 탈락하고 차츰 4글자로 정착됐다. 따라
서 '가계야치'는 '집안의 닭은 홀대하고, 들판의 꿩을 좋아한다'
라는 의미다. 이미 누리고 있거나 가진 것을 가벼이 여기고, 타인
의 무언가를 부러워하거나 탐내는 심리를 꼬집는 상황에서 주로
쓰인다. 서예 분야에서 가히 최고 경지에 도달한 것으로 평가받는
왕희지와 관련된 한 일화에도 이 네 글자가 등장한다.

왕희지는 평생 궁핍하지 않게 살았다. 왕희지 가문은 동진(東晉, 317~420) 왕조 수립에 큰 공(功)이 있었다. 쟁쟁한 공신 가문 출신이라는 이 배경은 그가 관료로 진출하는 데에 큰 힘이 되었다. 그뿐만 아니라 그가 서예에 꾸준히 집중하여 마침내 일가(一家)를 이룰 수 있는 든든한 경제적 배경이었다.

왕희지의 첫 스승은 여류 명필 위(衛) 부인이었다. 미망인이었던 위 부인은 과묵한 아동 왕희지에게 정갈한 서예의 기초를 확실히 다져주었다. 성년기가 되자, 왕희지는 첫 스승 위 부인을 떠나 각지를 유람하며, 스승 없이 홀로 서예 학습을 계속했다. 특히 한(漢)나라와 위(魏)나라의 비문(碑文)을 통해 자신의 서예 안목을 키웠다.

왕희지는 살아생전에 이미 명필로 이름이 높았다. 당대 중국의 대부분 지식인이 왕희지의 글자를 수집하기 위해 경쟁했다. 글씨를 처음 접하는 학동들도 그의 필체를 모사하며 학습할 정도였다. 하루는 장수(將帥) 유익(庾翼)이 자기 집안의 자손들이 왕희지의 글씨를 구해 학습하는 것을 목격한다. 그는 '가계야치'라는 표현까지 쓰면서 가족들에게서 느낀 서운한 감정을 지인에게 털어놓았다. 왕희지가 일찌감치 관직을 사직하고 서예에 몰두했기에 자신보다 조금 더 이름이 알려졌을 뿐이라고 치부하고 있던 중이었다. 여전히 중국 전역에서 유익 자신의 서법을 배우기 위해 방문하기도 하던 터라 더 마음이 상했다.

왕희지 집안 자손들은 누구의 필체를 주로 학습했을까. 왕희지

사자성어 인물 열전

의 부인은 서예가가 아니었다. 하지만 남편 왕희지의 필체와 다른 모방 필체를 알아볼 정도의 눈은 갖고 있었다. 왕희지와 그녀 사이엔 왕헌지(王獻之)라는 총명한 아들이 있었다.

학동 시절의 왕헌지가 하루는 실수로 점획(點劃) 하나를 빠뜨려 '태(太)'를 '대(大)'로 잘못 적었다. 이를 발견한 왕희지가 가운데에 점을 찍어 '태'로 수정해 주고는 '모친께도 보여주라'라고 말했다. 모친이 왕헌지에게 말한다. "기특하다, 내 아들. 세 항아리 물을 쓸 정도로 연습하더니 그래도 이젠 네가 '태'의 '점' 하나는 아버지와 비슷해졌구나". 모친의 눈썰미도 대단하지만, 그가 부친의 필체를 그리 열심히 연습하지 않았을지 모른다는 의심을 일으키는 대목이다.

성년이 된 이후, 왕헌지 역시 부친의 대(代)를 이어 차츰 세상에 자신의 이름을 알린다. 그는 부친 왕희지에게 반듯한 해서(楷書)만 고집할 것이 아니라 당시 유행하던 초서(草書)도 적극 수용할 것을 자주 조언하기도 했다. 만년에 왕희지는 반듯한 해서(楷書)와 흘림체 초서(草書), 그리고 그 중간 형태인 행서(行書), 이 '삼체(三體)' 모두에서 높은 경지의 작품 세계에 도달했다.

최근까지 이어지는 한중일 3국의 서구 문화 과잉 모방도 필시 '가계야치'의 한 연장선이다. 그런데 이 문제를 조금 다른 각도에서 보면, 이 또한 우리 '호모 사피엔스'의 타고난 본능 가운데 하나다. '더 나은 것'과 '더 새로운 것'을 향한 인간 욕망이 낳은 지극히 보편적인 문화 현상일 수 있다. 이 본능 덕에 늘 근본적인 변화가 시작된다. 하지만 때론 호기심의 깊이도 중요하다. 한 예로, 우리 고유문화 가운데 우리가 '안다'라고 생각하지만, 여전히 잘 모르는 '새로운 것'이 적지 않다.

사사로운 정을 배제하고 일하라

철면무사(鐵面無私)와 포청천(包靑天)

*

'어차피 고통받아야 한다면, 자기 내면의 선악 다툼에서 선(善)에 가담하고 거기서 생기는 고통을 감내하겠다. 이 선택이 자기 내면의 여러 악(惡) 사이의 추악한 다툼 사이에서 고통받는 선택보다는 훨씬 낫다.' 『논리철학논고』를 저술한 철학자 비트겐슈타인(Ludwig Wittgenstein, 1889~1951)의 메모 가운데 일부다.

'철면무사(鐵面無私. 쇠 철, 낯 면, 없을 무, 사사로울 사)'의 '철면'은 '마치 쇠처럼 차가운 표정'이란 뜻이다. '무사'는 '사사로운 정 따윈 없다'라는 뜻이다. 이 두 부분이 합쳐져 '공직자라면 업무를 처리할 때, 마치 얼굴에 철판이라도 깐 것처럼 사사로운 정에 끌리지 않고 공정하고 엄격한 태도를 견지해야 한다'라는 의미가 만들어졌다. '꽌시(關係)'나 청탁, 이런 어휘들의 반의어로 자주 쓰인다.

'철면무사'는 사람들에게 포청천으로 더 잘 알려진 포증(包拯, 999~1062) 관련 일화들에 썩 잘 어울린다. 그래서인지 중국 사극 드라마에서 자주 사용되고 있다. 훗날 청나라 시기엔 소설가 조설근(曹雪芹)의 구어체 장편소설『홍루몽(紅樓夢)』에도 이 네 글자가 등장해 더 유명해졌다. 500명이 넘는 인물이 등장하는『홍루몽』은 청나라 상류층 가정의 디테일을 잘 묘사한 대작으로 평가받는다.

북송(北宋)의 문신이자 정치가였던 포청천의 본명은 포증이다. 청천(靑天)은 그의 호(號)다. 며느리들과 비슷한 시기에 임신한 것을 부끄럽게 여긴 모친이 낙태를 시도하다가 태몽이 워낙 신비해 그냥 출산한 것으로 전해진다. 음서(蔭敍)로 관료 생활을 시작했으나, 28세에 정식으로 진사에 합격했고 젊어서부터 청백리로 이름을 떨쳤다. 58세에 수도 개봉부(開封府)의 부윤(府尹)으로 부임했다.

포청천 관련 드라마에 등장해 시청자들의 호기심을 끌었던 그 특별한 사형 도구는 부임 당시 인종(仁宗)이 포청천에게 하사한 것이었다. 허리를 베는 무시무시한 작두인데, 사형수의 신분에 따라 '용(龍)작두, 호(虎)작두, 개작두'로 구분된 것이 요즘 시각으론 조금 별나지만 흥미롭게 다가온다.

포청천이 판결을 내리고 형을 집행하는 데 예외는 일절 없었다. 인종의 사위도, 자기 조카나 심지어 외삼촌도 죄가 밝혀지면

　　　　　　　　　　　사자성어 인물 열전

그가 지휘하는 형벌의 '뜨겁고 매운맛'을 피해 갈 수 없었다. 당연히 친구는 물론이요, 친척조차도 그를 원망했고 차츰 그에게서 멀어졌다.

"모름지기 법과 인정 사이에서 만사가 반드시 명쾌한 것은 아니다. 하지만 정의와 공정은 한순간에 무너지는 법이다. '아무도 모를 것이다'라는 생각으로 눈을 감아주면, 멀지 않아 더 큰 불행으로 이어지는 것이 세상의 이치다. 게다가 그것은 법을 집행하는 자의 자세가 아니다. 그의 원망을 받는 것도 내 몫이요, 법을 집행하며 받는 고통도 다 내 몫이다." 죄인이 황족이니 '융통성'을 조금 발휘하면 어떠냐는 측근의 조언에 포청천은 이렇게 답했다. 현재까지도 회자하는 이 일화는 그의 철학을 단적으로 보여준다.

포청천은 63세에 홀연 세상을 떴다. 추밀원부사(樞密院副使)로 재직하던 어느 화창한 봄날 갑자기 병사했는데, 당시 항간에는 독살설(毒殺說)이 돌기도 했다. 사후에 인종도 그에게 큰 작위를 내리는 등 청렴결백한 관리로 칭송했고, 많은 백성이 진심으로 애도하고 그리워했다.

사후 100년도 채 되지 않은 남송(南宋) 시대부터 그를 주인공으로 한 희곡과 시 등이 세상에 나왔다. 훗날 명나라와 청나라에서는 그의 활약상을 다룬 『포공안(包公案)』, 『삼협오의(三俠伍義)』 등 다수의 장편소설이 쓰였다.

'개봉에 포청천이 있다. 공평무사하게 충신과 간신을 구별해내

는구나.' 이 주제가로 시작되는 「판관 포청천」 시리즈(1993년 제
작)가 TV를 통해 우리에게 소개되었다. 주제가 원문에도 '철면무
사', 이 네 글자가 등장한다.

'좋은 행위도 나쁜 행위도 그 자체 안에 이미 상쾌함이나 벌을
포함하고 있다'. 비트겐슈타인은 이런 기록도 남겼다. 누군가에
겐 이 또한 '우이독경(牛耳讀經)'이다.

사자성어 인물 열전

충고를 귀담아듣지 않으면 함께하기 어렵다

마이동풍(馬耳東風)과 이백(李白)

*

　당나라 시인 이백(李白, 701~762)을 모르는 이는 많지 않다. 하지만 이백 부친의 구체적 신분은 여전히 수수께끼로 남아있다. 부친은 젊은 시절 지금의 키르기스스탄에서 중국 쓰촨(四川) 지역으로 이주했다. 후세 사람들은 그를 벼슬과는 거리가 먼 평범한 인물로 추측한다. 이백도 말 못 할 사정이 있었는지, 자기 부친에 대해서는 직접적 기록이나 언급을 평생 거의 하지 않았다.

　마이동풍(馬耳東風. 말 마, 귀 이, 동녘 동, 바람 풍)의 앞 두 글자 '마이'는 '말의 귀'라는 뜻이다. '동풍'은 '동쪽에서 서쪽으로 부는 훈훈한 봄바람'을 뜻한다. 본래 '동풍사마이(東風射馬耳)'에서 출발했다. '동풍이 말의 귓가에 닿아도 순식간에 스쳐 가고 만다'라는 뜻이다. '아무리 좋은 시를 써도 세상 사람들은 별 관심을 두지 않는다'라고, 동료 시인과 더불어 당시 세태를 개탄했던

117

이백의 시구(詩句)에 등장하는 다섯 글자다. 이 다섯 글자에서 동사 '사(射)'가 생략되고 '동풍마이'로 쓰이다가, 앞뒤 순서가 바뀐 '마이동풍'으로 차츰 굳어졌다. '좋은 충고를 해도 그 내용을 귀담아듣지 않음'을 비유할 때 주로 쓰인다.

이백 모친은 밝게 빛나던 금성(金星)이 자신의 품 안으로 날아들어오는 태몽을 꿨다. 이백의 자(字) 태백(太白)은 바로 이 태몽에 뿌리를 둔 것이다. 어린 시절, 그는 '달에 대한 시'를 잘 짓고 총명했다. 하지만 이백의 부친이 사회적으로 뿌리가 약한 아웃사이더였기에, 이백은 성장기에 당연히 그 영향을 받을 수밖에 없었다. 벼슬에 뜻을 두고 산속에까지 들어가서 학습하기도 했으나, 사춘기를 거치면서 심리적으로 여러 가지 어려움을 겪었을 것으로 짐작된다.

낭만적 기질을 타고난 이백은 뛰어난 감수성과 문학적 재능덕에 차츰 수도 장안(長安)에서 시인으로 이름이 알려졌다. 애주가(愛酒家)였던 젊은 이백을 장안에서 맨 처음 제대로 알아본 이는 당시 고관 벼슬을 하던 '술고래' 원로 시인 하지장(賀知章, 659~744)이었다. 천상적선인(天上謫仙人). 그는 이백을 이렇게 '하늘에서 귀양 내려온 신선'으로까지 호평했다.

이백은 나이 42세에 하지장 등의 추천으로 양귀비에 빠져있던 현종(玄宗, 685~762)의 눈에 들 수 있었다. 현종은 그에게 특별히 '한림공봉(翰林供奉)'이라는 벼슬을 주며 가까이 두었다. 각

　　　　　　　　　　　사자성어 인물 열전

종 행사나 연회에서 시를 짓는 것이 그의 주된 직무였다. 하지만 환관 고력사(高力士)와 양귀비의 끊임없는 모함과 자신의 과음으로 인한 근무 태만으로 3년도 채 못되어 현종의 총애와 관직을 모두 잃었다. 이후 그의 나이 55세에 '안녹산의 난'으로 인해 중국 전체가 큰 혼란에 빠졌고, 이백은 더욱 곤궁한 처지가 되었다. 막료(幕僚) 등 임시직을 맡거나 자기 추천서를 쓰기도 하며, 각지를 유랑했다. 지방 현령(縣令) 직책을 가진 친척의 집에서 62세에 병사했다.

중년 이후부터 「추포가(秋浦歌)」 시리즈 17수(首) 등 실로 주옥같은 작품들이 탄생한다. 요즘 기준으로, 이백의 시풍은 대체로 낭만주의로 분류될 수 있다. 「월하독작(月下獨酌)」, 「산중문답(山中問答)」 등 요즘에도 애송되는 그의 시는 그 제목만 들어도 벌써 술에 취한 것처럼 시흥(詩興)에 빠져들게 하는 마력을 지녔다. 인류 문명이 존재하는 한, 시공을 초월해 그는 '달과 술 그리고 우리 모두의 인생사(人生事)'를 정형시(詩) 형식으로 빚어낸 자유로운 영혼으로 오래오래 기억될 것이다.

과학 문명은 인공지능(AI) 시대에 접어들었다. 하지만 '호사다마(好事多魔)'라고, 모두의 귀를 의심케 하는 일들이 늘고 있다. 크게 당혹스럽더라도 이런 일로 마음까지 다칠 필요는 없을 것 같다. 이런 현상을 미리 예견이라도 했던 걸까. 이백은 '동풍사마이', 앞에 소개된 이 다섯 글자로 세태를 꼬집는다. '그래, 귀담아

듣지 마라. 너희만 손해지, 뭐', 그의 이런 심정도 우리가 조금 느
낄 수 있다. 사실 때론 충고도 아깝다. 마이동풍은 대우탄금(對牛
彈琴)이나 우이독경(牛耳讀經)과 서로 의미가 통한다. 당연히 '
소나 말', 이야기 아니다.

곧은 친구와 함께하면 자신도 곧게 자란다

마중지봉(麻中之蓬)과 순자(荀子)

*

'백 발을 쐈는데 만약 한 발이 빗나갔다면, 그를 훌륭한 궁수(弓手)라고 할 수 없다.'『순자(荀子)』,「권학(勸學)」편의 한 구절이다. 순자의 엄격하고도 치열한 사고를 엿볼 수 있다.

마중지봉(麻中之蓬. 삼 마, 가운데 중, 어조사 지, 쑥 봉), 앞 두 글자 '마중'은 '마(麻)들 사이에'라는 뜻이다. 마는 삼베의 재료 식물이고 곧게 위로 자라는 특성이 있다. '지봉'은 '~의 쑥대'란 뜻이다. 이 두 부분이 합쳐져 '마와 함께 섞여 자라는 쑥, 즉 만약 주변 환경이 반듯하면 자연히 그 영향을 받게 된다'란 의미가 만들어졌다. 주로 교육 환경의 중요성을 비유하는 말로 쓰인다. '줄기가 사방으로 굽으며 성장하는 쑥도 삼밭에서 자라면 저절로 곧게 성장한다'라는 의미를 함축하기 때문이다.

쑥대는 줄기가 약하다. 미풍(微風)만 불어도 이리저리 흔들린다. 흔히 폐허처럼 무질서한 상태나 마구 헝클어진 장면을 두고 '쑥대밭이 되었다'라는 표현을 쓴다.

'봉생마중(蓬生麻中), 불부이직(不扶而直).' '만약 마 군락지에서 성장하면, 따로 지탱하는 것이 없어도 쑥이 저절로 곧게 크다.'라는 뜻이다. '마중지봉'은 『순자』, 「권학(勸學)」편에 나오는 이 구절에서 유래했다.

순자는 조(趙)나라에서 출생했다. 본명은 순황(荀況)이다. 생몰 연대를 확정할 수 없으나, 그의 주요 활동 시기는 기원전 298년에서 238년에 걸쳐 있다. 바야흐로 서쪽의 진(秦)나라가 무력에 의한 중국 통일의 야망을 거침없이 드러내기 시작한 시기였다. 이런 격변기였기에 각 가정에도 변고가 끊이질 않았다. 순자는 15세가 되자 배움을 위해 동쪽의 제(齊)나라로 향했다.

학문에 뜻을 둔 중국 각지의 인재들이 운집한 제나라 '직하학궁(稷下學宮)'에서 순자는 차츰 두각을 나타낸다. 중년기에 '직하학궁'의 최고 권위를 가진 지위에까지 올랐다. 그는 제자백가(諸子百家)와의 치열한 논쟁도 사양하지 않았다. 마침내 그는 유학을 집대성하고 제자백가를 융합하여 재해석한다는 큰 프로젝트를 마음에 품는다.

우선 순자는 공자의 '주재지천(主宰之天)'이나 맹자의 '운명지천(運命之天)' 사상을 버리고 자연 현상과 인간을 철저히 분리했다. 자연에는 자연의 법칙이 따로 있고, 인간 세계의 길흉(吉凶)

사자성어 인물 열전

과 전혀 무관하다고 확신했기 때문이다. 햇살을 가리던 커튼을 아예 철거해 버린 것과도 같은 당찬 주장이었다. 지금 기준으론, 지극히 상식적인 사고다. 하지만 과학과 무속이 여전히 혼재하던 시대였다. 심지어 음양가(陰陽家) 사상이 유행하여, 서민들은 물론이고 제후들조차 순자의 표현대로 '무당에게 현혹되어 귀신에게 복을 비는 행위'를 신봉했다. 그래서 천하의 맹자조차도 '하늘의 명령이 이러하다.' 식의 타협적 논법을 펼칠 수밖에 없었다.

'인간의 본성은 태어나는 순간부터 이익을 좋아한다(今人之性, 生而有好利焉)'. 이 엄연한 사실을 부정할 수 없었던 순자는 성악설(性惡說)에 기초하여 자신의 사상을 펼쳤다. 이는 현대 주류 경제학의 기본 가정과도 통한다. 순자의 이 사상은 훗날 정통 유학자들에 의해 이단으로 여겨지기도 했다.

허세나 거품을 걷어내고 단순하게 '성악설'에 기초한 순자는 자연스럽게 '내면의 수양'보다는 외부적 제어 장치를 더 중시해야 한다는 결론에 도달한다. 즉, 그는 사회와 관련해서는 공리주의적 입장에 섰다. 인간은 지혜를 가진 존재이기에, 공동체의 무질서를 방지하기 위한 인위(人爲)라면 학습할 의지와 자질이 넘친다고 추론한 것이다.

결국 순자는 공자의 인의예(仁義禮) 가운데 예(禮)를 특별히 중시해야 한다고 주장한다. 인간이 동물과 별반 다를 것 없는 본능을 갖고 태어나지만, 공동체 생활과 교육을 통해 교화(敎化)할 수 있기 때문이다. 이 가능성에 주목하며 그는 인류 문명 발전의 밑그림을 유교 사상가 겸 교육자의 관점에서 차분히 스케치했다.

마중지봉. 이 네 글자에서도 느낄 수 있듯, 그는 교육 환경도 매우 강조했다. 그렇다면 마중지봉의 반대말은 뭘까. 가깝게는, 근묵자흑(近墨者黑)과 근주자적(近朱者赤)이 있다. 후학들의 배움과 관련해 '단 한 발의 빗나감'도 허용하지 않았던 순자의 그 강골(强骨) 원칙이 그립다. 어쩌면 자신을 위한 좌우명(座右銘)이기도 했을 것이다.

사자성어 인물 열전

엎질러진 물은 주워 담을 수 없다

복수난수(覆水難收)와 강태공(姜太公)

*

주(周. 기원전 1046~기원전 256)나라 창업 공신 가운데 으뜸인 강태공(姜太公)의 본명은 상(尙)이다. 그와 관련해 기다림의 어려움과 소중함을 동시에 환기하는 일화가 하나 있다. 그는 몰락한 강족(姜族) 명문가 후예였으나, 성장기와 청년 시절의 처지나 행색을 보면 천민에 가까웠다. 첫 부인 마(馬)씨 집안에 데릴사위로 들어갔지만, 그녀는 남편의 큰 포부를 전혀 이해하지 못하는 여인이었다. 천하를 가슴에 품은 강태공을 그저 차분히 생업에 집중하지 못하는 무능한 남편으로만 여겼다.

그녀는 차츰 실망하고 집을 나가 얼마 후 재가(再嫁)했다. 훗날 강태공은 주나라가 천하를 차지하는 데에 큰 공을 세우고 제(齊)나라를 분봉(分封) 받았다. 이렇게 귀한 신분이 되자 떠났던 마씨 부인이 그를 찾아왔다. 재결합을 내심 기대하고 온 것이었다.

강태공은 그녀에게 물을 한 그릇 가져오라고 요청한다. 그녀가 물을 가져오자, 그 물을 바로 땅에 쏟고는 말한다. "만약 당신이 이 물을 다시 그릇에 주워 담을 수 있다면 우리가 함께 살 수 있습니다." 남편의 성공을 기다리지 못하고 떠났던 마씨 부인은 이내 강태공의 의도를 알아챘다. 기다림의 과정이 없었으니, 재결합도 불가능하다는 것을 분명히 깨달았다.

이번 사자성어는 복수난수(覆水難收. 엎어질 복, 물 수, 어려울 난, 거둘 수)다. 앞 두 글자 '복수'는 '엎질러진 물'이다. '난수'는 '회수하기 어렵다'라는 뜻이다. 이 두 부분이 합쳐져 '바닥에 엎질러진 물은 다시 그릇에 담기 어렵다'라는 의미가 만들어졌다. '복수난수'는 이 강태공 관련 일화에서 유래했다. 원래 '복수불반분(覆水不返盆)' 이렇게 다섯 글자였다. 용례를 보면, '이미 발생했거나 저질러진 일은 다시 되돌릴 수 없다'라는 의미로 주로 쓰인다.

당시 청동기 시대였던 상(商. 기원전 1600~기원전 1046)나라를 다스리던 주(紂)는 폭군이었다. 달기라는 여인에 빠져 가짜 봉화를 올리는 등 어처구니없는 행태를 보이기도 하고, 주지육림(酒池肉林)을 조성해 기이한 잔치를 즐겼다. 가뜩이나 점(占)과 인신 공양 풍습 등 신을 과도하게 숭배하고 인명을 경시하던 문화였는데, 이런 잔혹한 통치자까지 등장하자 민심이 상나라를 떠났다.

국정의 혼란이 계속되자 훗날 주 문왕(文王)이 되는 서백(西

사자성어 인물 열전

伯) 창(昌)에게 민심이 옮겨가고 있었다. 문왕과 강태공이 처음 마주한 낚시터 일화는 꽤 유명하다.

하루는 문왕이 소문을 듣고 강태공을 방문했다. 이 무렵 중년의 강태공은 곧은 바늘을 사용하며 물고기 대신 세월을 낚고 있는 인물로 세상에 알려져 있었다. 하지만 실제로는 한 국가를 경영하기에 부족함이 없는 지략을 궁리하며 보필할 군주를 탐색하던 중이었다.

문왕이 다가와 먼저 질문했다. "노인장은 낚시가 즐겁습니까?" 잠시 침묵하던 강태공이 준비된 답변을 한다. "뭔가 일을 할 때, 군자는 그 뜻이 이루어지는 과정 하나하나를 참을성 있게 기꺼이 즐깁니다. 소인들이 그 일의 결과로 생기는 이익만을 즐기는 것과는 다른 점이지요." 몇 마디 대화가 더 오가고 문왕은 흔쾌히 강태공을 등에 업고 무려 800걸음을 걸었다. 주나라 800년 역사를 암시하는 첫 만남이었다.

강태공은 이렇게 문왕에 의해 최고 사령관 지위에 발탁되고도 왕조 교체가 실질적으로 가능한 때가 무르익길 더 기다렸다. 그러면서 병서(兵書) 『육도(六韜)』를 저술하고 주변 부족을 결집하는 등 준비에 힘썼다. 그 사이 문왕이 세상을 뜨고 그의 아들이자 강태공의 사위인 무왕이 왕위를 이어받았다.

상나라를 멸망시킨 '목야의 전투(牧野之戰)'를 며칠 앞두고, 무왕은 점괘가 나쁘다며 결단을 망설인다. 이 순간 강태공이 무왕을 강하게 설득하고, 큰 도끼를 치켜들고 군대를 선봉에서 지휘했다. 기다림과 확신이 있었기에 가능한 일이었다.

강태공과 무왕은 4만 명 조금 넘는 급조된 부족 연합 병력을 이끌고 과감히 황허(黃河)를 건넜다. 이어 신속히 행군해 목야 초원에서 70만이 넘는 상나라 군대와 맞서 승리하는 놀라운 성과를 보여준다. 이 단 한 번 승부로, 상-주 왕조 교체는 되돌릴 수 없는 일이 됐다.

사자성어 인물 열전

좋은 사람을 곁에 두고 거울로 삼아라

이인위경(以人爲鏡)과 위징(魏徵)

*

'현무문의 변(玄武門之變)'은 유명한 골육상잔이다. 이세민(李世民. 599~649)은 무장한 수하들과 궁궐의 현무문을 지키고 있다가 동복(同腹)형인 태자 이건성(李建成. 589~626)과 동복동생 이원길을 급습해 현장에서 처치한다. 사람을 따로 보내 어린 조카들까지 모두 한꺼번에 죽였다. 이 잔혹한 사건을 거치고 약 2개월 후, 그는 마침내 당(唐)나라 2대 황제 자리에 오른다.

냉정하게 보면, 태자 세력이 이세민을 제거하려다가 거꾸로 당한 정변(政變)이었다. 만약 이날 그가 먼저 손을 쓰지 않았으면 자신과 식솔들 모두 태자 세력의 손에 죽을 운명이었다. 태자 측 계획을 입수한 장손무기, 방현령, 두여회 등은 치밀한 계책을 마련해 이세민에게 건의했다. 여기엔 태자의 수하였던 '현무문 수비 책임자' 매수 계획도 포함되어 있었다.

태종에 즉위한 후, 이세민은 보복 관행을 자제했다. 패배한 태

자의 책사와 수하들을 일률적으로 처형해야 후환이 없다는 조언
에 적극 반대했다. 중죄인은 직접 문초하여 죄의 경중을 나눴다.

이인위경(以人爲鏡. 써 이, 사람 인, 할 위, 거울 경)의 앞 두 글
자 '이인'은 글자 그대로 '사람으로서'다. '위경'은 '거울로 삼다'
란 뜻이다. 이 두 부분이 합쳐져 '사람을 거울로 삼는다'라는 의
미가 만들어졌다.

위징(魏徵. 580~643)은 빈곤한 집안에서 출생했다. 수(隋.
581~618)-당 교체기에 지방 세력가의 책사로 활약했다. 당나라
를 세운 이연의 눈에 들어 태자 이건성의 책사로 발탁됐다. 하지
만 '현무문의 변'에서 이건성이 목에 화살을 맞아 죽고, 46세인 그
도 취조와 죽음을 기다려야 하는 가련한 신세가 된다.

하루는 이세민이 위징을 불러 매섭게 문초했다. "너는 어찌하
여 우리 형제 사이를 이간질한 것이냐?" 위징이 답한다. "만일 이
건성 태자께서 제 계책을 그대로 받아들였다면 오늘 이런 수모를
당하는 일도 없었겠죠." 이 돌직구 답변을 듣고 배석한 고관들은
대경실색했다. 위징의 처형을 상상하며 눈을 질끈 감는 이도 있
었다. 하지만 예상은 완전히 빗나갔다. 이 짧은 답변에서 군계일
학의 재능과 당당한 기개를 동시에 확인한 이세민은 위징을 사면
하고 간관(諫官)에 임명했다. 태평성대로 꼽히는 '정관의 치(貞
觀之治)'가 시작되는 순간이었다.

사자성어 인물 열전

기존 대신들과 위징의 관계를 조율하는 문제는 시간이 흐르며 해결책이 나왔다. 정작 어려운 숙제는 이세민 자신이 매일 겪어야 하는 속앓이였다. 거침없는 직언 앞에서 서운한 마음이나 노기를 표정에 드러내지 않고 마음을 다스리는 일이 얼마나 어려운 경지인가를 자주 실감해야 했다.

특히 난처한 처지나 감춰진 취지를 위징이 이해하지 못할 때는 '죽이고 싶을 정도로' 서운하기도 했다. 그래도 이세민은 끝까지 위징을 내치지 않고 중용한다.

위징이 병에 걸려 향년 63세로 사망하자, 이세민은 몹시 슬퍼하며 상실감을 주변에 토로한다. "구리거울에 비춰보면 의관을 단정하게 할 수 있고, 역사를 거울로 삼으면 국가 흥망성쇠를 알 수 있고, 사람을 거울로 삼으면 자신의 모자람이나 불찰을 알 수 있소. 위징이 세상을 떠났으니 내가 거울 하나를 잃어버린 것과 같습니다." 여전히 쟁쟁한 측근들이 곁에 함께 있어도 이세민은 어딘가 허전한 느낌을 지울 수 없었다.

뭔가 중요한 퍼즐 하나를 잃었다는 그의 상실감은 적중했다. 곁에서 매일 쓴소리를 지겹게 해주던 위징이 떠나고 이세민의 야망은 고삐 풀린 망아지처럼 폭주하기 시작한다. 고구려 침략 등 여러 무모한 정책을 실행하다가 실패를 경험한다. 방현령, 두여회 등 현신(賢臣)도 위징이 하던 간관 역할을 메울 수 없었다.

이세민과 위징의 사례에서 '양약이 입에 쓰지만 몸엔 이롭다'는 말에 담긴 지혜도 다시 떠올리게 된다. 근대화 이전까지, 지금

기준으론 기상천외한 아부들에 중독된 권력자 곁에 머물며 고언
(苦言)을 입에 달고 산다는 것은 생사를 초월하지 않고선 정말
쉽지 않은 일이었다.

　이인위경. 이 네 글자를 마음속에 품었기에, 이세민이 '천하 명
군'으로 평가받을 수 있었던 게 아닐까.

서재에 함께하는 네 벗

문방사우(文房四友)와 채륜(蔡倫)

*

종이, 붓, 먹, 벼루, 이 넷은 과거 한중일 필기의 필수품이었다. 특히 종이는 디지털 시대인 지금도 꾸준히 사용되고 있다. 우주선 안에서도 종이는 필수품이라고 한다. 종이는 후한(後漢)의 채륜(蔡倫. 61~121)이 발명했다.

문방사우(文房四友. 글월 문, 방 방, 넉 사, 벗 우)의 '문방'은 '서재'다. '사우'는 '네 벗'이다. 이 두 부분이 합쳐져 '과거 서재에 꼭 필요한 필기구 네 가지, 즉 종이, 붓, 먹, 벼루'의 별칭이 됐다. 현재 중국에서는 '문방사보(文房四寶)'라는 표현이 더 자주 쓰인다.

발명가 채륜은 지금 후난(湖南)성에서 가난한 농부의 아들로 태어났다. 학문에 관심을 가졌으나, 10대 후반에 궁으로 들어가 환관이 됐다. 총명하여 궁중의 각종 도구 제작을 책임지는 직책에 해당하는 상방령(尙方令)에 올랐다. 그는 최초의 종이인 채후지(蔡侯紙)를 발명해 후한 제4대 화제(和帝. 79~106)에 바쳤다. 말년에 궁궐 권력 암투에 휘말려 처형될 위기에 빠지자 독약을 먹고 자살했다. 명나라 탐험가 정화(鄭和. 1371~1434)와 함께 유능한 환관으로 평가받는다.

고대 중국의 '4대 발명품' 가운데 하나인 종이를 채륜이 발명한 것은 우연이 아니었다. 그의 남다른 집중력이 아니었다면 불가능했을 성취였다. 궁정 안에서 고위직 내시였던 채륜은 화제의 눈에 들어 더 중용됐다. 화제가 총애하던 등(鄧) 황후는 학문에도 조예가 깊은 여성이었다. 그녀는 대나무를 세로로 잘라 글을 새긴 죽간(竹簡)이 넘쳐나는 황실의 도서를 어떻게 효율적으로 정리할 것인가를 고민하고 있었다. 그녀의 마음을 읽고, 채륜은 죽간을 대체할 무언가를 발명할 필요를 느꼈다.

채륜이 닥(楮)나무를 종이의 소재로 활용하기로 한 일화는 꽤 인상적이다. 그의 집중력이 잘 드러나기 때문이다. 채륜이 종이의 재료를 찾기 위해 산을 뒤지다가 우연히 닥나무를 발견했다. 닥나무 가지를 직접 꺾고 있는데, 손에서 피가 났다. 자세히 살펴보니 잎에 날카로운 가시가 돋아 있었다. 비록 가시가 있어 채취하기엔 불편했지만, 가지의 껍질을 벗기고 당겨보니 껍질은 아주 질겼다. 끈으로도 사용할 수 있을 정도였다. 그는 닥나무 껍질이 종이의 재료로 쓸모가 있겠다고 판단한다. 제작 원가 절감에도 큰 도움이 될 것 같았다.

그러나 닥나무 껍질은 매우 단단하다. 채륜이 사람을 시켜 잿

사자성어 인물 열전

물에 담갔다가 삶기를 반복하게 했으나 너무 질겨서 잘게 부수는 데는 실패했다. 방법을 고민하는 불면의 밤이 계속된다. 하루는 어디선가 절구 찧는 소리가 들려왔다. 그 순간 채륜은 정신이 번쩍 든다. '그래, 이래도 껍질이 부서지지 않고 버티는지 보자.'

날이 밝자 채륜은 사람을 불러 돌절구와 쇠로 된 절굿공이를 준비하라고 지시한다. 화학적 방법에서 물리적 방법으로 생각이 옮겨간 것이다. 이런 도전 끝에 탄생한 백색 저지(楮紙)는 기존 마지(麻紙)보다 더 얇고 더 부드러웠다. 더 이상 무거운 죽간이나 비싼 비단에 글을 쓰지 않아도 후세에 기록을 전할 수 있게 해주는 귀중한 발명품이었다. 채륜이 발명한 이 종이는 1,500년 이상 보존될 정도로 수명도 길다.

채륜은 종이 하나로 온 세상에 이름을 알렸다. 화제는 이 종이에 '화제지'나 '둥황후지'가 아닌 '채후지'라는 이름을 붙여주었다. 채륜이 아니었다면 불가능한 성취였음을 인정하고, 그의 공을 기린 것이다.

어려움을 함께 견딘 사람을 버리지 말라

조강지처(糟糠之妻)와 풍몽룡(馮夢龍)

*

말이 먼저고, 글은 나중이다. 태초에 우리 인류는 몸동작을 곁들인 소리와 말로 소통을 시작했다. 세월이 한참 흐른 후에 문자를 발명했다.

소설 장르도 동일한 과정을 거쳤다. 초창기엔 글이 아닌 말로 시작했다. 소리로도 서사(敍事. narrative)를 전달할 수 있기 때문이다. 문명이 발달해 이제 글과 영상으로 등장인물과 이야기를 결합해 생동감 있게 소개할 수 있게 됐다.

'조강지처(糟糠之妻. 지게미 조, 겨 강, 어조사 지, 아내 처)'의 앞 두 글자 '조강'은 '술 만들고 남은 찌꺼기 그리고 곡식 껍질'이다. '지처'는 '~한 아내, 즉 배우자'를 뜻한다. 이 두 부분이 합쳐져 '지게미와 겨로 끼니를 이을 정도로 가난하거나 낮은 지위에 머물던 무렵 함께 고생한 배우자'라는 의미가 만들어졌다.

'중국 소설의 아버지'로 칭해지는 풍몽룡(馮夢龍. 1574~1646)은 명나라 말기 쑤저우(蘇州)의 지식인 가정에서 태어났다. 젊은 시절, 과거 시험의 첫 관문을 통과하고 이른바 '수재(秀才)'가 됐다. 그러나 두 번째 관문 통과에 실패하자 그는 시험 과목 학습을 중단한다. 이후 통속(通俗) 문학의 수집, 수정, 출판 등에 매진하여 중국 문학사에 큰 업적을 남겼다.

 50대에 풍몽룡은 관료 생활에 인연이 닿아 푸젠(福建)성 서우닝(壽寧)현의 수장인 지현(知縣)에 임명됐다. 하지만 관료 생활이 체질에 맞지 않아 곧 사직하고 쑤저우로 귀향했다. 흉년이 이어지고 망국의 조짐이 뚜렷한 난세였기에 관료 생활이 심리적으로 힘들었을 것으로 짐작된다. 그는 1644년 명나라가 망하자, 여생을 반청(反淸) 활동에 힘썼다. 향년 73세로 세상을 떴다.

 그가 이룬 문학적 성취 덕분에 사서삼경(四書三經) 학습만을 인생의 전부로 여기던 지식인들이 문자를 통한 서사 오락에 흥미를 갖기 시작했다. 새로운 유형의 지식인으로서 그가 이룬 대표적 성과엔 단편 소설집『삼언(三言)』과 대하 역사 소설『신열국지(新列國志)』가 포함된다. 중국 춘추전국시대 약 550년 역사를 담아낸『신열국지』는 흥미진진하고 탄탄한 이야기 전개로 지금도 여전히 독자들의 시선을 끌어당긴다.

 『유세명언(喩世明言)』,『경세통언(警世通言)』,『성세항언(醒世恒言)』, 이 세 권의 총칭인 '삼언'에는 사랑과 행복을 꿈꾸는 젊은 여인들이 주인공인 경우가 많다. 물론 권력을 가진 이들의 추악한 욕망 추구를 폭로하는 내용도 있다.

『경세통언』 제27권에 「김옥노봉타박정랑(金玉奴棒打薄情郎)」 이야기가 나온다. 줄거리는 '김옥노라는 여인이 박정한 남편을 몽둥이로 응징한다'라는 제목 그대로다. 제1차 '아편전쟁(Opium War)' 이후 홍콩에 거주하게 된 서양인들에 의해 여러 차례 짧은 소설 형식으로 번역되어 서양에도 널리 알려졌다. 이 작품엔 근대화 이전 중국 사회의 계층 갈등과 어두운 구석이 적나라하게 담겨있다.

이야기 전개는 복잡하지 않다. 대대로 거지 왕초를 지낸 집안에서 태어난 여주인공이 재력을 바탕으로 가난한 수재를 남편으로 맞이한다. 하지만 훗날 출세한 남편이 헌신적 뒷바라지를 배신하고 밤에 그녀를 배에서 떠밀어 강물에 빠뜨린다. 완전범죄로 여겼지만 마침 고위 관리가 탄 배를 통해 그녀는 극적으로 구조된다. 이후 일련의 복수극이 진행된다. 무정한 초임 관료인 남편이 몽둥이로 얻어맞는 통쾌함을 독자에게 선사한 후, 참회하고 신분 차이를 잊고 둘이 행복하게 살았다는 식의 해피엔딩으로 마무리된다. 이혼이 흔치 않았던 당시 세태를 거스르지 않는 무난한 엔딩 처리가 아쉽지만, 전체적으로 완성도 높은 작품이다.

조강지처. 이 네 글자와 짝을 이루는 말이 있다. 빈천지교(貧賤之交)다. 비슷한 표현으로 환난지교(患難之交), 포의지교(布衣之交), 빈천지지(貧賤之知) 등이 있다. 반대말은 주육붕우(酒肉朋友)다.

사자성어 인물 열전

우정과 부부의 인연은 분명 다르다. 그러나 성공한 다음에 '배신의 유혹'을 경계해야 하는 부분에선 서로 똑 닮았다. 상대가 느끼는 큰 실망과 상실감에서 특히 그렇다. 그래서인지, '악인인가, 아닌가'를 구별하는 지표 가운데 이것이 으뜸이라는 말이 회자하기도 한다.

항아리를 깨뜨려 친구를 구하다

파옹구우(破甕救友)와 사마광(司馬光)

*

"정신일도(精神一到), 하사불성(何事不成)". 이 명언을 남긴 '주자학(朱子學)' 창시자 주희(朱熹)는 제자 조사연(趙師淵)과 함께 『자치통감강목(資治通鑑綱目)』을 저술했다. 그가 『자치통감(資治通鑑)』을 매우 귀한 서적으로 여겼음을 짐작할 수 있다.

파옹구우(破甕救友. 깨뜨릴 파, 독 옹, 건질 구, 벗 우)의 앞 두 글자 '파옹'은 '항아리를 깨뜨리다'란 뜻이다. '구우'는 '친구를 구하다'란 뜻이다. 이 두 부분이 합쳐져 '항아리를 깨뜨리는 기지를 발휘해 친구를 구하다'라는 의미가 만들어졌다. 한 아동이 기발한 해결책을 순간적으로 떠올려, 친구의 목숨을 구한 일화에서 유래한 사자성어다.

북송(北宋)의 역사가 겸 정치가 사마광(司馬光. 1019~1086)은 지식인 가정에서 태어났다. 조부와 부친 모두 진사(進士)였다. 사마광도 19세에 진사에 합격하고 일찍 관료 생활을 시작했다. 그가 중년까지 관료로 활동하던 기간은 북송 제4대 인종(仁宗) 통치기였다. 인종 시대에 송나라는 번영을 누렸다.

사마광이 고위 관료로 활동하던 무렵 송나라에 큰 위기가 찾아왔다. 문치(文治)를 지나치게 중시하여 송나라 북쪽 국경은 늘 위태로웠다. 설상가상으로, 사회 기반인 소농(小農) 가계의 빈곤이 날로 심해지고 있었다.

인종 통치기에 범중엄(范仲淹)에 의해 시도됐다가 채 7년도 넘기지 못하고 기득권층의 반발로 좌초했던 개혁을 19세 나이에 즉위한 제6대 신종(神宗)과 왕안석(王安石)이 의욕적으로 추진하기 시작한다. 사마광은 신종의 절대적인 신임을 받던 왕안석과 정치적으로 대립하는 처지에 섰다. 왕안석이 추진하는 '신법(新法)'에 반대하던 기득권 세력이 사마광 주위로 모여들었다.

과도한 개혁은 큰 부작용을 낳는다는 소신을 포기하지 않는 사마광을 신종은 차츰 멀리했다. 뛰어난 역사가 자질을 평소 눈여겨보던 신종은 그에게 역사서 편집 책임을 맡겼다. 물론 한창 '신법' 개혁을 추진하던 왕안석 주도의 중앙 정부로부터 그를 떼어 놓겠다는 의도가 우선이었다.

사마광은 묵묵히 훗날 『자치통감』으로 세상에 알려지게 되는 역사서 편집을 총지휘했다. 사실 사마광도 북송 사회의 총체적 개혁이 필요하다는 상황에는 공감하고 있었다. 그래서 초기에는 젊은 신종과 패기만만한 왕안석의 '신법'에 그도 적극 찬성하는 처지였다. 하지만 지방 정부의 허위 보고 등 개혁의 부작용을 직접 목도한 후, '신법'에 적극 반대하는 처지로 돌아선다.

　정치가 사마광과 정치가 왕안석은 숙명의 맞수처럼 불편한 관계였지만, 2살 차이인 둘의 인간적 유대는 매우 두터웠다. 사적으로 주고받은 편지엔 서로를 존중하고 배려하는 따뜻한 마음이 충만해 꽤 놀랍다. 신종, 왕안석, 사마광은 비슷한 시기에 생을 마감했다.

　사마광이 편년체 역사서 편찬을 무려 20년에 걸쳐 완성한 후, 신종은 『자치통감』으로 책 제목을 정해준다. 마지막 글자 '감(鑑)'은 '자신이 펼치고 있는 정치 행위를 역사라는 거울에 비춰보라'라는 의미다. 통치자들이 여가 시간에 이 책을 읽고 주요 의사 결정에 참고하라는 취지가 담긴 제목이다. 『자치통감』엔 기원전 403년부터 959년까지 총 16왕조 1,362년의 주요 역사가 연도별로 일목요연하게 서술되어 있다.

　파옹구우. 이 일화의 주인공이 바로 어린 시절의 사마광이다. 하루는 가산(假山)에서 친구들과 놀던 사마광이 친구들의 다급한 비명을 들었다. 위를 올려다보니 익사 사고 직전이었다. 가산 위에서 놀던 한 친구가 추락해 커다란 항아리에 빠진 상황이었다. 그 항아리에 물이 가득했다.

　이 절체절명의 순간에 사마광은 잠시 생각하더니 침착하게 주변에서 돌멩이 하나를 찾았다. 그러고는 돌멩이로 항아리에 구멍을 내기 시작했다. 신속하고 과감했다. 그의 기지와 민첩한 대처 덕분에 친구는 목숨을 구할 수 있었다.

'건곤일척'은 당송팔대가에 속하는 한유(韓愈. 768~824)의 「과홍구(過鴻溝)」라는 제목의 시에서 유래한다. 그는 유방과 항우의 최후 대결이 펼쳐졌던 홍구 지역을 지나다가 문득 웅장한 시상에 사로잡힌다. 호방했던 유방의 한나라 진영과 천하장사 항우의 초나라 진영의 최후 결전, 당시 중국 영토 거의 전부가 걸린 이 운명의 한판에서 유방이 일진일퇴 끝에 승리를 거둔다.

이 '건곤일척'으로 중국사의 긴 난세에 마침표가 찍혔다. 끝내 겹겹의 포위망을 뚫지 못하고 항우는 생을 마감했다. 사면초가(四面楚歌)가 바로 이 포위망에서 유래한 사자성어다.

IV

하늘과 땅을 건

진정한

한판 대결

무엇이든 잘 만드는 재주

노반지교(魯般之巧)와 공수반(公輸般)

*

노반지교(魯般之巧. 노나라 노, 일반 반, 어조사 지, 재주 교), 앞
두 글자 '노반'은 '노(魯)나라의 유명한 목수 공수반(公輸般)'의
별칭이다. '지교'는 '~의 재주'라는 뜻이다. 이 둘이 결합해 '마치
노반처럼, 무엇이든 잘 만드는 재주'라는 의미가 된다.

공수반과 묵자(墨子)를 동시대의 경쟁적 동업자 관계로 사람들
은 추정한다. 현존하는 53편의 『묵자』 일부 페이지들에 이들 사
이의 흥미로운 대결 일화가 '장편(掌篇) 소설' 분위기로 기록되
어 있다. 기록에 따르면, 이들은 공통으로 당시의 첨단 기술 분야
에 일가견이 있었다.

노반은 훗날 중국에서 공인(工人)들이 제사를 지내며 떠받드는
신(神)으로까지 자리 잡았다. 그에 대한 기록들에 지나친 과장법
이 적지 않은 이유다. 때론 마치 전설 속 인물처럼 묘사되기도 한

사자성어 인물 열전

다. 겸애설(兼愛說)로 유명한 묵자가 이 노반과의 대결에서 승리를 거둘 정도로 무기 과학에 밝았다는 것도 다소 의외다.

노반이나 묵자와 직접 관련성은 없으나, 일찍이 숫자 계산의 편의를 위해 주판(abacus)을 발명한 것은 중국이다. 화약과 나침반 원리의 발견도 중국이 서양에 앞섰다. '동양이 숫자와 과학에 뒤졌었다'라고 생각하는 것은 편견이다.

서양이 석탄과 증기기관을 결합하여 새로운 차원의 동력원을 실용화하기 이전까진 중국의 경제 수준이 서양을 살짝 앞섰다. 케네스 포머랜즈의 '대분기(The Great Divergence)'에 관련 내용이 나온다. 논증을 위해 그는 다양한 통계 수치들을 제시하고 있다. 그는 영국에서 석탄과 인접한 지역에서 증기기관이 발명된 것도 우연이었지 필연은 아니었다고 주장한다.

'잠자는 중국을 깨우지 말라'는 조롱이 19세기에 서양에서 유행했다. 이쯤에서 우린 한번 곰곰이 생각해 볼 필요가 있다. 이런 표현까지 오가는 지경까지 동양은 그 시절 왜 그토록 깊은 잠에 빠져있었던 것일까.

그 무엇보다 공업 기술 인력이 사회적으로 정당한 대우를 받지 못한 것이 문제였다. 중앙 부처에서 국가 예산을 다루는 관료들은 항상 농업과 목축에 우선순위를 뒀다. 과학 이론과 제조업에는 상대적으로 관심이 적었다. 관료들이 농업과 공업 사이에서 최소한의 균형만이라도 견지하며 예산 분배를 설계했다면 분명 역사는 달라졌을 것이다.

한편, 서양의 과학은 의학계에선 페니실린부터 백신까지, 통신과 컴퓨터 분야에선 전기와 모스 부호부터 이동 전화와 인공 지능까지, 끊임없이 신세계를 개척해 가고 있다. 대부분이 원천 기술이다. 누군가 이 엄연한 사실을 부정하며 또 이상한 논리를 펼친다면, 우리는 한 걸음도 앞으로 나아갈 수가 없게 된다.

"우리 중국은 부족한 게 없어요. 교역 확대도 필요하지 않습니다." 매카트니를 단장으로 한 영국 사절단을 접견한 후, 영국 왕 조지 3세의 서신에 건륭제(乾隆帝)는 이런 투로 답신을 보냈다. 1793년의 일이었다. 그는 청나라의 가장 융성한 시기를 이끈 것으로 평가받는 인물이다. 이어 1840년 '아편전쟁'이 발발했다. 이후 전개된 세계사는 군함과 대포 등으로 무장한 서양인의 '물음표'가 동양인의 '따옴표'에 다가와 거침없이 제압하여 허물어뜨리는 과정이었다.

주역(周易)의 원리가 아니더라도 세상은 돌고 돈다. 사자는 깊은 잠에서 깨어났다. 의식도 몸도 침대에서 멀어졌다. 깊은 잠을 취하고 기력을 회복한 동방의 사자들이 포효하기 시작했다.

하늘과 땅을 건 진정한 한판 대결

건곤일척(乾坤一擲)과 한유(韓愈)

*

독일에 10년 이상 머물다가 귀국한 지인에게 필자가 불쑥 건 넨 질문이 하나 있었다. "네가 직접 경험한 독일 사람들을 딱 한 마디로 말해 줄 수 있겠니?" 그의 답변은 "독일 사람들 합리적이야!"였다.

'합리적이다'라는 말도 때론 정반대의 의미로 해석될 수 있지만, 그의 온화한 표정과 함께 전달받은 이 말의 뉘앙스는 긍정적인 쪽이었다. 1989년 11월 9일 베를린 장벽 붕괴에 이어 1990년 독일 통일까지 일사천리로 가능케 했던 마법의 키워드 하나를 엿들은 기분이었다. 이 들뜬 기분 덕분에 그와 주고받은 독일 이야기에 더 몰입할 수 있었다. 그래, 통일을 주도한 것은 드러난 소수 정치인의 '건곤일척(乾坤一擲. 하늘 건, 땅 곤, 한 일, 던질 척)'이 아니었다. 동서독 국민의 몸에 밴 합리적 기질이었다. 이 저력이 마침 유리하게 전개되던 천시(天時)와 결합해 지극히 당연한 열매인 통일을 거의 빛의 속도로 이뤘구나, 이런 지점까지 생각이 미쳤기 때문이다.

'건곤일척', 글자부터 살펴보자. 우선 '건(乾)'은 태극기의 좌상에 있는 모양으로 주역(周易) 팔괘의 하나다. 음양으론 양(陽), 사상(四象)으론 태양(太陽)에 속한다. 대략 하늘을 뜻한다. 다음으로 '곤(坤)'은 태극기의 우하에 있는 모양으로 역시 주역 팔괘의 하나다. 음양으론 음(陰), 사상으론 태음(太陰)에 속한다. 대략 땅을 뜻한다. '일척(一擲)'은 '주사위를 한 번 던지다'란 뜻이다. 따라서 '마치 하늘과 땅처럼 큰 뭔가를 남김없이 걸고, 오직 한 번으로 최후 승부를 겨룬다.', 이것이 바로 '건곤일척'의 의미다.

중국에서는 '고주일척(孤注一擲)'이 훨씬 자주 쓰인다. 비록 앞 두 글자가 바뀌었지만 뜻은 별반 차이가 없다. 승패 예측이 어려운 일에 자신이 가진 전부를 걸고 마지막 주사위를 던지는 상황이다. 심장이 멎을 듯한 비장미가 두 사자성어 해석의 핵심이다. 결사전의 '용기'에 방점이 찍힌 '파부침주(破釜沉舟)'와는 쓰임에서 결이 조금 다르다.

'건곤일척'은 당송팔대가에 속하는 한유(韓愈. 768~824)의 「과홍구(過鴻溝)」라는 제목의 시에서 유래한다. 그는 유방과 항우의 최후 대결이 펼쳐졌던 홍구 지역을 지나다가 문득 웅장한 시상에 사로잡힌다. 호방했던 유방의 한나라 진영과 천하장사 항우의 초나라 진영의 최후 결전, 당시 중국 영토 거의 전부가 걸린 이

운명의 한판에서 유방이 일진일퇴 끝에 승리를 거둔다. 이 '건곤
일척'으로 중국사의 긴 난세에 마침표가 찍혔다. 끝내 겹겹의 포
위망을 뚫지 못하고 항우는 생을 마감했다. 사면초가(四面楚歌)
가 바로 이 포위망에서 유래한 사자성어다.

龍疲虎困割川原(용피호곤할천원)
億萬蒼生性命存(억만창생성명존)
誰勸君王回馬首(수권군왕회마수)
眞成一擲賭乾坤(진성일척도건곤)
지친 용과 범이 산하를 서로 나누니
천하의 백성들이 목숨을 부지했네.
누가 왕에게 말머리를 돌려서
진정 하늘과 땅을 건 한판 대결을 겨루라 했는가?
「過鴻溝(과홍구)」

이 '건곤일척'과 함께 떠오르는 인물이 누구일까. 20세기 후반
의 정계로 우리의 시선을 돌려보자. 굳이 검색하지 않아도 여러
인물이 떠오른다. 특히 그 시기에 지구촌의 시선을 집중시켰던 두
정객이 각자 독특한 외유내강 이미지와 함께 떠오른다.

독일 통일을 주도한 '통일 재상' 헬무트 콜과 중국 '개혁 · 개방
의 총설계사'로 꼽히는 덩샤오핑(鄧小平)이다. 여담으로, 한 명은
키가 유난히 크고, 한 명은 키가 유난히 작아 더욱 동시대 대중
들의 시선을 끌었다. 크고 작은 체구들에 담긴 무쇠처럼 단단한

이 두 정객의 마음은 그 옛날 북송 시대에 한유가 느끼고 크게 읊어 후세에 길이 전한 '건곤일척' 이 네 글자의 비장미를 직접 느껴보는 순간들을 겪어보지 않았을까, 필자는 막연히 추측해본다.

그것은 다름아닌 당시 독일과 중국 각각 그들 공동체 대다수의 몸에 밴 '합리성'과 '경제하려는 의지(the will to economize)' 였다.

어떤 일이든 비장한 각오로 임해야 이룬다

괄골요독(刮骨療毒)과 화타(華佗)

*

　'삼국지'에 명의(名醫) 화타(華佗)와 조조(曹操, 155~220) 사이의 비극적 일화가 나온다. 결론을 먼저 소개하자면, 화타는 조조에 의해 억울한 죽임을 당했다. 두 인물은 전문 분야도 달랐지만, 인생을 대하는 태도에서도 극단적으로 차이가 있었다. 그렇기에 서로 '마주칠 일'이 없었는데, 중년 후반기에 접어든 조조가 극심한 편두통에 시달리자, 주변에서 화타를 소개했다. 악연(惡緣)은 그렇게 시작된다.

　조조의 두통 증세를 살핀 후, 화타는 "머리에 바람이 들었군요. 두개골을 열고 뇌수술해야 하는데, 괜찮겠소?", 조조에게 이렇게 제안했다. 당시로선 무척 실험적인 치료법이었다. 비록 명의로 평판은 자자하지만 처음 본 화타의 이 대담한 제안을 조조는 신뢰하기 어려웠다. 가뜩이나 사방의 암살 위협에 신경을 곤두세우며 생활하던 시기였다.

괄골요독(刮骨療毒. 긁을 괄, 뼈 골, 병고칠 료, 독 독)의 '괄골'
은 '뼈를 긁어내다'란 뜻이다. '요독'은 '독(毒)으로 인한 상처를
치료하다'란 뜻이다. 이 두 부분이 합쳐져 '뼈에 스며든 독을 긁어
내어 치료하다'란 의미가 만들어졌다. 주로 '근본적인 치료를 하
거나, 비장한 각오로 어떤 문제를 해결하다'라는 의미로 쓰인다.

화타는 동한(東漢) 말기에 활동했다. 명의로 이름이 높았지만,
자신은 선비라는 자의식이 강했다. 탁월한 치료 성과에도 드러내
어 자랑하거나 표현하길 꺼렸다. 매사에 비교적 초연한 태도와
고결한 인품으로 임했다. 조조, 유비, 손권 등 군웅(群雄)이 자웅
(雌雄)을 겨루며 내란(內亂)에 몰두한 난세인지라 모든 벼슬길을
사양하고 적극 피했다. 당시 전염병이 창궐하였기에 의학에 관심
을 쏟으며 주로 사람들의 병을 치료하거나 의학 서적을 저술하
며 소일했다.

화타가 제안했던 근본적 치료를 미루자, 조조의 만성적 편두통
은 점점 더 심해졌다. 뇌수술하기는 여전히 망설여졌다. 조조는
그냥 화타를 곁에 두고 주치의로 삼아 임시변통 치료를 반복하는
차선책을 선택한다. 하지만 화타는 한사코 조조로부터 거리를 두
고 싶어 했다. 부인의 병을 핑계로 휴가 신청을 반복했다.
마침내 화가 폭발한 조조는 심복에게 따로 명령을 내린다. '화
타의 고향에 네가 가서 직접 확인하라. 만약 화타 부인이 진짜로
병을 앓고 있으면 그의 휴가 기간을 더 늘려주되, 거짓이라면 화

타를 끌고 와서 감옥에 가두고 심문하라'는 내용이 요지였다. 결국 화타는 고문을 이기지 못하고 감옥에서 63세에 눈을 감았다. 한편, 조조는 말년에 헛것을 보기도 하는 등의 착란 증세를 보이다가 65세로 병사했다.

화타와 관우(關羽) 사이에도 흥미로운 일화가 하나 존재한다. 바로 '괄골요독', 이 사자성어를 낳은 유명한 에피소드다. 관우가 전투 중에 날아온 화살을 오른팔에 맞아 치료하였으나 날만 궂으면 다시 심한 통증이 반복됐다. 하루는 화타가 방문하여 관우에게 외과 수술을 권한다. 자신의 비방인 마비산(麻沸散)이란 마취제를 먹은 후, 오른팔을 기둥에 단단히 고정하고 칼로 살을 가르고 뼈에 스며든 독을 말끔히 '긁어내야 한다'라는 제안이었다.

관우는 이를 흔쾌히 받아들인다. 이 수술 과정에서 극한의 고통을 참고 태연히 바둑을 둔다. 그가 보여준 이 의연한 '상남자' 태도가 삼국지 독자들에게 매우 깊은 인상을 남기곤 한다. 다만, 앞의 조조와의 일화는 실제 사실이지만, 화타와 관우 사이의 이 일화는 나관중(羅貫中, 1330~1400)이 창작한 역사소설 속 한 장면에 불과하다. 역사 고증에 따르면, 이 무렵의 화타는 이미 조조에게 살해되어 이 세상 사람이 아닌 것으로 판명되기 때문이다. 하지만 화타가 다른 전쟁 부상자들을 위해 '괄골요독' 수술을 꾸준히 했었을 것으로 추측된다.

큰 조직일수록 이런저런 이유로 구조 조정이나 쇄신을 미루다가 치명적 사태를 맞이하는 경우가 많다. 특히 '삼국지 문화권'으로도 볼 수 있는 한중일에 이 판단 착오 경향이 더 심한 것 같다. 지금, 이 순간 화타가 깨어나 질타하고 집도(執刀)하려 한다면, 선뜻 '괄골요독'의 길을 선택할 수 있는 이가 과연 몇이나 될까.

나를 알고 상대를 알다

지피지기(知彼知己)와 손무(孫武)

*

　전쟁이나 경쟁에서 승리하는 법을 미리 알 순 없을까. 잘 알려진 병가(兵家) 저서인 『손자병법(孫子兵法)』의 「지승(知勝)」 부분에 지금도 참고할 가치가 넉넉한 기록이 나온다. '싸워야 할 때와 싸우지 말아야 할 때를 아는 쪽이 승리한다. 상대와 비교해 자기 전력의 우세와 열세를 숙지하고 용병하는 쪽이 승리한다. 상하의 마음이 일치하는 쪽이 승리한다. 사려 깊게 준비한 후, 미리 대비하지 않은 상대와 겨루는 쪽이 승리한다. 장수가 유능하고 군주는 간섭하지 않는 쪽이 승리한다.'

　지피지기(知彼知己. 알 지, 저 피, 알 지, 몸 기), 앞 두 글자 '지피'는 '상대방에 대해 안다'란 뜻이다. '지기'는 '자신에 대해 안다'란 뜻이다. 이 둘이 합쳐져 '상대방의 상황과 자신의 상황에 대해 모두 소상하게 파악하다'란 의미가 만들어졌다.

'상대방에 대해 잘 알고 자신에 대해서도 잘 알면, 백 번 싸워도 위태롭지 않다.' '지피지기'는 『손자병법』 「모공(謀功)」 편의 이 구절에서 유래했다.

손자라는 경칭으로 더 익숙한 손무(孫武)는 제(齊)나라에서 태어났다. 생몰 연대를 확정할 순 없으나, 대략 공자와 같은 시대를 살았다. 손무가 성인이 된 이후 제나라에 내란이 발생하여 부친과 함께 각지를 떠돌았다. 이후 그는 남쪽 오(鳴)나라로 건너가 운명적으로 오자서(伍子胥)라는 인물을 만나게 된다. 당시 오자서는 자신의 조국인 초(楚)나라를 향한 복수만을 꿈꾸며 훗날 오나라 왕이 될 합려(闔閭)를 보필하던 중이었다.

오자서를 만나 깊은 대화를 나눈 후, 손무는 오나라에 은거하며 『손자병법』 총 13편 저술을 시작한다. 오자서가 합려에게 손무를 추천하기 위해서는 나름 자료가 필요했다. 『손자병법』을 일독한 합려는 손무를 신뢰하고 중용하기 시작했다. 손무는 오자서와 함께 6년이 넘는 준비기간을 거쳐 기원전 506년 초나라를 침공한다. 당연히 전쟁 결과는 대성공이었다. 우회하는 전략으로 단숨에 초나라 수도를 점령한다. 드디어 오자서는 과거 억울한 죽임을 당했던 자기 부친과 친형의 복수를 실행할 수 있게 되었다. 그는 초나라 평왕(平王)의 무덤을 깨뜨리고 시신을 꺼내어 채찍질을 가하는 등 여러 가지 과도한 분풀이를 했다. 파트너인 오자서가 전쟁 승리 후 보여준 이런 비이성적 태도에 손무는 크게 실망했다.

손무가 전쟁에 대해 노자처럼 소극적인 것은 아니었다. 그렇다고 전쟁을 적극 옹호하거나 호전적인 사상을 전개한 것도 아니었다. 오히려 그는 『손자병법』에서 부전승(不戰勝) 등 가능하면 비폭력적인 수단으로 적을 제압할 것을 주장한다. 손무의 중립적 전쟁관과 천하를 호령하는 패자(覇者)가 되고자 하는 합려의 호전적 기질도 자주 부딪쳤다. 결국 손무는 은거하는 쪽을 선택한다. 전쟁 승리라는 큰 공을 세우고는 화려한 무대에서 내려와 새벽 물안개 속으로 조용히 사라졌다.

무한 경쟁의 시대를 우리는 살아가고 있다. 특히 경쟁과 위험에 늘 노출되게 마련인 대부분 기업은 더욱 긴장의 끈을 놓을 수가 없다. 그래서인지 『손자병법』은 요즘에도 기업 경영자들의 필독서 가운데 하나로 꼽힌다. 『손자병법』은 손무의 사상에 최적화(optimization) 기법 등 세련된 디테일이 하나로 잘 버무려져 있어 꽤 흥미롭다.

손무가 『손자병법』에서 '미리 알아야 한다'라고 강조한 내용이 추상적인 원칙들만은 아니었다는 점에 특히 주목할 필요가 있다. 그가 강조한 피아(彼我)의 계책, 지형, 기동성 등은 매우 구체적이고 최신 상황으로 확인된 예민한 정보들이었다.

'안다(知)'라는 것은 과연 뭘까. '지부지상(知不知上), 부지지병(不知知病).' '자신이 모른다는 것을 아는 것이 최고 경지이고, 모르면서도 안다고 착각하는 것은 최악이다.' 노자는 이렇게 양쪽 극단을 예시했다. 공자는 '아는 것을 안다고 하고 모르는 것에 대

해서는 모른다고 말하는 것이야말로 진정으로 아는 것'이라고 학
문에 임하는 바른 자세를 예로 들어 중용(中庸)의 지혜를 설명했
다. 문(文)과 무(武)가 서로를 관통하는 지점이기도 하다.

여러 지역을 두루 여행하다

주유천하(周遊天下)와 서하객(徐霞客)

*

오랜 세월 중국인은 동악 태산(泰山), 서악 화산(華山), 남악 형산(衡山), 북악 항산(恒山), 그리고 중악 숭산(嵩山)을 '5악(伍嶽, the five sacred mountains)'으로 칭하며 신성한 장소로 여겼다. 과거 천하의 묵객들이 이 '5악'을 방문하여 시나 문장을 남겼다. 지금도 세계적인 관광 명소 가운데 하나다.

특히 태산의 정상은 진시황이 중국을 통일하고 하늘에 제사를 지내는 봉선(封禪) 의식을 행한 후 더 유명해졌다. '태산은 머리, 화산은 발, 숭산은 가슴과 배, 항산은 오른손, 형산은 왼손을 상징한다.' 이렇게 '5악'을 동서로 누운 자세의 인체로 단순화한 반고(盤古) 설화도 존재한다.

주유천하(周遊天下. 두루 주, 여행할 유, 하늘 천, 아래 하)의 앞 두 글자 '주유'는 '두루 돌아다니다'라는 뜻이다. '천하'는 여기에서 '지상의 모든 지역'이란 뜻이다. 이 두 부분이 합쳐져 '여러 지역을 두루 여행하다'라는 의미가 만들어졌다.

가슴에 품은 포부는 달랐지만, 공자 이후에도 자비(自費)를 들여가며 중국 각지를 여행한 유명한 인물이 여럿 있었다. 명나라 말기의 저명한 여행가 겸 지리학자 서하객(徐霞客, 1587~1641)도 이들 가운데 한 명이다.

서하객은 장쑤(江蘇)성 강음(江陰)의 한 지식인 가정에서 태어났다. 17세에 불행한 사고로 부친을 여의었다. 하객은 그의 호(號)이고, 본명은 굉조(宏祖)다. 어려서부터 총명하고 다방면의 글을 읽었으나, 과거나 관료 생활에는 관심이 많지 않았다. 21세에 첫 여행을 시작했다. 이후 약 30년에 걸쳐 명산대천(名山大川)을 위주로 하여 북쪽으로는 산둥(山東), 남쪽으로는 귀저우(貴州)와 윈난(雲南) 등 무려 16개 성(省)을 주로 도보로 여행하고 답사했다. 여행 과정에서 족병(足病)이 생겼고, 기온이 높은 윈난 지역에서 더 악화됐다. 54세를 일기로 일찍 세상을 떴다.

'지팡이를 짚으며 급히 길잡이를 따라 걸어갔다. 초반에는 바위에 의지하여 넘거나 무성한 나무들의 가지를 일일이 손으로 젖히면서 내려갔다. 이어 두 바위 사이의 골짜기 물길을 따라 매우 가파른 코스로 하산했다.'『서하객유기(徐霞客遊記)』'의 숭산 여행 부분에 이런 위태로운 하산 관련 기록이 나온다.

『서하객유기』는 이처럼 여행하며 매일 현장에서 기록한 그의

사자성어 인물 열전

일기를 사후에 여러 권의 책으로 묶은 것이다. 유실되지 않고 보존된 원고만 해도 약 60만 자에 달한다. 중국의 지형, 수리, 기후, 지질, 식물 등에 대한 그의 뛰어난 답사 연구 성과가 빼곡히 담겨 있어 학계의 귀한 자료다.

지도 제작에 종사하던 콜럼버스가 탐험가로 변신해 신항로를 개척하고 신대륙 근처 바하마 제도에 상륙한 해는 1492년이었다. 나가사키로 향하던 네덜란드인 하멜 일행이 표류하다가 우리 제주도에 나타난 해는 1653년이다.

그 무렵 중국은 농업 기술의 발전과 꾸준한 개간으로 경제생활이 개선되고, 과거와는 다른 유형의 지식인들이 하나둘 등장하기 시작했다. 전통 의학과 약학 분야에서는 『본초강목(本草綱目)』의 이시진(李時珍), 기술과 공학 분야에서는 『천공개물(天工開物)』의 송응성(宋應星) 등 걸출한 인물들이 실용적인 연구 성과들을 세상에 발표하기 시작했다. 동료 지식인들이 천시하거나 별 관심을 두지 않던 분야였다. 『서하객유기』라는 놀라운 저서도 이런 새로운 흐름 가운데 탄생했다.

동일한 명승지를 답사하고 쓴 글이더라도 시(詩)와 산문(散文)은 장르가 다르다. 특히 여행이나 답사 관련 산문의 묘미는 매 순간에 대한 세밀한 묘사와 생생한 현장감 전달에 있다. 서하객은 색채, 형태 등 하나하나를 기억에서 호출하며 집필했다.
『서하객유기』는 대하소설처럼 흥미진진하고 두껍다. 낮에는 부

지런히 두 발로 답사하고 밤에는 또 눈을 비벼가며 호롱불 아래
서 집필했을 그의 성실한 태도가 글에서 고스란히 느껴진다.

사자성어 인물 열전

쓸모없는 지식은 무의미하다

삼지무려(三紙無驢)와 안지추(顔之推)

*

나귀와 당나귀는 같은 말이다. 일반 말과 비교해 체구가 작고 귀는 길다. 나귀가 체구는 작지만 강하고 튼튼한 동물이기에, 산업혁명 이전에 짐을 운반하는 데에 많이 활용됐다. 영어권에선 수컷 당나귀를 'Jack', 암컷 당나귀를 'Jennet'으로도 부른다. 영어 어원을 보면, 동키(donkey)는 '작은 갈색 말'을 뜻한다.

삼지무려(三紙無驢. 석 삼, 종이 지, 없을 무, 나귀 려)의 앞 두 글자 '삼지(三紙)'는 '종이 세 장'이다. '무려(無驢)'는 '나귀가 없다'란 뜻이다. 이 두 부분이 합쳐져 '종이 석 장에 글을 썼는데 정작 주인공인 나귀는 없다'라는 뜻이 만들어졌다.

'삼지무려'는 안지추(顔之推. 531~597)가 『안씨가훈(顔氏家訓)』의 「면학(勉學)」 편에 소개한 일화에서 유래했다. 고루한 유생이 어느 날 장터에 가서 나귀 한 마리를 샀다. 비교적 중요한 거래였기에 계약서도 스스로 작성했다. 달필인 그가 우쭐한 표정으로 붓을 들어 쓰기 시작한다. 그런데 종이 세 장에 글씨를 가득 채웠지만, 계약서의 핵심인 '나귀'라는 단어가 없었다. 나귀를 판 농부가 답답한 마음에 물었다. "이 계약서에 왜 '나귀'라는 글자가 없소?" 그가 답한다. "조금만 기다려주게. 그렇지 않아도 지금 적으려는 참이네." 머리에 지식은 가득하지만, 실생활에 별로 도움이 안 되는 그런 유형의 지식인이 되어서는 안 된다는 묵직한 교훈이 담긴 풍자다.

안지추는 왕조 교체가 잦던 중국 남북조(南北朝) 시대에 남쪽 양(梁. 502~557)나라에서 태어났다. 서예에도 뛰어났던 부친을 9세에 여의고 두 형들의 보살핌을 받으며 성장했다. 벼슬길에 나섰으나 내란과 외침으로 포로 생활을 했다. 양나라가 멸망하고 북제(北齊. 550~577)에서 재기해 고위 관료 생활을 했다. 하지만 북제가 북주(北周. 557~581)에 의해 멸망하자 다시 포로가 됐다. 훗날 중국을 통일한 수(隋)나라 양견이 태자 교육을 위해 그를 기용하려 했다. 안타깝게도 그즈음 병을 얻어 향년 66세에 세상을 하직했다. 서예가 안진경(顔眞卿)이 그의 5대손이다.

안지추는 평생 난세를 겪으며 깨우친 바를 『안씨가훈』에 기록해 후손들에게 전했다. 흔히 가훈이라면 '가화만사성(家和萬事成)'처럼 짧은 글을 떠올린다. 『안씨가훈』은 총 20편으로 구성된 딱딱하지 않은 저서다. 따분한 느낌을 주는 글귀는 최소화하

사자성어 인물 열전

고, 직접 경험했거나 전해 들은 흥미로운 에피소드를 많이 소개했다. 후손들이 자연스럽게 교훈을 깨치거나 성찰할 수 있도록 배려한 것이다.

『안씨가훈』에 심히 어리석고 얼굴까지 두꺼운 인물이 주인공인 일화도 나온다. 북제에 시작(詩作)을 즐기는 한 사대부가 있었다. 대부분이 시(詩)라고 부를 수도 없는 글들이었지만, 그는 대단한 시인으로 자부하며 자아도취에 빠져있었다. 최고 시인들의 시를 형편없다고 비난하기도 했다. 지인들이 속마음을 감추고 '대단하다'라고 칭찬하면 사실로 믿었다.

하루는 그가 용기를 낸다. 소를 잡고 큰 잔치를 열어 자기 작품들과 필명을 널리 알리려고 했다. 지켜보던 아내가 울면서 그를 말렸다. 그러자 땅이 꺼지도록 탄식하며 그가 말한다. "나의 뛰어난 재능을 아내조차도 못 알아보는데, 하물며 세상 사람들은 오죽할까!" 안지추는 후손들이 자신을 객관화하는 능력 정도는 갖추길 바라며 이 일화를 기록해 전했다.

최근 들어, 고급 학문이 탁상공론에 빠지는 사례를 오히려 더 자주 접하게 된다. 아이러니다. 동서고금에 나귀와 관련된 우화가 많다. 이솝 우화에서 당나귀는 매우 어리석거나 고집이 센 동물로, 부정적 이미지로 자주 묘사된다. 근면한 이미지가 강해 미국에서는 정치적 상징으로 활용하기도 하지만, 중국어권에선 누군가에게 '나귀'라고 하면 바로 욕설이 된다.

안지추가 『안씨가훈』에 소개한 앞 에피소드 주인공을 다시 떠올려보자. 자신이 구매한 나귀보다도 더 어리석게 행동하는 지식인이다. 학문을 익히되, '왜 학문을 하는가?'도 자주 성찰해야 한다는 것을 확실히 깨우치기 위해 그가 굳이 이 '삼지무려' 일화를 후손들에게 기록으로 남기지 않았을까 싶다.

사자성어 인물 열전

만 명을 한꺼번에 상대할 능력

만인지적(萬人之敵)과 관우(關羽)

*

'인간은 어떻게 살고 어떻게 죽을지 배우기 위해 평생을 보 낸다.' 비극적 최후를 맞았던 로마의 정치인 겸 사상가 세네카 (Seneca)는 인생을 이렇게 요약했다.

만인지적(萬人之敵. 만 만, 사람 인, 갈 지, 대적할 적)의 '만 인'은 '사람 만 명'이다. '지적'은 '대적이 가능할 정도'라는 뜻이 다. 이 두 부분이 합쳐져 '만 명을 한꺼번에 상대할 수 있을 정도 로 힘이 세다'라는 다소 과장된 의미가 만들어졌다. 비슷한 표현 으로 '일당백(一當百)', '일기당천(一騎當千)', '만부부당(萬夫不 當)' 등이 쓰인다.

중국에서 '만인지적'으로 평가받은 인물 가운데 항우(項羽)와 여포(呂布)가 특히 기골이 장대하고 무예가 출중했다. 장신(長

身)에 긴 수염이 인상적인 관우(關羽. 162~220)도 몇 손가락 안에 꼽힌다.

관우는 십상시(十常侍)가 국정을 농락하던 후한(後漢) 말, 산시(山西)성 윈청(運城)에서 출생하고 성장했다. 윈청에는 대규모 소금 호수 시에츠(解池)가 있다. 그는 횡포를 부리던 하급 관원 신분의 토호를 살해하고 10대 후반 황급히 고향을 등졌다. 이후 21살 때, 지금 베이징에서 서남쪽으로 약 45km 떨어진 곳에 있는 줘저우(涿州)에서 유비(劉備. 161~223)와 장비(張飛. ?~221)를 우연히 만났다. 의기투합한 셋은 평생 고락을 함께 할 것을 맹세하고 의형제가 됐다.

황건적의 난이 발발하자 황실에서 먼 종친인 유비가 거병하고 의병 활동을 시작했다. 22세의 관우도 장비와 함께해 황건적 토벌에 동분서주했다. 황건적 토벌이 끝나고 조조, 손견, 여포 등 천하를 손에 넣으려는 신흥 군벌들의 엎치락뒤치락 다툼이 벌어진다. 이 와중에 세력이 약한 유비가 대패하고, 38세의 관우는 조조의 포로 신세가 됐다.

평소 관우의 기개와 인품을 높이 평가하던 조조는 관우를 자기 사람으로 만들 좋은 기회로 판단했다. 호화로운 저택에 연금한 후, 귀빈에 버금가게 예우했다. 적토마(赤兎馬)를 선물하고 진귀한 보배도 수시로 보냈다. 하지만 관우는 대패하고 연락이 끊긴 유비의 거처가 확인되면 언제든 떠나겠다는 결심을 바꾸지 않았다.

사자성어 인물 열전

한 전투에서 관우는 약 50kg 무게의 청룡언월도(靑龍偃月刀)를 한 손에 움켜쥐고 적토마에 올라 적장(敵將)의 목을 베어 조조에게 바쳤다. 이후 그는 군공을 세워 은혜도 갚았고, 유비가 있는 곳을 알았으니 '이제 떠나겠다'라며 조조에게 하직 편지를 썼다. 적토마를 빼곤 조조가 보낸 선물을 빠짐없이 정돈해 남겨두고 탈출한다.

유비 진영으로 복귀한 관우는 '적벽대전' 이후, 즉 40대 후반부터 지금 후베이(湖北)성 징저우(荊州) 일대에 머물며 지켰다. 징저우는 당시 전략적 요충지로 한 도시나 성곽이 아니고 한수이(漢水) 중류의 남쪽부터 창장(長江) 중류에 이르는 광대한 지역의 이름이었다. 위·촉·오 세 세력이 겹치는 최전방 방어라는 막중한 임무가 그에게 부여된 셈이었다.

징저우에 있는 마이청(麥城) 서북의 깊은 산 속에서 관우는 58세를 일기로 생을 마감한다. 여름에 무리하게 조조 진영을 공격했다가, 손권과 조조가 펼친 전광석화와 같은 협공에 직면해 가을엔 병력 대부분을 잃고 고립무원의 신세가 됐다. 그 해 추운 어느 날, 겨우 분대 규모의 기병(騎兵)과 함께 도피하던 중 겹겹의 포위망을 끝내 뚫지 못했다.

훗날 관우는 '신의(信義)의 아이콘'으로 다시 태어났다. 지금도 일부 중화권에서 여전히 재신(財神)으로까지 숭배되고 있다. 상공인과 자영업자의 매장을 여전히 청룡언월도를 쥔 그 위풍당당한 자세로 지키고 있다. 그는 살아생전에 신의를 중시했다.

평화롭고 상호 존중하는 성숙한 사회에서는 개인 모두가 소중하다. 누구나 자신의 영웅이 될 수 있다. 한편, 불안정한 사회의 불안한 영혼들은 자신 밖에서 영웅을 찾는다. '난세에 영웅이 난다'라거나 '난세를 헤쳐나갈 영웅을 기다린다'라는 말들이 그래서 생겨났다. 가끔 자문해 볼 필요가 있다. 혹시 내가 영웅을 기다리는지, 더 나아가 우리 사회가 여전히 영웅을 기다리는지에 대해 말이다.

사자성어 인물 열전

세상을 향한 원대한 꿈

청운지지(靑雲之志)와 장구령(張九齡)

*

중국의 인물평(人物評) 서적을 읽다 보면 '풍도(風度)'라는 어휘가 등장한다. 대략 풍채와 태도를 아울러 이르는 말이다. 당(唐. 618~907)나라 제6대 현종(玄宗. 685~762)은 어진 재상 겸 시인 장구령(張九齡. 673~740)을 누군가의 '풍도' 평가 기준으로 삼았다.

청운지지(靑雲之志. 푸를 청, 구름 운, 어조사 지, 뜻 지)의 앞 두 글자 '청운'은 '청색 구름'이다. '지지'는 '~의 뜻, 즉 포부'다. 이 두 부분이 결합해 '입신양명을 목표로 하는 원대한 포부'라는 의미가 만들어졌다. 익숙한 비유적 표현이다. 장구령의 시 '거울 속 백발을 보며(照鏡見白髮)' 첫 구절에도 '젊은 그 시절, 청운의 뜻 품고 벼슬길에 나섰는데(宿昔靑雲志)'라는 표현이 등장한다.

장구령은 지금의 광둥(廣東)성 사오관(韶關)시에서 태어났다. 증조부와 조부, 그리고 부친도 지방에서 관료를 지냈다. 그는 매우 총명하여 13세 무렵 이미 높은 수준의 문장을 지었다. 29세에 진사(進士) 시험을 통과하고, 중앙 정부의 고위 관료로 차츰 승진할 기회를 잡았다. '진사 시험은 50세에 합격해도 젊은 편에 속한다'라는 말이 시중에 나돌던 시기였다.

현종 집권 전반기는 훗날 역사가들에 의해 '개원성세(開元盛世)'로 평가받는 안정된 시기였다. 장구령의 관료 생활은 비교적 순조로웠고, 60세엔 재상(宰相)급 지위에 올랐다. 27세에 즉위한 현종은 현명한 군주였다. 그러나 자만심에 빠진 현종이 52세부터 양귀비를 총애하여 나라가 혼란에 빠진다. 장구령과 뜻을 같이하던 현신(賢臣)들도 간신 이임보(李林甫)의 견제를 받으며 차례로 중앙 정부에서 밀려났다.

지방의 한직을 떠돌던 이 힘든 시기에 장구령은 시(詩)를 지어 자신의 소회와 우려를 세상 사람들에게 전하는 것으로 소일했다. '감우(感遇)' 12수 등 빼어난 오언고시(伍言古詩) 작품들이 이 시기에 탄생한다. '감우'는 '지난 일을 회상하다가 문득 스쳐 가는 느낌'을 말한다.

결국 그는 중앙 정계로 복귀하지 못했다. 고향을 방문했다가, 향년 67세에 갑자기 병을 얻어 세상을 하직했다. 현종을 포함한 많은 이들이 정직하고 현명했던 이 탁월한 재상을 기리며 슬퍼했다. "그 인물의 풍도가 장구령에 비길 만합니까?" 누군가를 추천

사자성어 인물 열전

받으면 현종은 이 질문을 잊지 않고 던졌다.

736년, 젊은 장수 안녹산이 중요한 전투에서 패하고 돌아와 조정의 처분을 기다리고 있을 때의 일이다. 이때 장구령은 현종에게 평소와 다른 간언을 한다. "안녹산의 낯빛에 반역의 조짐이 느껴지니, 일찌감치 후환을 끊어내야 합니다." 하지만 젊은 시절의 총기(聰氣)를 상실한 현종은 이 조언을 험담으로 여기고 받아들이지 않았다. 장구령의 이 예감은 적중했다. 755년 안녹산이 반란을 일으켰고, 당나라는 긴 내란에 휩싸였다.

장구령의 시 「감우」 제7수(首)에 '운명이란 오직 어떤 이를 만나느냐에 달린 것이니(運命維所遇)'라는 인상적인 구절이 등장한다. 동서고금에 젊은이라면 '청운지지'가 없을 수 없다. 권위를 가진 누군가에게 재능을 인정받고 싶은 마음도 존재한다. 장구령은 청춘들의 이런 특별한 정서를 충분히 이해했다.

재상 장구령은 시간을 할애해 왕유(王維) 등 젊은 시인들과 교류했다. 유배 생활을 마치고 귀경한 젊은 왕유의 편지를 접하고는 적극 천거해 조정 복귀를 도와준 일도 있었다. 자신이 좌천되어 지방관으로 부임할 땐, 방황하는 젊은 시인 맹호연(孟浩然)을 막료로 대동해 곁에 머물게 했다. 안목을 키울 기회를 제공하기 위함이었다. 장구령의 비범한 풍도를 느끼게 해주는 미담(美談)들이다.

장구령 이전에도 당나라에 시인들이 많이 있었지만, '당시(唐詩) 300수'의 첫 몇 페이지는 대체로 그의 시로 시작된다. '신사 중의 신사'라는 평을 살아생전에 누렸던 그의 매력적인 삶을 우리가 한 줄로 요약할 순 없을까? 그런 마법의 문구는 세상에 없다. '사랑받고 싶다면, 사랑받을 만한 가치 있는 존재가 돼라(If you'd be loved, be worthy to be loved).' 로마의 한 시인은 이런 말을 남겼다.

　　　　　　　　　　　　　　　　사자성어 인물 열전

재주가 있으나 펼칠 기회를 만나지 못하다

회재불우(懷才不遇)와 이상은(李商隱)

*

청나라 건륭제(1711~1799) 통치기에 손수(孫洙)가 편찬한 '당시삼백수(唐詩三百首)'에는 당나라 시인 77명의 시 300여 수(首)가 나온다. 최근까지도 이 '당시삼백수'는 중국 초중고 학생들의 고전시가(古典詩歌) 입문서로 꾸준히 사랑받고 있다. 두보(杜甫) 39수, 이백(李白) 33수, 왕유(王維) 29수, 이상은(李商隱. 812~858) 24수, 맹호연(孟浩然) 14수 등 빼어난 작품들이 여기에 수록되어 있다.

이번 사자성어는 회재불우(懷才不遇. 품을 회, 재주 재, 아니 불, 만날 우)다. 앞 두 글자 '회재'는 '재주를 품다'란 뜻이다. '불우'는 '만나지 못한다'란 뜻이다. 이 두 부분이 합쳐져, '재주를 가졌으나 그 재주를 펼칠 기회를 만나지 못한다'란 의미가 만들어졌다. 풍몽룡(馮夢龍)의 「유세명언(喩世名言)」에 이 네 글자가

나온다. '대재소용(大材小用)'이 비슷한 의미다. 반대말은 '탈영
이출(脫穎而出)'이다.

　전한(前漢)의 사상가 가의(賈誼), 신라의 최치원(崔致遠), 조선
의 정약용(丁若鏞) 등 동서고금에 '회재불우'한 인재들이 적지 않
다. 당나라 말기의 시인 이상은도 여기에 포함된다.

　이상은은 허난(河南)성 하급 관료의 장남으로 태어났다. 10살
에 부친을 여의었기에, 일찍부터 서적을 필사하는 아르바이트를
하며 학업을 병행했다. 그의 청년기에 정국은 어수선했다. 주로
우승유(牛僧孺)파와 이덕유(李德裕)파로 세력이 나뉘어 대립하
고 있었다. 학업에 정진하던 이상은은 25세에 우승유파와 인연
이 닿아 후원도 받고 진사가 됐다. 그러나 이덕유파에 속하는 왕
무원(王茂元)의 딸과 혼인하고 당시 중앙 초급 관료들 모두가 선
망하는 비서성(秘書省) 교서랑(校書郞)이 됐다. 이 일로 그는 우
승유파에 의해 배은망덕한 인물로 단단히 찍혀 구설에 올랐다.

　이상은의 관료 생활은 당연히 순탄하지 못했다. 실직을 반복
하며 평생을 겨우 지방 관료들의 막료로 전전해야 했다. 30세에
모친을 여의었고, 설상가상으로 39세엔 사랑하는 아내 왕 씨와
도 사별했다. 그도 병을 얻어 향년 46세로 일찌감치 세상을 하직
했다.

　그가 추구한 시풍은 지금 기준으로 보면 유미주의(唯美主義)
다. 「무제(無題)」 시리즈 등 사랑에 빠진 남녀의 심리를 노래한

　　　　　　　　　　　　　　　사자성어 인물 열전

작품이 많다.

'전고(典故)'는 『장자(莊子)』, 『사기(史記)』, 『삼국지(三國志)』 등 사람들에게 익숙한 역사 속 인물이나 에피소드를 작품 안으로 도입해 주제를 암시하거나 시에 입체감을 부여하는 기법이다. 그는 이 전고에 특히 능했다. '장자가 새벽, 꿈에서 나비에 홀렸던 것처럼(莊生曉夢迷蝴蝶), 촉의 망제가 춘심을 두견새에 의탁했던 것처럼(望帝春心託杜鵑).' 그의 작품 '금슬(錦瑟)'에 나오는 유명한 구절이다. 심지어 당시 지식인들이 금기시하던 패사(稗史)나 소설에서 전고를 가져오기도 했다.

'회재불우'했던 그의 관료 이력과 대조적으로, 시인 이상은은 당대에 이미 대단한 유명 인사였다. "죽으면 네 자식으로 다시 태어나고 싶다." 천하의 백거이(白居易. 772~846)가 그의 경지를 이렇게까지 흠모했다는 일화가 전해지고 있다. 시인 온정균(溫庭筠)도 이상은의 영향을 많이 받았다. 이상은은 '산행(山行)'을 쓴 두목(杜牧)과 함께 '이두(李杜)'로 칭해지며, 당나라 말기를 대표하는 시인으로 꼽힌다.

"내 생각에, 탁월한 시는 당나라 때 이미 다 나왔다." 중국의 문호 루쉰(魯迅)은 당시(唐詩)에 대해 이런 총평을 남겼다. 당나라에선 개국 초기부터 시작(詩作)이 진사 시험의 과목에 정식으로 포함됐다. 제도적으로 시 창작 능력을 인재 등용의 한 기준으로 삼았기에, 두보나 이상은 같은 인재들도 '회재불우'에 크게 동요하지 않고 시 창작을 통해 내면 세계를 넓혀가고 사회적 명성도 누리며 왕성하게 활동할 수 있었다.

　이런저런 시대적 한계와 제약은 있었지만, 당시 당나라엔 사회 전반적으로 이처럼 시를 애호하는 분위기가 형성되어 있었다.

　어떤 공동체나 세속적인 것들에 지치면 어느 순간부터 성숙한 사회에 대한 로망이 생긴다. 그뿐만 아니라, 인문학이나 문학에 대한 대우를 보면 그 사회의 성숙도가 가늠된다.

相見時難別亦難(상견시난별역난)

東風無力百花殘(동풍무력백화잔)

春蠶到死絲方盡(춘잠도사사방진)

蠟炬成灰淚始乾(납거성회누시건)

曉鏡但愁雲鬢改(효경단수운빈개)

夜吟應覺月光寒(야음응각 월광한)

蓬山此去無多路(봉산차거무다로)

靑鳥殷勤爲探看(청조은근 위탐간)

서로 만나기도 어렵고, 이별하기도 어렵다.

봄바람은 힘이 없어 꽃들은 이미 지고 있다.

봄누에가 죽어서야 실을 다 토해내듯,

촛불도 재가 되어야 눈물이 마른다.

새벽 거울 앞에 서면 구름 같은 흑발이 변해 갈까 두렵고,

밤에 시를 읊으면 달빛마저 차갑게 느껴진다.

봉래산은 여기서 멀지 않다지만,

그곳의 푸른 새는 부디 정성을 다해 소식을 전해다오.

「無題(무제)」

위무기(魏無忌)는 위나라 제후의 아들로 태어났다. 막

내였기에 제후에 오르지 못했으나 이복 형 안리왕(安釐

王)이 즉위한 후 신릉군(信陵君)에 봉해졌다. 어려서부

터 위무기는 의협심이 강했다. 곤궁한 처지에 빠진 사람

을 외면하지 않았고, 성격도 너그럽고 겸손했다. 이런

그가 신분을 가리지 않고 인재를 우대하자 빈객이 사방

에서 몰려들었다. 많을 때는 3,000명을 넘기기도 했다.

그는 이런 자기 영향력을 바탕으로 극적인 역사의 한

페이지를 썼다. 막강한 진(秦)나라의 주변 국가 침략을

때론 격퇴하고 때론 억제하는 쉽지 않은 공을 세웠다.

V

좋은 자리를
비우고
현명한 사람을
기다려라

인재를 알아보고 추천하다

백락상마(伯樂相馬)와 손양(孫陽)

*

　고대 중국에서 말은 귀한 대접을 받았다. 특히 '하루에 천 리를 간다'라는 천리마(千里馬)는 역대 제왕들의 로망 가운데 하나였다. 실용적 측면에서도 천리마 등급의 준마(駿馬)는 큰 가치가 있었다. 사냥과 전쟁, 그리고 절체절명의 순간에 빠른 속도로 오래 질주할 수 있는 말이 자신의 생사를 좌우할 가능성이 컸기 때문이다.

　명마(名馬)에는 저마다 이름이 있다. 삼국지엔 관우의 적토마(赤兎馬), 유비의 적로(的盧), 장비의 옥추(玉追), 조조의 절영(絶影) 등등 여러 명마가 등장한다. 이 외에도 중국 첫 패자였던 제나라 환공(桓公)의 명마 불운비(拂雲飛)가 유명하다. 항우(項羽)의 오추마(烏騅馬)도 있다.

　백락상마(伯樂相馬. 맏 백, 즐길 락, 살필 상, 말 마)의 앞 두 글자 '백락'은 본래 고대 중국인들이 천마(天馬)를 주관한다고 여긴 신선의 이름이자 한 별자리의 명칭이다. 다음으로 '상마'는 '말을 살피다'란 뜻이다. 한자 상(相)에는 두 가지 뜻이 있다. '살피다, 관찰하다'라는 두 번째 뜻으로 쓰였다. 여기에선 '서로'를 뜻하지 않는다. 따라서 '백락상마'는 백락이 말을 살펴보고 우열을 품평하다'란 의미다. 요즘에는 '귀한 인재를 알아보거나 추천하다'라는 비유적 의미로 주로 쓰이고 있다.

손양(孫陽)은 진(秦)나라에서 태어났다. 그는 당대 최고의 상마가(相馬家)로 이름이 높았다. 그가 선택하거나 추천한 말은 늘 명마였다. 사람들은 그를 본명이 아닌 백락으로 호칭하며 우대했다. 구체적 생몰 연대를 확정할 수 없으나 백리해(百里奚)를 재상으로 발탁한 목공(穆公)과 동시대 인물이다.

손양의 행적과 관련된 일화들이 기록되어 전해지고 있다. 하루는 목공이 손양에게 명마가 아니고 아예 유능한 상마가 추천을 명했다.

"친구 중에 가난하지만, 말을 잘 보는 이가 있긴 한데요. 저에 비해 실력이 떨어지진 않을 겁니다" 이렇게 손양은 구방고(九方皐)를 적극 추천한다. 목공은 내심 손양이 자식이나 제자를 추천할 것으로 기대했다. 손양이 뜻밖에 가난한 친구를 소개하자 미덥지 않았지만, 시험 삼아 구방고에 천하를 뒤져 명마 한 마리를 찾아오라는 임무를 맡겨본다.

"노란 털을 가진 암말 한 마리를 보았습니다." 구방고가 돌아와 이렇게 보고했다. 목공이 급히 사람을 파견해 그 말을 데려오게 해서 살펴보니 털은 검고, 수말이었다.

실망한 목공이 구방고를 내보내고 손양을 따로 불러 질책했다. 누가 봐도 손양이 경쟁자를 원치 않는 것이라고 의심받을 수밖에 없는 상황이었다. 하지만 목공에게서 자초지종을 들은 손양은 하늘을 향해 혼잣말한다. "아, 구방고가 드디어 그런 경지에까지 이르렀구나. 그는 말에서 보아야 할 것에만 집중하고, 보지 않아도 무방한 것은 안 본 것이다. 사실 말의 색깔이나 암수가 무슨 대수겠는가." 이 알쏭달쏭한 말을 듣고 목공이 조금 시간을 갖고 지켜보니 과연 구방고가 추천한 그 검은 털의 말은 천하의 명마 가운데 하나였다.

또 다른 일화에는 손양의 말 고르는 경지를 소개하는 내용이 담겨 있다. 하루는 인접한 초(楚)나라 왕이 손양에게 명마 한 마리를 추천해달라고 의뢰했다. 손양이 임무 수행을 위해 돌아다니다가 한 소금 장수와 우연히 마주쳤다. 그의 소금 마차를 끌고 있는 말은 외견상 마르고 볼품이 없었다. 하지만 손양은 이 말이 천리마라는 것을 바로 식별할 수 있었다. 측은지심에 손양이 자기 겉옷을 벗어 말의 잔등을 덮어주자, 그 말도 우렁찬 소리로 호응했다.

손양은 그 자리에서 소금 장수와 흥정을 마치고 그 말을 초왕에게 데려가 인도했다. 말을 보자 초왕은 당연히 실망했다. 하지만 손양의 명성을 믿고 '말을 잘 먹이라' 명령하고 기다려본다. 며칠

후 확인하니 과연 천리마였다. 그가 충동을 못 이기고 말에 오르니, 바로 출발해 천 리를 질주했다.

"세상에 천리마는 늘 있다. 다만, 백락이 흔치 않을 따름이다." '당송 8대가'를 대표하는 한유(韓愈)는 이런 취지의 말을 남겼다. 어떤 시대에서라도 인재를 알아보는 이가 진짜 고수다.

시 안에 그림이 있다

시중유화(詩中有畵)와 왕유(王維)

*

    당나라 중기의 3대 시인이라면 시선(詩仙) 이백, 시성(詩聖) 두
보 그리고 시불(詩佛) 왕유(王維. 701-761)를 꼽는다. 이백은 마
치 천상에서 유배당해 내려온 신선 느낌이었기에 시선이라는 경
칭이 붙었다. 두보는 유교적 윤리관을 바탕으로 한 지식인의 희
로애락을 진솔한 시심(詩心)에 투영해 꾸준히 기록한 덕에 시성
이 됐다.

    이백과 동년배였고 약 1년 더 오래 생존했던 시인 왕유가 스님
신분인 것은 아니었다. 독실한 불교 신자였던 모친의 영향으로,
만년에 불교에 심취했다. 그런 인연으로 '시불'이라는 다소 이색
적인 칭호를 얻었다.

    시중유화(詩中有畵. 시 시, 가운데 중, 있을 유, 그림 화)의 '시
중'은 '시 가운데'라는 뜻이다. '유화'는 '그림이 있다'라는 뜻이

다. 이 두 부분이 합쳐져 '시 안에 그림이 있다. 즉, 시를 감상할 때 그림이 함께 연상된다'란 의미가 만들어졌다.

'왕유의 시 속엔 그림이 있다. 그의 그림 속엔 시가 있다.' '시중유화'는 문장가 소동파가 자연과의 미묘한 교감을 담은 왕유의 시를 평가한 이 문장에서 네 글자만 취한 것이다.

왕유는 지방 관료를 지낸 지식인 가정에서 태어났다. 모친의 영향으로 그의 자(字)도 유마경(維摩經)이 연상되는 마힐(摩詰)로 지어졌다. 불교에서 유마힐(維摩詰) 거사는 부처 생존 당시의 한 재가신자(在家信者)다. 불교의 진수를 체득한 인물로 알려져 있다.

총명하고 조숙했던 왕유는 15세 무렵에 일찌감치 수도 장안에서 시인으로 이름을 알렸다. 30세에 과거에 장원 급제하고, 중앙 정부에서 관료 생활을 시작했다. 하지만 승진에는 크게 마음을 쓰지 않았다. 시, 서예, 그림에 능했고, 음악과 무용에 조예가 깊었다. 불행하게도 한창 활동하던 시기인 50대 중반에 '안녹산의 난'이 발생한다. 관료 생활과 창작 활동을 겸하던 그의 삶에도 큰 시련이 닥쳤다. 세월이 흘러 수도가 수복되고 그는 고위 관료로 다시 임용됐다. 만년까지 왕성한 창작 활동을 이어가던 왕유는 병을 얻어 61세로 생을 마쳤다.

시인 왕유의 삶에 한 여인이 큰 영향을 끼쳤다. 모친 최(崔) 씨는 일관된 생활 철학을 갖고 지행합일(知行合一)을 철저히 실천하는 여인이었다. 그녀는 평생 비단옷을 걸치지 않았다. 늘 선(禪)을 수행했다.

과거에 장원 급제한 후, 왕유가 하루는 모친에게 새 옷을 한 벌 선물했다. 모친이 사양하며 말한다. "난, 새 옷 필요 없다. 여래의 집에 살고 이미 인욕(忍辱)의 옷을 걸치고 있는데, 새삼 내게 무슨 옷이 필요하겠니?"

그래도 왕유가 다시 권했다. 아들이 입신출세하여 기념으로 지어드리는 옷이라며 나름대로 설득을 시도해 본다. "나를 욕망의 세계로 이끌려 하지 말거라. 좋은 옷과 좋은 음식은 욕망을 낳을 뿐이다. 나는 이미 미추의 세계를 벗어났다. 지금 입고 있는 이 옷으로도 남 부러울 것 하나 없단다." 모친은 이렇게 거절한다.

왕유는 맹호연(孟浩然)과 깊은 우정을 나눴다. 둘은 '왕맹(王孟)'으로 칭해지며, 뛰어난 자연시 작품들을 남겼다.

'가다가 산길마저 끝나는 물가에 이르면(行到水窮處), 바위에 앉아 구름 생겨나는 것을 감상한다(坐看雲起時). 우연히 산에 사는 노인이라도 만나게 되면(偶然値林叟), 담소하느라 귀가할 때를 잊곤 한다(談笑無還期).' 왕유가 만년에 지은 이 '종남별업(終南別業)' 제2연에 '시중유화' 특징이 특히 잘 드러난다.

대나무 숲속 은거를 노래한 작품 「죽리관(竹里館)」도 꽤 유명하다. '홀로 깊은 대숲 안에 앉아 거문고 타고 긴 휘파람도 불어 본다. 아무도 모르는 이 깊은 숲을 명월(明月)이 방문해 비추어

사자성어 인물 열전

준다.' 대나무 사이에 앉아, 음악과 침묵을 밝은 달과 공유하는 왕유의 이미지가 그려진다.

얼마든지 누릴 수 있었음에도 미니멀리즘을 추구한 왕유 모친의 단아한 자태를 한 폭 동양화로 떠올려보자. 대자연을 가까이하려, 만년에 산에서 궁궐까지 출퇴근을 선택한 고관 왕유의 그 심플한 삶도 함께 스쳐 간다. 핸리 데이비드 소로의 '월든(Walden)'마저 왕유 모자(母子)의 이 절제하는 경지 앞에서는 색이 바랠지 모른다.

품성과 능력에 맞는 자리에 인재를 앉히다

적재적소(適材適所)와 유방(劉邦)

*

'천하의 대세란, 나뉨이 오래 가면 반드시 합쳐지고, 합쳐짐이
오래 가면 반드시 나뉜다(天下大勢, 分久必合, 合久必分).'『삼국
연의(三國演義)』첫 회의 한 구절이다. 중국 역사에서 춘추전국
시대는 전쟁의 연속이었다. 오랜 나뉨의 시대였다. 이를 진시황
은 10년이 조금 넘는 정복 전쟁을 통해 마침내 하나로 합치고 통
일 시대를 열었다.

통일 진나라는 법가 사상에 의지해 강력한 중앙집권체제를 시
행했다. 하지만 형벌 규정이 촘촘하고 백성들에게 너무 가혹했
다. 농민 세력이 주축이었던 '진승 · 오광의 난'으로 진나라가 다
시 혼란에 빠진 것은 자업자득이자 필연이었다.

적재적소(適材適所. 맞을 적, 재목 재, 맞을 적, 바 소)의 앞 두
글자 '적재'는 '맞는 재목(材木)'이란 뜻이다. '적소'는 '맞는 위

치'란 뜻이다. 두 부분이 합쳐져 주로 조직의 인사에서 '인재를 저마다의 품성과 재주와 능력에 맞는 직위에 앉히다'라는 의미가 만들어졌다.

유방(劉邦. 기원전 256~195)은 평범한 농민 가정에서 태어났다. 모친이 논두렁에서 만난 용(龍)과 신체를 접촉했는데 이 장면을 부친이 목격했고, 그 후에 유방의 임신 사실이 확인됐다는 비현실적 일화가 존재한다. 유방이 미천한 신분에서 용으로 상징되는 지위로 급상승했기에 필요해진 허구일 것이다.

혼인 전에는, 성실하게 농업을 배우기보다는 지역의 혈기 넘치는 사고뭉치들과 어울리는 허풍쟁이의 면모가 두드러졌다. 부친은 이런 유방을 내심 포기했고 어떤 기대도 하지 않았다. 하지만 타고난 임기응변과 끈질긴 근성이 이 시기에 충분히 숙성됐고 차츰 몸에 붙었다. 이 강점은 훗날 항우와의 대결에서 절체절명의 순간마다 그의 목숨과 조직을 위기에서 벗어나게 한다.

유방의 기질과 통일 진나라가 휘청거리는 시기는 썩 잘 어울렸다. 그는 순풍에 돛을 단 것처럼 수하의 무리를 성공적으로 이끌었다. 약 100명 규모 오합지졸에서 수만 병력으로 성장하는 데에 그리 오랜 시간이 걸리지 않았다.

난세였기에 의지할 리더를 탐색하던 인재들도 차례로 유방의 진영으로 모여들었다. 여러 인재가 한 진영에 모이면 서열 문제도 복잡해지고 자리다툼은 당연히 생긴다. 바로 이 부분에서 유방은 항우보다 확실히 뛰어난 리더였다. 초한 전쟁의 승패는 이 인재의 배치와 운용에서 선명하게 갈린다.

무장(武將) 가문의 후예였던 항우는 힘이 장사였다. 기병대(騎兵隊)를 거느리며 유방과의 대결에서 거의 매번 압도적인 전투력을 선보였다. 그러나 아쉽게도 유능한 책사였던 범증(范增)마저 유방의 반간계(反間計)에 속아 자신의 곁을 떠나게 할 정도로 인재 운용에 미숙했다.

유방이 비범한 '적재적소' 능력을 스스로 설명해 주는 일화가 존재한다. 유방이 항우를 자결하게 한 후, 황제로 즉위하고 연회 자리를 마련했다. 분위기가 무르익자, 그가 질문한다.

"내가 천하를 얻을 수 있었던 비결이 무엇인지 혹시 압니까, 그리고 그토록 천하무적이던 항우가 천하를 잃은 이유는 무엇일까요?" 이런저런 대답에 유방이 자기 생각을 들려준다.

"군막에 머물며 계책을 짜서 천 리 밖 승리를 결정짓는 일은 내가 장량(張良)만 못해요. 나라를 안정시키고 백성을 보살피고 군량을 적시에 공급하는 일은 내가 소하(蕭何)만 못하죠. 백만 대군을 통솔하고 백전백승하는 일은 내가 한신(韓信)에 못 미칩니다. 이 세 사람은 모두 호걸 가운데 호걸입니다. 이 인재들을 '적재적소'에 기용한 것이 바로 내가 이 통일된 중국을 얻은 비결입니다. 항우에게도 범증이 있었지요. 하지만 항우는 우리 계책에 속아 그를 떠나게 했죠. 그것이 그가 패배한 이유입니다."

사자성어 인물 열전

요즘 시대에도 인재를 알아보는 일은 여전히 생각처럼 쉽지 않다. 게다가 리더로선 선택한 인재를 적재적소에 안배하고 능력을 충분히 발휘할 수 있는 환경을 만들어야 한다는 고난도 임무가 기다리고 있다.

유방의 이 고백이 아니더라도 구체적 현실에서 '적재적소' 정답을 찾기란 그리 간단한 과제가 아니다. 사람과 조직의 업무 가운데 급소(急所)와도 같고, 여전히 가장 오류가 자주 발생하는 분야가 아닐까 싶다.

하늘은 높은 곳에서도 낮은 곳의 소리를 듣는다

천고청비(天高聽卑)와 유지기(劉知幾)

*

당(唐)나라 초기에 등장한 『사통(史通)』은 인류 최초의 역사비평서로 손색이 없다. 『춘추(春秋)』의 공자, 『사기(史記)』의 사마천, 『한서(漢書)』의 반고(班固) 등 여러 역사가의 오류가 빼곡히 기록된 책이기 때문이다.

사자성어 천고청비(天高聽卑. 하늘 천, 높을 고, 들을 청, 낮을 비)의 두 글자 '천고'는 '하늘은 높은 곳에 있다'라는 뜻이다. '청비'는 '낮은 곳의 소리를 들을 수 있다'라는 뜻이다. 이 두 부분이 합쳐져 '하늘은 높지만, 낮은 곳의 일을 모두 들을 수 있다. 즉 인간 세상의 만사를 통찰하고 있다'라는 의미가 만들어졌다. 용례를 보면, '인간은 선악에 따른 복이나 화를 피하기 어렵다'라는 이치를 강조하는 상황에 주로 쓰인다. 이 네 글자는 『사통』에도 나온다.

유지기(劉知幾. 661~721)는 사관(史官) 집안에서 태어났다. 자라면서 부친에게서 『춘추좌씨전(春秋左氏傳)』등 역사서를 배웠고, 20대에 과거에 급제하고 벼슬길에 나섰다. 그는 측천무후(則天武后)와 동시대 인물이다. 이 여황제가 사망한 후 그녀의 실록 편찬에 참여했다.

하지만 그의 업무 환경은 매우 열악했다. 실력도 없는 사관들이 잔뜩 모여 시간을 낭비하는 행태, 비밀 유지 규정 위반으로 낮에 기록한 내용이 밤이면 많은 사람이 알게 되는 현실, 원칙도 방향도 없이 이리저리 바뀌는 편찬 지침 등에 심한 절망감을 느꼈다. 마침내 그는 미래가 그려지지 않는 관료 생활을 그만둔다. 이후 중국 최초의 체계적인 역사학 이론서 『사통』 저술에 집중했다.

역사가라면 마땅히 어떠해야 하는가에 대한 유지기의 견해를 소개하는 일화가 존재한다. 하루는 예부상서(禮部尙書) 정유충(鄭惟忠)이 사관 유지기에게 질문했다. "예로부터 문사(文士)는 많았지만, 역사가의 재능을 가진 이는 적었습니다. 무슨 까닭일까요?"

유지기가 답한다. "재능, 배움, 식견, 역사가에겐 이 3가지 능력이 요구됩니다. 하지만, 이 모두를 겸비한 이는 드물죠. 그래서 제대로 된 역사가를 찾기 어려운 것입니다." 배움은 있지만 재능이 없는 경우와 재능은 있지만 배움이 없는 경우를, 비유를 통해 설명한 후, 그가 결론을 말한다. "재능과 배움에 식견까지 갖추고서, 선악을 반드시 기록하여 교만한 폭군이나 불충한 적신(賊臣)

이 두려움을 알게 만들 수 있다면 최고의 역사가로 평가될 수 있을 것입니다."

『사통』을 읽어보면, 사마천의 『사기』를 비판한 사례 가운데 공자와 관련된 부분도 포함되어 있어 매우 흥미롭다. 공자가 세상을 뜨고 제자 유약(有若)의 외모가 공자를 닮아 제자들이 스승으로 삼고 공자처럼 모시기로 했는데, 그가 제자들의 질문에 대답하지 못하자 스승으로 섬기길 그만두었다는 신빙성 부족한 내용이 『사기』의 「중니제자열전」에 나온다.

유지기가 비판한다. "제자들이 스승을 매우 소중히 여겼는데 유약의 생김새가 공자와 닮았다는 이유만으로 스승으로 떠받들었을 개연성은 거의 없다고 본다. 만약 사실이라면 아이들 장난이었지 어른들의 진지한 행위는 절대 아니었을 것이다. 『맹자(孟子)』에 이 이야기가 처음 실렸고, 사마천은 『사기』를 저술하면서 그대로 계승해 기록했다. 애당초 항간의 소문 수준에 불과했던 이런 이야기를 제대로 분별한 이가 없었던 셈이다. 슬픈 일이다."

'최선을 다해 직무에 임하되, 만약 불가능하면 사직해라(陳力就列, 不能者止).' 공직자의 진퇴와 관련해 『논어(論語)』에 공자의 이런 조언이 나온다. 유지기가 관료 생활을 접은 이유이기도 했다.

유지기는 향년 60세로 세상을 떴다. 사후에 황제가 지금의 허난(河南)성에 있는 그의 집에 사람을 보내 『사통』을 베껴오게 했

사자성어 인물 열전

다. 『사통』을 일독한 후, 황제는 매우 훌륭한 저서라고 평가했다. 훗날 공부상서(工部尙書)에 추증됐고, 문(文)이라는 시호를 받았다.

천고청비. 이 네 글자는 오늘날을 사는 역사가들의 바른 집필과 나아가 모두의 자기 성찰에 하나의 먹줄이 될 수 있지 않을까 싶다.

눈 속에서 매화를 찾아 감상하다

설중탐매(雪中探梅)와 맹호연(孟浩然)

*

사군자(四君子)로 알려진 매화 · 난초 · 국화 · 대나무는 대략 계절의 순서를 따른 것이다. 이 가운데 매화는 새해가 시작되는 시기, 즉 겨울의 끝이나 봄의 초입쯤에 개화하여 사람들의 주목을 받는다. 꽃이 화려하진 않다. 하지만 쌓인 눈 사이에서도 작은 봉우리를 터트린다.

설중탐매(雪中探梅. 눈 설, 가운데 중, 찾을 탐, 매화 매)의 '설중'은 '눈 속에서'라는 뜻이다. '탐매'는 '매화를 찾아다니다'라는 뜻이다. 이 두 부분이 합쳐져 '설경(雪景) 속에서 매화를 찾아 감상하다'라는 의미가 만들어졌다. '산수(山水)를 읊은 시인' 가운데 시인 왕유(王維)와 함께 으뜸으로 평가받는 맹호연(孟浩然. 689~740)의 일화에서 유래했다.

사자성어 인물 열전

맹호연은 두보, 이백(李白), 왕유 등이 활동하던 당나라 중기의 시인이다. 그는 지금의 후베이(湖北)성 양양(襄陽)의 비교적 유복한 지식인 가정에서 태어났다. 하지만 시 창작 세계에 몰입해 과거 응시와 입신양명과는 거리를 두었다.

휜칠한 키와 준수한 외모에 지적으로도 조숙했던 그는 20세 무렵에 이미 「제녹문산(題鹿門山)」을 지어 독특한 산수시(山水詩) 경지를 주변에 선보였다. 23세부터는 아예 녹문산에 거처를 마련하고 은거하며 시작(詩作)에 더 전념했다.

거리에 나서면 뭇 여인들의 시선을 충분히 사로잡을 조건들을 가졌지만, 거꾸로 속세와는 일정한 담을 쌓고 애써 거리를 유지하는 길을 선택한 것이다. 젊은 시인의 각오와 의지가 예사롭지 않게 느껴진다. 절친이었던 왕유가 수도에서 태어나 일찍 과거에 급제하고 중앙 관료 생활을 하다가, 말년에 이르러서야 산속 은거를 병행한 것과도 대조된다.

맹호연은 25세부터 35세까지 창장(長江)을 따라 각지를 여행하며 문인들과 교류했다. 37세 무렵엔 이백을 만났고, 둘은 깊은 우정을 쌓았다. 38세에 처음으로 수도 창안(長安)에 들어가 과거에 응시했으나 아쉽게 낙방했다. 이 시기 수도에 머물며 왕유를 만났다. 이때부터 둘은 평생토록 귀한 우정을 이어 나갔다.

맹호연이 관직과는 인연이 먼 운명이라는 것을 상징적으로 보여주는 일화가 하나 존재한다. 하루는 궁궐에서 당직 근무를 하던 왕유와 방문객 맹호연이 문학에 관해 담소하고 있었다. 그런데 하필 그 순간에 현종(玄宗)이 왕유를 만나기 위해 나타났다. 맹호연은 급히 몸을 숨겼다. 궁궐에 왕유를 따라 허가 없이 출입했으니 무단출입이란 죄명을 피하기 어려운 상황이었다. 현종도 이미 눈치를 채고 있었으므로, 왕유는 맹호연을 불러내어 난처한 상황을 해명도 할 겸 현종과 인사를 시킨다.

워낙 문인 자질이 뛰어났고 호탕한 성격이었던 현종은 죄를 눈감아 주고는, 처음 본 맹호연에게 시 한 수를 즉석에서 지어보라고 청했다. 당황하였기 때문인지 과하게 자신을 낮추려는 의도였는지 알 수 없으나 맹호연은 '재주가 없으니, 명군이 나를 버리고'라는 구절을 포함하는 시를 읊고 말았다. "그대가 내게 관직을 구한 적도 없었는데, 내가 언제 그대를 버렸다는 것인가. 대체 왜 날 무고하는 것이냐?" 심히 불쾌감을 느낀 현종은 그 문제의 구절을 문제 삼아 이렇게 질책하곤 바로 떠나버렸다.

이 일이 있고 다음 해에 맹호연은 수도를 떠나 고향으로 내려갔다. 훗날 시인 장구령(張九齡)의 지방관 시절에 참모 생활을 잠시 한 것이 관료 생활 인연의 전부였다. 질병으로 향년 51세에 일찍 세상을 떴다. 왕유, 이백 등 다수의 문인이 애도했고 그리움을 담은 시를 남겼다.

'설중탐매'는 맹호연이 매화를 사랑하여 추운 겨울에 당나귀를 타고 매화를 찾아 나선 일화에서 유래한다. 매화는 심사정(沈師正) 등 조선의 문인과 화가들도 즐겨 그린 소재 가운데 하나였다. 맹호연은 살면서 대부분의 시간을 자연과 가까운 곳에 머물

사자성어 인물 열전

려 무진 애를 썼다. 한적한 자연 속에서 바람 소리, 새 소리, 꽃 떨어지는 소리, 당나귀 방울 소리, 매화 피어나는 소리 등에 끊임없이 집중했다.

살펴보면, 맹호연 계보는 동서고금에 늘 있다. 그들은 무언가 이상한 힘에 이끌려 고향과 자연에 최대한 가까이 다가가 탁월한 기록을 남긴다. 인류의 천성이고 소중한 귀소본능이다.

번영 위에 문화적 다양성까지 꽃을 피우는 꿈

금상첨화(錦上添花)와 왕안석(王安石)

*

북송 시대 왕안석(王安石. 1021~1086)의 외모는 어땠을까? 뭔가 흠을 잡으려는 동료 관료들로부터 '외모에 신경을 안 쓴다'라는 비난받기도 했었으니 말이다. 금상첨화(錦上添花. 비단 금, 윗상, 더할 첨, 꽃 화)는 왕안석과 관련된 사자성어다. 앞 두 글자 '금상'은 '비단 위에'라는 뜻이다. '첨화'는 '꽃을 추가하다'라는 뜻이다. 이 둘이 합쳐져 '좋은 일이 겹친다'라는 의미가 만들어졌다. '고운 노래는 비단 위에 꽃을 더하는구나(麗唱仍添錦上花)'. 북송 시대 왕안석의 시 「즉사(卽事)」에 이런 구절이 나온다.

역사책에 주로 '신법(新法)'을 추진한 사상가이자 재상으로 소개되는 왕안석은 학문이 깊고 글재주까지 뛰어났다. 한유, 구양수, 소동파 등과 함께 당송팔대가로 꼽히는 왕안석은 21세에 우수한 성적으로 진사 시험에 합격한다. 하지만 그는 관료 생활의 출발부터 평범한 길을 거부했다. 모두가 기피하던 지방 관료를 자청했다. 과거에 합격한 관료 사이에 중앙 정부 발령과 승진을 두고 치열하게 경쟁하던 시대였다. 그의 이런 예외적 처신을 두고 중앙 관료들 사이에 '행실이 예사롭지 않다'라는 평판이 돌았다.

일명 「만언서(萬言書)」라고도 불리는 빼어난 상소문이 있다. 약 만 자 분량의 긴 글이다. 이 「만언서」의 저자가 바로 왕안석이다. 그의 나이 38세 때의 일이었다. 「만언서」를 오늘 날 기준으로 보면, 그 내용과 형식이 긴 분량의 특별 기고 칼럼에 가깝다. 마차 소리와 출세 경쟁으로부터 한 발 떨어진 지방 정부에 머무르며 그가 원대한 '국가 개조' 플랜을 구상했음을 짐작할 수 있다.

당시 송나라는 누가 봐도 개혁이 불가피한 시기였다. 무엇보다 북쪽 국경 방어에 큰 곤욕을 치르고 있었다. 그즈음 송나라 인구는 거의 1억 명에 도달했지만, 엄청난 국방비 지출과 만성적 재정 적자로 신음하고 있었다. 당연히 그의 「만언서」는 만인의 주목을 받았다.

인종에 이어, 19세에 즉위한 신종(神宗)은 「만언서」를 잊지 않았다. 왕안석을 기용해 국정을 혁신하기로 결심한다. 재상이 되어 그가 펼친 '신법'은 파격적이지 않은 것이 없었다. 봄에 소농(小農)에게 저금리 대출을 해준 '청묘법(青苗法)'이 유명하다. 이 외에도 '신법'의 대부분은 소농과 소상인을 적극 보호하는 경제 분야 개혁들이었다. 리처드 폰 글란의 '중국 경제사(The Economic

History of China)'에서 '왕안석의 신법' 부분을 읽으면, 뜨거운 여름철의 나른한 공기를 찢으며 쩌렁쩌렁 소리 내는 매미 한 마리가 떠오른다.

기득권 계층의 이익에 반하는 여러 획기적인 개혁을 추진하다가 실패했지만, 왕안석의 최후는 비참하지 않았다. 그에 대한 사후 인물평들도 박하지 않았다. 신종 사후 1년 후 그도 세상을 하직했다. 사마광이 이끄는 '구법당'의 앙갚음이 아니었다. 은거하던 노정객 시인의 자연사였다.

1789년 프랑스 혁명으로 유럽 왕조들이 놀라 허둥대던 시기에 집권했던 조선의 정조도 왕안석에 대해 긍정적으로 평했다. "너는 왕안석이다." 정조는 실학자이자 북학파의 거두 박제가(朴齊家)에게 이런 평을 한 적도 있었다.

왕안석과 박제가는 시상(詩想)에 익숙했다. 관료인 동시에 시인(詩人)이었다. 시인은 외롭지 않다. 시인의 산책로엔 동행해 주는 선배 시인들의 묵향(墨香)과 발자취가 있다. 두보(杜甫)의 시가 있어 왕안석은 외로움을 몰랐다.

"밀턴, 그대야말로 이 시대에 살아있어야 하겠다. 영국은 그대를 간절히 원한다." 이 '런던, 1802년'을 쓴 영국 낭만주의 시인 워즈워스(Wordsworth)에게는 인생 대선배 존 밀턴이 있었다. 평생 독신이었으나 워즈워스도 '외롭다'라는 어휘를 몰랐다.

경제적 번영 위에 문화적 다양성까지 꽃을 피우는 사회를 우

　　　　　　　　　사자성어 인물 열전

리는 늘 꿈꾼다. 이게 바로 '금상첨화'다. 왕안석은 자신의 시 안에 이 네 글자를 우연히 적어 오늘날까지 전해지게 했다. 참으로 오묘하다.

규칙은 엄격하되 융통성은 필요하다

교주고슬(膠柱鼓瑟)과 인상여(藺相如)

*

교주고슬(膠柱鼓瑟. 아교 교, 기둥 주, 북 고, 거문고 슬), 앞 두 글자 '교주'는 '아교로 기둥을 고정하다'란 뜻이다. '고슬'은 '거문고를 연주하다'란 뜻이다. 이 두 부분이 합쳐져 '거문고의 기러기발을 아교로 고정하고서 연주한다'라는 의미가 만들어졌다. 거문고의 기러기발은 현을 밑에서 지탱하는 부분이다. 날씨에 따라 줄이 팽팽해지거나 느슨해지는 것에 신축적으로 대처하기 위한 장치다. 음의 피치(pitch) 조정을 원할 때, 연주자가 이 기러기발을 이동할 수 있어야 한다. '교주고슬'은 사마천의 『사기』「염파·인상여열전」에서 유래했다.

"대왕께서 명성만 듣고 그를 기용하시는 것은 마치 '거문고의 기러기발(雁足)'을 아교로 단단히 붙여놓고 거문고를 연주하려는 것과 같습니다. 조괄(趙括)은 부친이 남긴 병서나 암송하는 수준입니다. 변화에 대처할 줄을 모릅니다".

전국(戰國)시대 말기, 조(趙)나라 재상 인상여(藺相如)는 조괄이라는 젊은 장수를 중요 전투의 총사령관으로 기용해선 안 된다고 왕에게 조언한다. 조괄이 융통성을 발휘하며 전투를 지휘하는 그런 능력은 갖추지 못한 장수였기 때문이다. 조나라 효성(孝成)왕은 이 조언을 무시했다.

결국 장평(長平)대전에서 조나라는 대패한다. 병사 약 45만 명이 생매장을 당하는 끔찍한 피해를 보았다. 조괄도 전사했다. 적국 진(秦)나라 첩자의 말에 현혹된 왕이 장평에서 잘 방어하고 있는 염파(廉頗) 장군을 괜히 불러들이고 조괄을 그 자리에 내보낸 것이 결정적 패인이었다.

인상여는 입지전적 인물이다. 본래 미천한 신분이었으나, 탁월한 임기응변과 대담성으로 조나라 혜문(惠文)왕의 마음을 사로잡아 일약 재상으로 발탁됐다. 인상여는 약육강식의 시대를 살았다. 당시 전국칠웅(戰國七雄) 사이엔 전쟁이 끊이질 않았다. 국력은 진나라가 가장 강했다. 조나라도 약소국은 아니었으나 진나라의 위협과 침입에 시달렸다. 하지만 인상여라는 인물이 살아있는 동안은 조나라 침공을 최대한 자제한다는 것이 진나라의 기본 방침이었다. 이 대목에서 인상여의 존재감이 잘 드러난다.

진나라가 인상여를 처음부터 두려워한 것은 아니었다. 옥(玉)에도 여러 등급이 있다. 당시 중국에선 '화씨벽(和氏璧)'을 으뜸으로 쳤다. 진(秦)나라 소양(昭襄)왕이 조나라에 이 옥 1개와 성(

城) 15개를 교환하고 싶다고 거짓 제안했다가 조나라 사신 인상여에게 자신의 궁정에서 크게 망신을 당한 일화가 있었다. 이 사건으로 인상여의 놀라운 기지와 대담성이 중국 전역에 널리 알려졌고, 진나라도 그를 특히 주의하기 시작했다.

'문경지교(刎頸之交)'라는 사자성어의 유래가 된 인상여와 염파 장군 사이의 '우정 일화'도 꽤 유명하다. 염파 장군은 유능한 장수였다. 하지만 천한 출신에 '입과 혀'만으로 자신보다 높은 지위를 차지한 인상여를 받아들이기 어려웠다. "인상여를 마주치면 꼭 욕을 보이고 말겠다." 이 말을 그는 입에 달고 다녔다. 이 소문을 들은 인상여는 그와 마주치지 않으려 조회가 있는 날은 병을 핑계로 피했다. 혹시 길에서 마주치면 급히 수레를 돌려 숨곤 했다.

이 모습을 지켜보던 인상여의 사인(舍人)들은 창피하고 이해도 되지 않았다. 마침내 그의 앞에서 불평을 터트린다. 인상여는 그들에게 해명했다. "나는 적국 진나라 왕의 궁전에서도 굴하지 않고 그 잘못을 꾸짖은 사람이오. 그런 내가 어찌 염파 장군을 겁내겠소. 저토록 강한 진나라가 감히 우리 조나라를 공격하지 못하는 이유는 염파 장군과 내가 있기 때문이오. 국가의 안위가 우선이고 사적인 원한은 그다음이라 내가 미리 피하는 것이오". 이 말을 전해 들은 염파는 웃옷을 벗어 상체를 드러낸 채 가시나무 회초리를 한 짐 지고 인상여를 찾아와 깊이 사죄했다. 이날부터 두 사람은 '목을 내놓을 정도의 우정'을 뜻하는 '문경지교'를 맺었다.

사자성어 인물 열전

지혜와 지식은 동일하지 않다. 특히 성찰(reflection)에서 지혜는 지식과 본래 무관하다. '아둔하다', '어둡다', '고지식하다' 등 지혜의 반대말은 많다. 일찌감치 인상여가 경고한 '교주고슬' 이 네 글자가 요즘 유난히 우리의 시선을 붙든다.

자신이 만든 법에 자신이 죽는다

작법자폐(作法自斃)와 상앙(商鞅)

*

과거 서양에 스파르타가 있다면, 동양엔 진(秦)나라가 있다. 둘 다 '지나치게 가혹하게' 공동체 구성원을 옭아매는 법률과 제도로 주목받았다. 규모는 스파르타가 적고, 상시 전시(戰時)체제 강도는 진나라가 덜했다. 그런데 과연 크고 작은 전쟁에서 승리하는 것이 공동체의 궁극적 목표일 수 있을까? 당연히 아니다.

상앙(商鞅)은 진(秦)나라 25대 군주 효공(孝公)의 전폭적인 지원을 받으며 최초로 법가(法家) 제도를 도입한 인물이다. 두 인물의 팀워크는 완벽했다. 효공과 상앙의 '공동통치' 시기로 평가될 정도였다. 납세와 징병의 단위인 십오제(什伍制), 평민이라도 전쟁터에서 적의 목을 베어오면 1계급을 승진시키는 군공수작제(軍功授爵制), 토지의 국유화와 가구당 균등한 분배 등 그의 변법(變法) 정책 덕분에 서쪽 변방에 있는 진나라는 일거에 중원을 노리는 강국으로 부상할 수 있었다.

사자성어 인물 열전

작법자폐(作法自斃. 지을 작, 법 법, 스스로 자, 죽을 폐)의 앞
두 글자 '작법'은 '법을 만든다'라는 뜻이다. '자폐'는 '자신이 죽
다'라는 뜻이다. 이 두 부분이 합쳐져 '자신이 만든 법 때문에, 자
신이 죽다'라는 의미가 만들어졌다. 사마천 『사기(史記)』의 「상
앙열전」에서 유래했다.

　상앙은 위(衛)나라 공족(公族) 출신으로 본명이 공손앙(公孫
鞅)이다. 그는 20대 초반 나이에 집권한 효공이 '천하의 인재를
구한다'는 말을 듣고 찾아가 유세한 후 진나라 재상으로 발탁됐
다. 이후 그는 혁신적인 변법을 도입해 진나라를 단숨에 강국으
로 변모시켰다. 하지만 목과 사지를 밧줄로 묶어 5마리의 소나 말
이 당기게 하여 처형하는 끔찍한 거열형(車裂刑)을 창시하기도
했다. 효공이 서거하고 새로 즉위한 혜문(惠文)왕에게 숙청될 위
기에 처하자, 반란을 일으켰다가 52세로 생을 마감했다. 상앙의
시신은 그 자신이 도입한 거열형에 처해 심하게 훼손되고, 본보
기로 백성들에게 전시됐다.

　상앙과 관련해서 두 가지 일화가 유명하다. 하나는, '남문에 세
워둔 큰 나무 기둥을 북문으로 옮기는 백성에게 꽤 큰 보상을 해
주겠다고 약속하고 그대로 약속을 지켜, 변법 시행 초기에 백성
들의 신뢰를 얻었다'는 이목지신(移木之信) 일화다. 이 일화에서
그가 처음에 상금으로 10금(金)을 내걸었다가 관심을 보이는 백
성이 없자, 50금으로 올렸다는 대목은 꽤 인상적이다. 상앙의 포

기를 모르는 추진력과 신축적 심리가 엿보인다.

또 하나는, 이번 사자성어 '작법자폐'와 관련되는 일화다. 말년에 숙청될 위기를 피해 국경을 탈출하던 길에, 한 여관 주인에게 투숙을 거절당한다. "신분이 확인되지 않은 손님을 재우면, 법에 따라 처벌을 받게 됩니다". 이 말을 듣고, 상앙은 여관 밖으로 나와 하늘을 보며 한탄한다. "작법자폐로다. 내가 만든 법에 내가 죽게 생겼구나". 애초 자신이 설계한 그 촘촘한 법망이 이 절체절명의 순간에 자신의 도피를 막았다. 우리에게도 '제가 놓은 덫에 제가 치인다'라는 속담이 있다.

혜문왕이 태자 신분일 때, 하루는 상앙의 변법을 위반한 사건을 일으켰다. 이에 상앙은 '법에는 예외가 있을 수 없다'며 두 스승의 코를 베고 태자의 시종들을 죽였다. 태자는 당연히 앙심을 품었고 복수할 날을 기다렸다. 이렇듯 원한을 사는 일이 많았기에 상앙도 자신의 미래가 염려되었다. 그는 재상으로 막강한 권력을 누리던 절정기에 한 현자(賢者)를 찾아 조언을 구한다. 하지만 '덕을 쌓은 일은 없고 원한은 적지 않게 누적되었으니, 가진 모든 것을 내놓고 은거하는 것이 그나마 천수를 누릴 유일한 길'이라는 현자의 조언을 그는 가볍게 무시한다. '작법자폐'는 자승자박(自繩自縛)과 뜻이 통한다.

한 공동체의 안정적 유지를 위해서 각종 법과 제도는 필요하다. 예나 지금이나, 그것을 만들거나 집행하는 리더들의 일부가 오히려 그 법과 제도를 어기는 상황이 발생했을 때가 가장 문제다. 이 경우, 해결 방안은 결국 '작법자폐' 아니면 단죄를 위한 새로운 '특별법' 제정이다. 씁쓸하지만, 인류의 역사라는 수레바퀴는 끊임없이 '작법자폐'하며 나아가게 설계된 것인지도 모른다.

좋은 자리를 비우고, 현명한 사람을 기다려라

허좌이대(虛左以待)와 신릉군(信陵君)

*

은자(隱者)들은 저마다 사연들이 있어 세상을 등진다. '평범한 은자는 산에 숨고, 중급 은자는 저잣거리에 숨고, 상급 은자는 조정에 숨는다'는 말도 있다. 이 기준으로 보면, 후영(侯嬴)과 주해(朱亥) 둘 다 평범한 은자는 아니었다.

후영은 현자였지만 위나라 수도 다량(大梁)의 동문에서 문지기 일을 하며 지냈다. 중국에서 협객은 신변의 위험을 각오하고 약조한 일을 성사한다는 특징이 있다. 후영의 친구 가운데 힘이 장사였던 주해는 북적이는 시장에서 백정 신분으로 숨어 지냈다.

허좌이대(虛左以待. 빌 허, 왼 좌, 써 이, 기다릴 대)의 '허좌'는 '왼쪽 자리를 비우다'란 뜻이다. '이대'는 여기에서 '~한 상태로 기다리다'란 뜻이다. 이 두 부분이 합쳐져 '상석인 왼쪽 자리를 비워두고 현자(賢者)를 기다리다'라는 의미가 만들어졌다. 마차

사자성어 인물 열전

진행 방향 기준으로, 좌측은 상석이다. 중국 문화에서 왼쪽은 오른쪽보다 앞 순서이기 때문이다. 최근 중국에서는 '허석이대(虛席以待)'로 자주 쓰인다. '허좌이대'는 위무기와 후영의 첫 만남 일화에서 유래했다.

위무기(魏無忌)는 위나라 제후의 아들로 태어났다. 막내였기에 제후에 오르지 못했으나 이복 형 안리왕(安釐王)이 즉위한 후 신릉군(信陵君)에 봉해졌다. 어려서부터 위무기는 의협심이 강했다. 곤궁한 처지에 빠진 사람을 외면하지 않았고, 성격도 너그럽고 겸손했다. 이런 그가 신분을 가리지 않고 인재를 우대하자 빈객이 사방에서 몰려들었다. 많을 때는 3,000명을 넘기기도 했다. 그는 이런 자기 영향력을 바탕으로 드라마틱한 역사의 한 페이지를 썼다. 막강한 진(秦)나라의 주변 국가 침략을 때론 격퇴하고 때론 억제하는 쉽지 않은 공을 세웠다.

당시 위나라 수도 다량은 중국에서 가장 문화가 앞선 도시 가운데 하나였다. 고급 인재들이 늘 넘쳐났다. 다량은 현재 허난(河南)성 카이펑(開封)시다.

하루는 신릉군이 마차를 타고 다량 동문에 도착했다. 동문의 문지기 노인이 은자라는 소문이 있어 사람을 보내 빈객으로 초대했으나 응하지 않았기 때문이다. 예나 지금이나, 귀한 신분을 가진 이가 몸을 낮춰 평민이 머무는 곳을 직접 방문하는 것은 주변 사람들의 이목을 끄는 광경이다.

신릉군이 직접 마차를 몰고 동문에 나타났는데도, 후영은 조금도 사양하지 않고 기다렸다는 듯이 마차에 올랐다. 그뿐만 아니라 주해와 함께 가야 한다며 마차를 세우더니, 붐비는 시장에 들어가서는 주해와 한담을 나눴다. 신릉군을 오래 기다리게 하여 인내심과 인품을 시험해 본 것이다. 집에 후영을 위한 잔치를 열어놓고 적잖은 손님들을 초대한 상태였지만, 신릉군은 당황한 기색을 얼굴에 드러내지 않고 당일 잔치의 주빈을 마차에서 계속 기다렸다. 행인들과 시장 상인들이 수군거리는 것도 애써 무시했다. 후영과 주해가 신릉군의 빈객이 된 날의 유명한 일화다. 바로 여기에서 '허좌이대'가 유래했다.

훗날 신릉군이 조(趙)나라를 돕기 위해 원군을 보내야만 하는 일이 발생했을 때, 후영과 주해의 진가가 발휘된다. 진나라가 조나라를 침략해 수도 한단(邯鄲)을 포위하자 매형이던 평원군이 원군 요청을 해왔다. 신릉군의 손위 누이도 한단에 머물고 있었다. 만약 조나라가 망하면 진나라의 다음 목표는 위나라가 될 것으로 누구나 예상했다. 이 어려운 시기에 신릉군은 후영이 제안한 절묘한 계책을 실행에 옮겨 큰 공을 세운다.

『사기』의 「열전(列傳)」 가운데 가장 공을 들인 것으로 평가받는 「위공자열전」 편에서 사마천은 이들의 이야기를 자세히 소개했다. 심지어 사마천은 다량의 동문을 여러 차례 답사하는 열정까지 보였다. 자신을 낮추고 사람을 알아볼 줄 아는 위무기라는 인물에 그가 단순한 호기심 이상을 느꼈기 때문일 것으로 짐작된다.

사자성어 인물 열전

어쩌면 사마천 스스로 자신의 운명과 관련해, '허좌이대'라는 이 말에 더 강한 끌림을 가졌을지도 모를 일이다. 귀천에 연연하지 않고 '불멸의 저서' 한 권을 완성하고 말겠다는 사마천의 기세와 열정이 고스란히 투영된 인상적인 페이지라는 느낌을 지우기 어렵다.

강함과 부드러움을 함께 사용하라

강유병제(剛柔幷濟)와 강희제(康熙帝)

*

사자성어 강유병제(剛柔幷濟. 굳셀 강, 부드러울 유, 아우를 병, 건널 제)의 앞 두 글자 '강유'는 '강함과 부드러움'이다. '병제'는 '아울러 적절히 배합해 사용한다'란 뜻이다. 이 둘이 결합해 '강함과 부드러움을 병행한다'라는 의미가 만들어졌다. 비슷한 표현으로 강유상제(剛柔相濟)가 쓰인다. 어떤 일을 처리할 때, 강한 수단과 유연한 수단이 서로 보완할 수 있도록 하는 것을 의미한다.

60년이면 꽤 긴 시간이다. 청(淸)나라 제4대 강희제(康熙帝. 1654~1722)가 61년, 그의 손자 제6대 건륭제(乾隆帝. 1711~1799)가 60년을 황제 신분으로 지냈다. 둘의 재위 기간만 합쳐도 120년을 초과한다.

강희제는 8살 어린 나이로 황제 자리에 올랐다. 실질적 통치를 시작한 것은 15세부터다. 그가 19세 때, 명나라에서 항복한 장수

출신 오삼계 등이 남쪽에서 '삼번(三藩)의 난'을 일으켰다. 그러나 혈기 왕성한 강희제는 반란군의 기세에 조금도 동요하지 않았다. 8년에 걸친 전투 끝에 반란을 모두 평정했다.

군사 분야에서 성공은 계속됐다. 29세엔 정성공(鄭成功) 후손의 항복을 받아내고 타이완(臺灣)섬을 손에 넣었다. 수차례 러시아와 전투를 치른 후, 35세엔 '네르친스크 조약'을 체결하고 최초로 국경선을 확정했다. 이 대부분은 우연이 아닌 그의 치밀한 계산과 '강유병제' 전략의 성과였다. 강한 일격이 필요한 순간엔 병력의 솔선수범 지휘도 주저하지 않았다. 그의 통치기에 청나라 영토는 꾸준히 증가했다.

경제 분야에서 그는 특히 치수(治水)에 힘을 기울여 황하 주변의 홍수가 눈에 띄게 줄었다. 백성의 세금 부담 경감을 위해 다양한 정책도 새로 도입했다. 독과점을 엄격히 금지한 것을 제외하면, 민간의 상업 활동에 대해 대체로 지나친 간섭보다는 자유와 방임을 우선했다.

그의 이런 일관된 노력 덕분에, '숙황(熟荒)'으로 명명된 특수한 장기 불황에서 차츰 벗어날 수 있었다. 즉 시장이 확장되고 노동이 세분되는 등, 영국 철학자 겸 경제학자 애덤 스미스(Adam Smith, 1723~1790)가 강조한 소위 '경제적 역동성(economic dynamism)'이 강화된 것이다.

학문 분야에서 이룬 성과도 만만치 않다. 그는 학자들을 소집해 총 4만 7,035자가 실린 『강희자전(康熙字典)』을 편찬했다. 이로써 한(漢)나라 허신(許愼)이 저술한 『설문해자(說文解字)』의 540개 부수 체계가 214개 부수 체계로 새롭게 정돈됐다.

강희제는 학문에도 시간을 많이 할애했다. 조정에서 경연할 때 대신들이 주눅이 들 정도로 경전에 밝았다. 특히 주자학(朱子學)에 정통했다. 그뿐만 아니라 서양 선교사를 통해 들어온 유클리드의 수학을 익혔다. 한가할 땐 삼각함수 관련 문제 풀이를 즐겼다.

그는 황제인 자신을 하늘의 '신하'로 낮추곤 했다. 무소불위의 황제를 군림하는 자가 아닌, 섬기는 직책으로 해석한 것이 놀랍다. 요즘 공직자들의 상식적인 직업관과 별반 다를 것이 없다.

그는 지방 관료의 편지까지 일일이 답장하며 분주하게 국정에 최선을 다했다. 하루는 주변에서 기존 관료 시스템을 활용하는 것으로 충분하다며 만류했다. 그는 이렇게 대답한다. "황제로 살면서, 만약 어떤 한 가지 일이라도 근면하지 않게 되면 온 천하에 근심을 끼칠 수 있습니다. 또한 만약 어느 한순간이라도 태만하면 후대에 길이길이 우환을 남길 수 있습니다."

그는 68세까지 살아 당시 기준으로 천수를 누렸다. "가장 바람직한 방법은 조심스럽게 먹고 마시고, 규칙적으로 취침과 기상을 하는 것입니다." 건강에 대한 그의 이런 관점은 상식과 과학에 부합한다. 그는 단약(丹藥)이나 불로장생 등 헛된 유혹에 빠지지 않았다.

강희제는 큰 업적을 이룬 황제였다. 동시에 인간미를 상실하지 않고 원만한 삶을 영위할 수 있었던 인물로도 높이 평가되고 있다. 비결은 무엇일까? 강함과 부드러움을 적절히 섞어 구사한 것도 일정한 상관관계가 있을 듯싶다.

'강유병제'. 난해한 느낌의 중용(中庸)보다 이해하기도 한결 수월하다. 간결하지만 음미할수록 큰 지혜가 담긴 말이다.

너그러움은 사람의 마음을 얻는다

관즉득중(寬則得衆)과 건륭제(乾隆帝)

*

과거 중국에 존속했던 '보갑제(保甲制)'에서 '갑(甲)'은 100호(戶)다. 100가구를 10개씩 다시 묶은 1,000호(戶)는 '보(保)'다. 인구 파악과 세금 징수의 편의를 위해 송나라 때 처음으로 도입했다. 유명무실하다가 청나라 건륭제(乾隆帝. 1711~1799)에 이르러 제대로 시행된다.

관즉득중(寬則得衆. 너그러울 관, 곧 즉, 얻을 득, 무리 중)의 '관즉'은 '만약 관대하면, 이로써 곧'이란 뜻이다. '득중'은 '많은 사람의 마음을 얻다'란 뜻이다. 이 둘이 합쳐져 '너그러우면, 많은 이들로부터 지지를 얻을 수 있다'란 의미가 만들어졌다. 건륭제는 '논어(論語)'에 나오는 이 네 글자를 통치 철학으로 삼았다.

건륭제는 강희제(康熙帝. 1654~1722)의 손자로 태어났다. 많

사자성어 인물 열전

은 업적을 남긴 강희제에겐 100명이 넘는 손주가 있었다. 대부분 손주가 할아버지의 얼굴을 직접 볼 기회조차 얻지 못했지만, 건륭제는 강희제의 사랑을 독차지했다. 총명하고 몸놀림이 민첩해 누가 봐도 평범한 아이가 아니었기 때문이다. 강도 높은 황실 내부의 '소수 정예반' 수업 참여 기회가 어린 그에게 특별히 제공됐다. 이 소수 정예반은 일 년에 엿새만 쉬며, 새벽 4시 전에 기상해 5시부터 하루 10시간씩 계속된다. 덕분에 그는 사서오경(四書伍經), 당송팔대가(唐宋八大家)의 문학 작품, 이십사사(二十四史), 검술, 만주어, 몽골어 등을 체계적으로 익혔다.

건륭제의 모친은 만주족이었으나 신분이 낮았다. 부친 옹정제(雍正帝. 1678~1735)는 황제로 즉위하기 전 젊은 시절에, 하녀 신분이던 여인을 만나 그를 얻었다. 강희제는 임종을 앞두고 '훗날 건륭제에게 황위를 꼭 계승토록 하라'는 유지를 옹정제에게 남긴다.

13년 동안 재위하던 옹정제가 57세에 갑자기 세상을 떴다. 이어 24세 젊은 나이로 즉위한 건륭제는 장례 절차가 채 끝나기도 전에 부친의 정책을 바꿔나가기 시작한다. 철두철미한 성격에 차가운 공포 정치로 모든 고위 관료를 '고양이 앞의 쥐' 신세로 전락시키곤 하던 옹정제의 통치 방식에 그가 평소 문제의식을 느끼고 있었기 때문이다. 부친의 정책들을 신속히 바꿨지만, 사람은 교체하지 않았다. 옹정제 통치기의 대신들 대부분은 지위를 그대로 유지할 수 있었다.

일찍 기상하는 습관이 밴 그는 절도 있는 생활을 계속 이어갔다. 새벽 4시면 기상하여 정무를 챙기기 시작했고, 점심 식사 전까지 바쁜 일정을 소화했다. 그러나 오후엔 정무를 보지 않았다. 시, 서예, 그림 등 취미 활동에 시간을 썼다. 장수한 모친의 처소에 매일 세 번씩 들러 안부를 물을 정도로 효심도 지극했다. 그 역시 건강을 유지하며 88세까지 장수했다.

그의 통치기는 전기, 중기, 후기 이렇게 세 시기로 나뉜다. 37세까지, 재위 첫 13년을 그는 인자함과 관대함을 기조로 삼아 업무에 임했다. 이런 통치가 이어지자, 관료들의 업무 태도는 차츰 해이해졌다. '관즉득중'이 옳은 말이긴 해도 만병통치약은 아니기 때문이다.

인간의 본성이 본래 착하지만, 나빠질 가능성 또한 있다. 이 진리를 늘 경계하던 그에게 하루는 고발장이 하나 도착한다. 노골적 부패 관료를 고발하는 내용이었다. 화가 난 그는 대신들을 이렇게 질책했다. "짐이 성심으로 국정에 임했건만, 너희는 어찌하여 짐을 이렇듯 무능하고 어리숙한 황제로 만드는 것이냐?" 그는 통치 기조를 전환하기로 결심한다.

중기 이후 그는 역사 속의 어느 황제보다 과감하고 냉정한 방식으로 부패 관료들을 처벌했다. 어떤 성역도 없었다. 중기 이후, 관료들이 감히 그를 기만할 엄두를 내지 못했다. 70세가 되자 그는 매사에 느슨해졌다. 자연스럽게 후기의 정책 기조 또한 다시 관대해졌다.

사자성어 인물 열전

약 8억 자(字)에 달하는 『사고전서(四庫全書)』 편찬 등 건륭제는 누구보다 내실 있는 성취를 이룬 황제로 역사에 기록되고 있다. 일단 통치 기조가 옳았고, 그에 따른 부작용을 장기간 성공적으로 차단한 덕분이 아닐까 싶다. 관즉득중. 이 말이 현실에서 실제로 빛을 발하려면, 분명 관대함 이상의 무언가가 필요하다.

지극히 평화롭게 번성하는 시대

태평성세(太平盛世)와 장택단(張擇端)

*

　'난세(亂世)'의 반대말은 '치세(治世)'다. 이번 사자성어는 태평성세(太平盛世. 클 태, 평평할 평, 성할 성, 세상 세)다. 앞 두 글자 '태평'은 '지극히 평화롭다'란 뜻이다. '성세'는 '대단히 번성한 시절'이란 뜻이다. 이 두 부분이 합쳐져, 요즘 기준으론 '공동체 구성원의 삶이 화기애애하고, 정치도 제 기능을 매끄럽게 해내는, 평화롭고 풍족한 시기'라는 의미가 만들어졌다. '국태민안(國泰民安)', '천하태평(天下太平)' 등이 동의어다.

　송(宋)나라 풍속화가 장택단(張擇端)은 휘종(徽宗. 1082~1135)의 명을 받아, 두루마리 비단에 불후의 대작 「청명상하도(淸明上河圖)」를 그렸다. 북송(北宋) 수도였던 지금의 카이펑(開封) 외곽 청명(淸明)절 자연 풍광이 좌우로 길게 전개되는 파노라마 화폭에 빼곡히 담겨있다. 수백 명 이상의 인물들의 활력 넘치는 일상도 함께 그려져 있다. 중국에서 가장 귀한 대접을 받는 회화 작품이고, 현재 베이징 고궁 박물관이 소장하고 있다.

'청명상하도'라는 제목에서 '청명'을 '청명성세(淸明盛世)', 즉 정치의 청명으로 보는 전문가들도 많다. 만약 이 관점으로 감상하면, 그림 속 인물들의 표정과 동작 하나하나에 더 눈길이 오래 머문다.

장택단은 산둥(山東)성에서 태어났다. 어려서부터 그림을 배웠고, 차츰 실력을 인정받아 도화원(圖畵院) 소속의 궁정 화가가 됐다. 마차와 배, 시장과 길, 다리, 성곽 등을 탁월하게 묘사했다. 그의 화풍은 세밀하고 정교한 묘사를 특징으로 하는 공필화(工筆畵)에 속한다.

장택단은 「청명상하도」에 중국화에서 자주 발견되는 '산점(散點) 투시법'을 사용했다. 서양화의 '일점(一點) 투시법'과 달리, 한 그림의 각 부분에 복수의 시점을 적용하는 원근법이다. 「청명상하도」 안에 묘사된 개울, 성곽, 무지개다리, 시장 등 여러 장면이 따로 독립된 페이지의 옴니버스 이야기처럼 입체적으로 다가오는 이유다.

명나라의 왕맹단(王孟端)은 『서화전습록(書畫傳習錄)』에 장택단이 '계화(界畵)에 능했고, 배, 마차, 다리, 성곽, 거리 등을 자주 그렸으며, 일가를 이뤘다'라고 평했다. '계화'는 자(尺)를 활용해 매우 세밀하게 그리는 기법이다. 세로 길이는 30cm 미만이지만 가로 길이가 무려 5m 이상인 '청명상하도'에, 3.3cm도 안 되게 표현된 인물이 다수 등장한다. 심지어 콩 한 알 크기로 그려진 인물도 있다. 그러나 그림에 등장하는 인물 하나하나가 무엇을 하고 있는지 알아볼 수 있다. 그가 '계화' 기법까지 동원해 정교하게 묘사했기 때문이다.

사실, 장택단이 「청명상하도」를 그리며 왕성하게 활동하던 시기는 '태평성세'와 거리가 멀었다. 당시 북송의 수도 카이펑이 겉은 화려했으나 속은 마치 중병에 걸린 환자와 같았다. 장택단은 살아생전에 금나라의 침략을 받고 멸망하는 조국을 무력하게 지켜봐야 했다. 당연히 그의 인생도 평탄하지 못했다. 안정적인 도화원 생활을 중도에 그만둬야 했고, 말년엔 그림을 팔아 생계를 유지한 것으로 알려졌다.

시대마다 여러 소장가의 손을 거쳤지만, 최근 과학이 발전해 「청명상하도」의 진위에 대해서는 최종 결론이 나왔다. 다만, 진품의 완성 시기에 대해서는 전문가들 사이에 여전히 의견들이 팽팽히 대립하고 있다. 여기엔 북송 멸망 후, 카이펑의 화창한 봄날을 그리워하며 이 대작을 최종 완성한 것으로 보는 견해도 포함된다. 평소에는 태평성세의 소중함을 모르다가, 난세를 경험하고서야 비로소 그 소중함을 알게 된다는 역사의 아이러니에 힘이 실린 입장이다.

우리가 과거 동서양 여러 문명을 떠올려보면, 부침엔 나름 일정한 법칙이 존재하는 것 같다는 생각을 떨쳐 버리기 어렵다. 대표적인 예로, 치세에 난세를 대비하는 일이 그 실행은 어렵지 않으나 묘하게 합심하여 결단하기가 쉽지 않고, 난세에 치세를 그리워하며 눈물을 훔치는 일은 굳이 결단하지 않아도 저절로 실행된다.

아이러니의 반복이지만, 한편으로 이 불가사의한 힘에 기대어 매번 또 한 번의 소위 '태평성세'가 시작되기도 한다.

백성에게 이롭게 세상을 다스리다

경세치용(經世致用)과 황종희(黃宗羲)

*

 '중국의 루소(Jean-Jacques Rousseau. 1712~1778)'로 칭해지는 황종희(黃宗羲. 1610~1695)는 명나라 말기에 태어나 청나라 초기에 활동했다. 그는 『명이대방록(明夷待訪錄)』 등 시대를 앞선 서적들을 저술했고, 명청(明淸) 왕조 교체기의 독특한 처신으로도 유명하다.

 경세치용(經世致用. 지날 경, 인간 세, 이를 치, 쓸 용)의 '경세'는 '세상을 다스리다, 또는 국가를 경영하다'란 뜻이다. '치용'은 '실질적 이익이 되는 수준에 이른다'란 뜻이다. 이 두 부분이 합쳐져 '학문은 모름지기 세상의 경영과 관련해 공리공론(空理空論)에 머물러선 안 되고, 서민들에게 실질적 이익을 줄 수 있어야 한다'라는 의미가 만들어졌다.
 '경세치용'은 청나라 초기의 고증학파 유학자였던 황종희, 왕

부지(王夫之), 고염무(顧炎武) 등의 슬로건이었다. 이익(李瀷.
1681~ 1763) 등 조선의 실학자들도 '경세치용'을 중요한 가치
로 여겼다.

　사상가 황종희는 환관들이 전횡을 일삼는 시기에 지식인 가정
의 장남으로 태어났다. 부친은 환관들과 첨예하게 대립하던 동림
학파(東林學派)에 속했다가 억울한 누명을 쓰고 감옥에서 비명
횡사했다. 16세에 부친의 갑작스러운 사망 소식을 듣고 그는 큰
충격을 받았지만, 뛰어난 학자 유종주(劉宗周)를 스승으로 모시
고 학업에 힘썼다. 이자성(李自成)으로 대표되는 농민 반란군 세
력이 자금성(紫禁城)을 장악하고 명나라 마지막 황제가 자결하
는 등 어수선한 시절이 계속 이어졌다.

　황종희가 34세 되던 해에 큰 역사적 사건이 발생한다. 만주(滿
洲) 지역에서 흥기한 청나라 군대가 차츰 강해져 결국 수도 베
이징에 입성했다. 그는 청나라에 적극 저항하는 길을 선택한다.

　의병을 모아 35세부터 반청복명(反淸復明) 활동을 전개하던
황종희는 39세에 갑자기 무기를 내려놓고 고향으로 돌아갔다. 무
력으로 청나라를 무너뜨리는 일은 현실적으로 불가능하다는 판
단이 섰고, 학문과 집필 활동이 자신에게 남겨진 유일한 과제로
여겨졌기 때문이다.

　시간이 흐르고 사상적 체계가 잡히자 42세에 그는 자신의 대표
적 역작『명이대방록』집필을 시작한다. 이어 43세에 이 저서를
완성하고 바로 출판까지 마쳤다.

『명이대방록』엔 거침없는 그의 주장들이 가득하다. '천자(天子)가 옳다고 하는 바가 꼭 옳은 것은 아니다.' '관료는 천하를 위하고 만민을 위해 일해야 하며, 자기 군주(君主)만을 위해서는 안 된다.' 등 근대적 사상들이 담겨 있다. 그래서인지 루소의 '사회계약론(Theory of Social Contract)'과 자주 비교된다.

강희제(康熙帝)가 통치하는 청나라에서 지식인 황종희가 보여준 처신은 예사롭지 않았다. 청나라가 들어서고 '태평성세'가 이어지자, 그는 객관적 현실을 가감 없이 긍정한다. 지인들의 비난에 대해서도 초연했다. 서민들의 일상을 평가 기준으로 삼았기 때문이다.

심지어 그는 제자와 후손들의 청나라 과거 참여와 관료 부임에도 반대하지 않았다. 다만, 자신은 청나라 조정의 참여 요청을 매번 거절했다. '청나라 벼슬은 하지 않는다'라는 스스로 정한 원칙을 최후까지 견지했다. 중국 철학사의 귀한 자료인 『명유학안(明儒學案)』을 완성하고, 향년 85세로 세상을 하직했다.

그는 강골인 데다가 추진력이 대단했다. 10대 후반에, 하루는 부친을 고문하여 사망에 이르게 한 이들을 직접 날카로운 송곳으로 공격했다. 황제를 포함한 당시 베이징 관료 사회는 죽음을 각오하고 부친의 명예를 회복하려는 그의 대담한 행위에 공감하며 눈시울을 적셨다.

무질서한 왕조 교체기에도 학문의 영역은 꾸준히 발전한다. 인류의 더 나은 미래를 위한 여정은 여간해선 멈추지 않는다. 실용적 저서들이 평화로운 시기보다 오히려 더 왕성하게 집필되는 특징도 있다.

이유가 뭘까? 난세일수록 '경세치용'에 대한 사회적 수요와 갈망은 더 커지기 때문이다. '경세치용' 개념의 뿌리, 또는 출발점인 『논어(論語)』가 중국사의 꽤 긴 혼란기가 시작되는 전국(戰國)시대 초기에 등장했던 것도 대동소이(大同小異)한 이치가 아닐까 싶다.

비밀이 노출되기 전에 불사르다

분소밀신(焚燒密信)과 광무제(光武帝)

*

유방이 건국한 전한(前漢)은 외척 왕망(王莽)에 의해 멸망한다. 왕망의 신(新. 8~22)나라는 눈썹을 붉게 물들인 '적미군(赤眉軍)' 등 각지에서 일어난 반란을 수습하지 못하고 우왕좌왕하다가 바로 무너졌다. 이 어수선한 과도기를 수습하고 후한(後漢)을 건국한 광무제(光武帝. 기원전 5~57)는 인내심을 타고났고, 때를 읽는 능력이 뛰어났다. 몸을 낮춰야 할 시기인지 아닌지에 대해 늘 심사숙고했다.

이번 사자성어는 분소밀신(焚燒密信)이다. 앞 두 글자 '분소'는 '불사르다'란 뜻이다. '밀신'은 '비밀 서신, 즉 '비밀이 지켜질 것을 전제로 보낸 편지'다. 이 두 부분이 합쳐져, '비밀이 노출되면 매우 곤란한 편지를 소각하여 없애다'란 의미가 만들어졌다.

하루는 광무제가 적진을 점령한 후, 밀신으로 가득한 편지 상자에 대해 보고받았다. 그 상자 안에는 적과 내통했던 자신의 장수들이 보낸 편지도 꽤 포함되어 있었다. 전투 개시 전까진 적의 세력이 압도적으로 더 강했기 때문이다. 광무제는 수하 장수들을 소집한다. 이 상자가 열리면 목숨이 위태로울 것으로 여기고 장수들은 잔뜩 긴장했다. 그러나 광무제는 상자를 개봉하는 대신 현장에서 깨끗이 소각한다. '분소밀신'은 바로 이 일화에서 유래했다.

광무제 유수(劉秀)는 유방의 9세손이다. 핏줄로는 황족의 일원이지만, 실제로는 평범한 신분이던 부모에게서 태어났다. 그의 자(字)는 문숙(文叔)이다. 조실부모하고 숙부의 보살핌을 받으며 성장했다. 그러나 어려서부터 배움을 즐겼고, 큰 키에 눈썹이 아름답고 콧날도 우뚝한 매력적인 청년으로 성장했다. 성격은 신중하고 차분했다. 난세가 시작되자 친형 유연과 함께 허난(河南)에서 군사를 일으킨다.

친형과 함께 혁혁한 무공을 세운 후, 광무제 인생에 큰 위기가 찾아왔다. 시기와 경계심의 포로가 된 맞수 경시제(更始帝)가 유연을 무참하게 살해하는 일이 발생한다. 그러나 그는 친형의 이 억울한 죽음에 대해 전혀 분노를 드러내지 않았고 오히려 경시제 측에 동조했다. 그가 몸을 낮추어야 할 시기라고 판단했기 때문이다.

이렇게 가까스로 죽음의 위기를 벗어난 광무제는 차츰 세력을 키운 후 마침내 독립에 성공한다. 수많은 전투를 경험했고, 적은 수의 군대로 큰 병력과 전투를 벌여 승리하는 용병술에 대해 그가 차분히 노하우를 축적했기 때문이다. 심지어 10배가 넘는 대군을 상대로 승리를 거머쥔 전투도 있었다.

그는 31세부터 황제로 불리기 시작했고, 마지막까지 저항하던 세력을 정벌하고 42세에 중국 재통일에 성공한다.

유방처럼 우여곡절 끝에 황제가 된 광무제는 많은 일화를 남겼다. 하지만 아무래도 황제는 매우 큰 조직의 리더이기에 정책과 그 성취로 평가받을 수밖에 없다.

중국 통일 후, 그가 펼친 정책들 가운데, 노비와 양민의 형법상 평등 선언, 획기적 감세, 태학(太學) 설치와 오경박사(伍經博士) 초빙 등 역사가들로부터 인정받는 정책이 적지 않다. 광무중흥(光武中興)이라는 역사가들의 평가에 걸맞은 통치를 펼치다가, 향년 63세로 세상을 떴다.

그는 법 집행에 있어 솔선수범한 것으로도 유명하다. 하루는 그가 사냥을 나갔다가 늦은 시간에 환궁했다. 성문이 이미 닫힌 시간이었다. 당일 성문을 지키던 관리는 '법을 우선하는 것이 옳다'고 판단하고 성문을 열어주지 않는다. 결국 광무제는 다른 성문을 통해 궁 안으로 들어가야 했다.

다음 날 광무제는 성문을 열어주지 않은 수문장에게 상을 내리고 관직도 높여준다. 반면, 법을 어기고 성문을 열어준 수문장을 책망하고 관직을 낮췄다. "비록 황제일지라도, 법 앞에서는 예외가 있을 수 없다." 이 간단명료한 말로 광무제는 사건을 마무리한다.

　　　　　　　　　　　　　　사자성어 인물 열전

이 일화에서도 '복잡한 문제를 쉽게 다루는 재주'가 엿보인다. 비범했던 이들의 생애에선 공통점이 하나 발견된다. 중요한 선택의 순간에 그들은 가장 간단명료한 길을 선호한다. '분소밀신'의 유래가 된 앞 일화에서, 만약 우리가 그의 부하 장수였더라도 '과연 이 난세의 최종 승자가 누구일까?'에 대한 궁금증 따윈 그 불태워진 비밀 편지와 함께 사라졌을 것이다.

'총명하기 쉽지 않다. 어리숙하기도 또한 어렵다. 하물며 총명한 사람이 어리숙해지기는 더 어려운 법이다. 때론 한 생각 버리고 한 걸음 물러나면, 마음이 절로 편안해진다. 애써 추구하지 않아도 훗날 복이 저절로 찾아올 것이다.' 정판교는 '난득호도' 밑에 작은 글씨로 이런 짤막한 보충 설명을 함께 남겼다.

총명하면서도 어리숙하게 행동하는 이의 모습을 보면 왠지 마음이 놓인다. 속인다는 느낌보다는 겸손함이 느껴지기 때문이다. 스스로 총명하다고 주장하는 사람들은 많다. 하지만 실제로는 총명하면서도 되레 어리숙하게 처신하는, 그런 진짜 인재를 찾기란 쉽지 않다. 우리에겐 낯설지만, '난득호도' 이 네 글자에 새겨진 함의도 자주 익숙해지며 살아야 하는 이유다.

VI

알면서도
모르는 척하는
겸손이
필요하다

권력은 사슴을 말로도 둔갑시킨다

지록위마(指鹿爲馬)와 이사(李斯)

*

"유능한 사람은 화(禍)를 복(福)으로 바꿀 수 있다는데, 승상은 이제 어떤 선택을 하시겠습니까?" 진시황 영정(嬴政. 기원전 259~기원전 210)의 환관 조고(趙高)가 범죄 공모를 목적으로 승상 이사(李斯)에게 던진 질문이다. 위협보다는 유혹에 가깝다. 하지만 그 내용은 역모 그 자체였다. 순행(巡行) 도중 지금의 허베이성(河北省)에서 사망한 진시황의 유지(遺志)를 조작해, 우둔한 호해(胡亥)를 2세 황제로 옹립하자는 것이었다. 만약 강직한 큰 아들 부소(扶蘇)가 황제가 되면, 그와 사이가 소원한 이사의 지위도 위태로울 것이라며 말이다.

이사와 공모해 부소를 제거하고 진시황의 우둔한 아들 호해를 2세 황제로 세운 후, 환관 조고는 다시 교묘한 술책을 부려 거치적거리는 승상 이사까지 제거한다. 드디어 모든 권력을 손에 넣었다. 조고는 호해를 심리적으로 조종하고 자신의 판단력까지 불신하게 만들 목적으로 특별한 이벤트 하나를 연출한다. 궁정에서 '사슴 한 마리를 호해에게 선물하며 말이라고 우겨본다'라는 계책이었다. 이 계책 당일 현장에 동원된 고관대작들은 조고에게 해를 당할까 두려웠다. 호해가 말이 아니고 '사슴'이라고 부정했지만, 신하들은 이구동성으로 '말'이라고 외쳤다.

이번 사자성어는 지록위마(指鹿爲馬. 가리킬 지, 사슴 록, 할 위, 말 마)다. 앞 두 글자 '지록'은 '사슴을 가리키다'라는 뜻이다. '위마'는 '말이라 칭하다'라는 뜻이다. 이 두 부분이 합쳐져 '사슴을 가리키며 말이라 칭한다'란 의미가 만들어졌다. 이 네 글자는 쿠데타의 이름이기도 하다. 환관 조고가 '피 한 방울 흘리지 않고' 끝내 천하의 모든 권력을 접수한 순간이기 때문이다.

긴 내전(內戰)으로 날이 밝던 전국(戰國)시대를 어렵게 마감하고 중국을 통일했던 진 제국이 서둘러 망국의 길로 들어서는 순간이었다. 그런데 악인 조고를 발탁하고 신변에 가까이 둔 이는 바로 진시황이었다. 조고의 위장술이 워낙 뛰어났을까, 말년에 진시황의 '사람 보는 눈'이 조금 어두워졌을까.

인간사 선악의 기준은 꽤 모호하다. 그러나 조고는 중국사에서 '제 자식을 삶아 바치며' 아부하는 역아(易牙), '지옥에서 온 고문관' 삭원례(索元禮) 등과 함께 '악인전'에 자주 실린다. 조고는 환관인지라 권력의 틈새에 사냥개처럼 예민한 후각을 지녔고, 특히 교언영색(巧言令色)과 구밀복검(口蜜腹劍)에 능했다.

한편, 승상 이사는 어떤 인물일까. 대체 그는 왜 악인 조고가 파놓은 함정에 매번 그렇게 쉽게 빠져들 수밖에 없었을까. 비록 조고라는 희대의 악인과 노년에 손을 잡았지만, 그는 유능한 행정가이기도 했다.

젊은 시절, 그는 우리에게 '성악설(性惡說)의 순자(荀子)'로 잘 알려진 유교 사상가 순경(荀卿)에게서 덕치주의와 법치주의의 융합 가능성 등 고급 학문을 배웠다. 저술가로 그친 비운의 천재 한비자(韓非子)가 그의 동창생이다. 한번은 영정이 한비자의 『법가(法家)』 저서에 매료되어 중책을 맡기려 한 적이 있었다. 그때 이사는 영정과 한비자 사이를 이간질한다. 자신을 친구로 믿고 의지하던 한비자를 완벽하게 기만한다. 한비자가 자신보다 월등히 뛰어나다는 것을 잘 알았기 때문이다. 치밀함도 대단했다. 한비자는 진나라 옥중에서 이사가 건넨 독을 마시고 비참하게 생을 마감하는 최후의 순간까지도 그의 술책을 몰랐을 정도였다.

이처럼 능수능란한 가해자가 거꾸로 노년기에는 요실금을 앓는 늙은 환관과의 권력 투쟁에서 패하고 피해자로 바뀐다. 수개월에 걸친 집요한 강제 자백 심문과 장난질 능욕과 혹독한 고문까지 당한 후에 큰길에서 허리와 코가 잘리는 그런 참혹한 최후를 맞았다. 반역이라는 큰 누명이었기에 삼족도 멸해졌다.

승상 이사는 중국 역사상 꽤 흥미로운 인물이다. 법가 행정가로 꾸준히 능력을 발휘했다. 천하 통일이라는 성취감도 맛봤다. 진 제국의 '넘버 투'라는 지위에도 오래 머물렀다. 그런데도 '가진 것에 대한 집착'과 '애매한 처신'의 인물로 사마천의 『사기』에 기록되는 신세가 되고 말았다. 선과 악의 경계에서 그는 몇 차례 기꺼이 선을 넘고 '악의 축(axis of evil)'에 다가가 제 몸을 실컷 비볐다. 그 측은한 끝맺음의 단초는 이미 자신 안에 있었다.

모든 준비가 되었을 때 일을 시작하라

흉유성죽(胸有成竹)과 소동파(蘇東坡)

*

'만약 소리가 거문고 자체에서 나온다면, 왜 갑(匣) 속에 넣으면 소리가 없소. 만약 소리가 손가락 끝에서 나온다면, 왜 그대 손가락 끝에서는 들을 수가 없소'. 북송(北宋) 시인 소식(蘇軾, 1037~1101)의 칠언절구 「거문고(琴詩)」다. 일종의 철리시(哲理詩)다. 퇴로가 막힌 질문을 던져, 읽는 이로 하여금 문득 사색에 빠지게 한다. 악보나 소프트웨어의 중요성을 일깨우려는 의도만은 아닐 것이다.

흉유성죽(胸有成竹. 가슴 흉, 있을 유, 이룰 성, 대나무 죽), '흉유'는 '가슴에 있다'란 뜻이다. '성죽'은 '이미 완성된 대나무'란 뜻이다. 이 두 부분이 합쳐져 '마음속에 이미 완성된 대나무가 있다'란 의미가 만들어졌다. '그래서, 대나무를 그리기에 앞서, 반드시 이미 완성된 대나무가 마음에 있어야 한다(故畵竹, 必先得

사자성어 인물 열전

成竹于胸中)'. 소식은 대나무로 유명한 송나라 화가 문여가(文与可)를 평하는 글에 이렇게 적었다. 이 기록에서 출발해 차츰 '흉유성죽'이 네 글자로 굳어졌다.

당나라의 한유(韓愈)와 유종원(柳宗元), 송나라의 구양수(歐陽脩), 왕안석(王安石), 증공(曾鞏) 등은 문장에 탁월했다. 여기에 소순(蘇洵), 소식, 소철(蘇轍)이 추가되면 '당송팔대가'가 된다. 8명 가운데 무려 3명이 소식의 가족이다. 그의 부친이 소순이고, 그의 동생이 소철이다. 소식의 호(號)는 동파(東坡)다. 훗날 그는 소동파로 더 많이 알려졌다.

소식은 시인 겸 문장가로 당대에 이미 외국에까지 이름이 알려졌다. 쓰촨(四川) 출신이다. 22세에 과거에 급제했으나 정치적으론 부침이 심했다. 왕안석이 이끄는 신법파와 사마광이 이끄는 구법파가 당쟁을 벌이던 시기에 관료 생활을 했기 때문이다. 소식은 구법파에 속했지만, 때론 중도적 입장을 취했다. 소식이 필화 사건에 연루되어 거의 죽게 되었을 때 왕안석이 적극 나서 구명해 준 일화도 있다. 난징(南京)에서 은거하던 연로한 왕안석이 인사를 온 그에게 근처에 와서 정착하라고 권하기도 했다.

소동파에게 평생 두 명의 탁월한 스승이 있었다. 어려서는 부친 소순에게서 시작(詩作)의 핵심을 직접 배웠다. 부친은 두 아들에게 '시를 짓지 않을 수 없는 순간까지 기다렸다가 써야 한다'라고 가르쳤다. 소식은 '스스로 그만둘 수가 없는 정도의 충동이 있어야' 비로소 붓을 들 수 있는 것으로 이해했다. 장르는 다르지만 '흉유성죽'과 일맥상통한다.

송나라 고문(古文) 운동의 리더인 구양수는 성숙한 산문의 풍격을 그에게 고스란히 전수했다. 소식은 평이하고 자연스러우며 은근한 산문체로 더 발전시켰다.

마지막 하이난(海南)섬 유배 시절의 글을 보면 누굴 원망하는 마음조차 사라진 분위기다. 더위와 해충에 시달리며 식량과 사는 곳과 약품 조달까지 걱정해야 하는 처지였음에도 유유자적하며 정신적으로 충만하다. 소식은 유배지에서 도연명(陶淵明)의 시집과 유종원의 문집을 가까이 두고 외로움을 달랬다.

소식은 시간을 자신의 편으로 만드는 재주가 있었다. 그는 현지 주민들의 고충에 대한 공감을 바탕으로 한 각종 민원 서찰 작성으로 늘 분주했다. 중년 이후 많은 시간을 유배지에서 가족과 생이별한 채로 지내면서도 평생 2,000여 수(首)의 시를 지었다. 하지만 안타깝게도 객지에서 병사했다. 유배 생활 끝에 복직하고 귀경하던 길에 병으로 쓰러져 회복되지 못했다. 그의 나이 66세였다.

'유위이작(有爲而作)'이라는 말이 있다. '목적이 있어야 비로소 창작하는 것'이란 뜻으로 소식이 직접 만들어낸 네 글자다. 이 또한 소식을 대문장가로 자리매김할 수 있게 해준 키워드였음을 우리는 바로 감지할 수 있다. '흉유성죽'과 달리 사자성어의 하나로

사자성어 인물 열전

까지 쓰이는 표현은 아니다. '흉유성죽'이 표현 깊이와 주제의 중요성 모두를 포괄하는 말이라면, '유위이작'은 '말하고자 하는바', 즉 주제 의식의 중요성을 따로 강조한 말이다.

무게 있게 말하고, 약속을 지켜라

퇴피삼사(退避三舍)와 중이(重耳)

*

중국 춘추(春秋)시대 전투는 두 마리 말이 끄는 전차(戰車)가 중심이었다. 고대 서양과 마찬가지로 이 시대의 전차는 기동성을 위해 전체가 막힘없이 개방된 전투용 수레다. 이 수레에는 마부와 한두 명의 중무장한 중대장급 전사가 탑승했다. 이런 형태의 전차 1대를 좌우에서 각각 24명, 후방에서 24명, 이렇게 총 72명의 보병이 긴 창으로 무장하고 호위했다. 국력의 척도로 쓰인 '1,000승(乘) 제후', '100승 제후'라는 말이 여기에서 나왔다.

'도주하는 적을 100보(步) 이상 추격하지 않는다'. 당시 전투의 불문율이던 이 이상한 전술도 호위해 주는 보병으로부터 전차가 너무 멀어져 위험해지는 것을 방지하기 위함이었다.

'퇴피삼사(退避三舍. 물러날 퇴, 피할 피, 석 삼, 집 사)', 앞 두 글자 '퇴피'는 '후퇴하여 전투를 피하다'라는 뜻이다. '삼사'는 '

사자성어 인물 열전

보병의 3일 행군(行軍) 거리'다. 이 두 부분이 합쳐져 '적군에게 양보하기 위해 3일 분량의 행군 거리를 후퇴한다'라는 의미가 만들어졌다.

춘추시대 두 번째 패자(霸者)로 등극한 진(晉)나라 문공(文公) 중이(重耳, 기원전 697~628)는 각국을 떠돌며 유랑하던 시절에 초(楚)나라 성왕(成王)을 방문한 일이 있었다. 성왕은 거의 거지와 다름없던 행색의 중이 일행을 국빈의 예로 맞이해 융숭하게 대우했다. "만약 진나라 제후로 등극하게 도와주면, 내게 무슨 선물을 줄 생각이오?". 첫 만남에서 성왕은 중이에게 이렇게 질문했다.

질문 자체가 너무 노골적이고 난처한 것이었지만 중이는 차분한 목소리로 응수한다. "진나라 제후로 등극하게 저를 도와주시면, 혹시 부득이하게 초나라 군대와 전선에서 대치할 때 '3일 행군 거리'를 양보하여 후퇴해 드리지요."

'땅 일부를 떼어주겠다'라는 정도의 큰 약속을 내심 기대했던 성왕은 침착하고 늠름한 이 중이의 답변에 매우 당황했다. 옆에 배석한 초나라 신하들이 나서서 '무례한' 중이를 당장 죽여야 한다고 성왕에게 조언했다.

"하긴 저 입장일 때, 대장부로서 달리 무슨 대답을 하겠는가." 초나라 성왕은 그들을 만류하며 상황을 급히 수습한다. 출중한 제후의 자질을 가졌다고 이미 천하에 소문이 자자한 중이를 손님으로 맞으며 자신이 도발적인 우문(愚問)을 던졌으니, 날아온 '돌직

구' 답변을 너털웃음으로 곱게 수용할 수밖에 없었다.

중이는 진나라 헌공(獻公)의 둘째 아들로 태어났다. 일찍이 사춘기쯤부터 그에게는 '롤모델'이 하나 마음속에 자리 잡았다. 춘추시대 첫 패자로 등극하고 긴 세월 천하를 쥐락펴락한 제(齊)나라 환공(桓公)이다. 중이는 10대 사춘기부터 50대 후반까지 동시대 사람들과 함께 이 '상남자' 환공의 활약상을 듣고 또 들었다.

'나도 언젠가 저 환공처럼 천하를 호령하는 패자 신분이 되어야겠다'. 자객을 피해 각국을 떠돌며 유랑하는 공자의 신분에 불과했지만, 중년기 이후 이 야망은 중이의 마음속에 더 확고하게 자리 잡았다. 중이는 길고 긴 19년 유랑 생활 끝에 마침내 귀국하여 진나라 제후로 등극한다. 그의 나이 이미 62세였다.

기원전 632년, 지금의 산둥(山東)성 서남부 일대에서 중이가 중심이 된 진(晉)·진(秦)·제(齊)·송(宋)의 3만 7천 병력과 초나라 장수 자옥(子玉)이 지휘하는 초(楚)·진(陳)·채(蔡)·정(鄭)·허(許)의 11만 병력 사이에 전투가 치러졌다. 중국 첫 '남북전쟁'인 성복(城濮)대전이다. 이 무렵 중이는 진나라 제후였고, 주나라 왕실의 인정을 받으며 천하 제후들의 패자로 등극한 상태였다.

중이는 이 전투에서 크게 승리했다. 게다가 전투를 며칠 앞두고 중이는 성왕과의 과거 약속을 지키기 위해 '퇴피삼사'를 실천한다. 이로써 중이는 과거 유랑 공자 신분으로 성왕과 처음 대면

사자성어 인물 열전

하던 순간 '설전(舌戰)의 쓴맛'까지도 말끔히 해소할 수 있었다.

인류 문명은 발전을 거듭하여, 어느덧 '인공지능(AI) 시대'로 접어들었다. 하지만 시대착오적 빈말과 자기변명으로 일관하는 각국 사회 지도층의 잘못된 문화는 매일 지구촌 시민들의 마음을 멍들게 한다. 중이의 '퇴피삼사'까진 아니어도, '말의 무게'를 지키려는 진실한 노력이 늘 아쉽다.

알면서도 모르는 척하는 겸손이 필요하다

난득호도(難得糊塗)와 정판교(鄭板橋)

*

중국은 예나 지금이나 '상인의 나라'다. 과거 중국에서 두 지역 상인이 특히 유명했다. 진상(晉商)과 휘상(徽商)이다. 이 가운데 휘상 가문 자제들은 과거를 통해 관직에 나아가는 경우가 많았다. 현재의 안후이성(安徽省) 지역에 뿌리를 둔 휘상은 일정 수준의 경제적 안정을 이루고 나면, 사세 확장보다는 과거를 통해 관료로 등용되는 것을 최종 목표로 삼았다. 문화적 소양이 높았던 이들 휘상을 유상(儒商)이라고도 한다.

한편으로 휘상은 서예나 미술 작품의 심미안을 갖춘 소장가이기도 했다. 청나라 초기, 장쑤성(江蘇省) 양주(揚州)에서 소위 '양주팔괴(揚州八怪)'로 칭해지던 정판교(鄭板橋, 1693~1766), 고상(高翔), 황신(黃愼) 등 8인이 시·서예·문인화(文人畵)로 크게 이름을 떨쳤다. 이들이 작품 활동에 전념할 수 있었던 것도 휘상의 초기 후원과 수요 덕분이었다.

사자성어 인물 열전

'난득호도(難得糊塗. 어려울 난, 얻을 득, 풀칠할 호, 칠할 도)', '난득'은 '얻기 어렵다'라는 뜻이다. '호도'는 '어리숙하다, 어리석다'라는 뜻이다. 여기에서 '호도'는 파생 의미로 쓰였다. 우리말 '호도하다'처럼 '호도'는 본래 '풀을 발라 감추거나 흐지부지 덮어버리는 행위'를 의미한다. '난득'과 이 '호도'가 합쳐져, '일부러 바보인 척하기도 참 어렵다'라는 의미가 만들어졌다.

'난득호도'는 정판교가 남긴 한 서예 작품에서 유래했다. 이 네 글자는 중국 가정의 가훈(家訓)으로 많이 쓰인다. '바보처럼 처신해야 하는 순간도 필요하다'라는 고급 지혜가 숨어있다. 혼란한 세상에서 화를 당하지 않기 위해서 가끔 '자신의 총기나 명석함을 감추는 것이 더 낫다'라는 사고방식, 일종의 현명한 처세술이다. '모난 돌이 정 맞는다'라는 우리 속담과 뜻이 서로 통한다.

정판교의 본명은 정섭(鄭燮)이다. 지식인 가정에서 태어나 3세부터 부친에게 글을 배웠다. 일찌감치 6세에 '사서오경(四書伍經)'을 암기할 정도로 총명했다. 젊은 시절에 서예와 수묵화에 깊이 빠져들었다. 이런 연유로 43세에 진사에 합격하고 관료 생활을 늦은 나이에 시작했다. 지방에서 현령을 지낼 때 청백리로 칭송받았다. 하지만 부패하고 고루한 상관과의 갈등으로 관료 생활을 그만두었다. 그의 퇴임 당일엔 많은 주민들이 전송하며 눈물을 보였다. 이후 여생은 창작 활동에 집중했다.

그가 지방 관리로 있던 시절, 하루는 친척 형으로부터 서신이 왔다. '조상 대대로 물려받은 가옥의 담장을 놓고 이웃과 송사가 벌어졌으니 그 지역 관리에게 편지를 써달라'는 청탁이 담겨 있었다. "천 리 멀리 편지를 보낸 것이 고작 담장 하나 때문입니까? 그에게 몇 척(尺) 양보한다 한들, 뭐 그리 대단한 일이라고요". 평소 정판교의 강직하고 원만한 성품은 고향의 친척 형에게 보낸 이 답장에서 잘 드러난다.

정판교는 시·서예·문인화, 이 세 분야 모두에서 일가를 이뤘다. 회화 분야에선 특히 난초와 대나무를 잘 그렸다. 62세에 그린 「죽석도(竹石圖)」가 유명하다.

그의 필체 역시 꽤 독창적이다. 스스로 '육분반서(六分半書)'로 이름 붙인 필체인데, 아기자기하고 몇 퍼센트 '부족한 듯' 느껴지는 필체다. 그의 소박한 삶이나 실험적 예술관이 투영된 필체이기 때문인지 꼼꼼히 보면 매우 자연스럽다. 드문드문 생략된 획이 있음에도 전혀 부족함으로 느껴지지 않게 처리한 기교가 실로 놀랍다.

'총명하기 쉽지 않다. 어리숙하기도 또한 어렵다. 하물며 총명한 사람이 어리숙해지기는 더 어려운 법이다. 때론 한 생각 버리고 한 걸음 물러나면, 마음이 절로 편안해진다. 애써 추구하지 않아도 훗날 복이 저절로 찾아올 것이다.' 정판교는 '난득호도' 밑에 작은 글씨로 이런 짤막한 보충 설명을 함께 남겼다.

총명하면서도 어리숙하게 행동하는 이의 모습을 보면 왠지 마음이 놓인다. 속인다는 느낌보다는 겸손함이 느껴지기 때문이다.

　　　　　　　　　　　　사자성어 인물 열전

스스로 총명하다고 주장하는 사람들은 많다. 하지만 실제로는 총명하면서도 되레 어리숙하게 처신하는, 그런 진짜 인재를 찾기란 쉽지 않다. 우리에겐 낯설지만, '난득호도' 이 네 글자에 새겨진 함의도 자주 익숙해지며 살아야 하는 이유다.

과거는 잘못되었고, 지금이 옳다

작비금시(昨非今是)와 도연명(陶淵明)

*

 '굶주림이 나를 내모니, 도대체 어디로 가야 할지를 모르겠네.
걷고 또 걸어 이 마을에 이르러, 문을 두드리고 말을 더듬는다. 주
인이 내 뜻을 헤아리고, 도움 손길을 내미니 다행히 헛걸음한 것
은 아니로다'. 도연명(陶淵明, 365~427)이 만년에 지은 시 「걸식
(乞食)」의 전반부는 이렇게 참담하게 시작된다. 시의 제목부터가
그렇지만, 잘 모르는 사람에게 '갚을 기약도 없이' 부탁한 것이니
구걸 행위와 다를 것이 없었다.

 훗날 대문호 소동파는 이를 두고, "사람들이 도연명을 훌륭하
게 여기는 것은 그의 진솔함을 높이 사기 때문이다"라고 평가했
다. 공자도 제자들과 천하를 주유할 때, 때론 배를 곯았다.

 작비금시(昨非今是. 어제 작, 아닐 비, 이제 금, 옳을 시)의 앞 두
글자 '작비'는 '과거에 한 행위는 틀린 것이었다'라는 뜻이다. '금

시'는 '지금이 옳다'라는 뜻이다. 이 두 부분이 합쳐져 '과거는 그르고, 지금이 옳다'라는 의미가 만들어졌다. 각금시이작비(覺今是而昨非). '여태까지의 관료 생활은 나의 길이 아니었고, 이제라도 제대로 살아야겠다'라는 의미 흐름에서, 도연명이 고백한 이 여섯 글자 가운데 두 글자를 빼고 앞뒤 순서를 바꿨다.

도연명은 혼란스러운 동진(東晉, 317~420) 후기에 하급 관료 가정에서 태어났다. 연명(淵明)은 성인식을 치르고 받은 자(字)다. 본명은 잠(潛)이다. 어려서 부친을 여의었다. 남들처럼 그도 젊은 시절엔 입신양명을 꿈꾸었지만, 현실은 국내의 권문세족들이 각자 병력에 의지해 한 치의 양보 없이 권력을 다투는 난세 중의 난세였다.

도연명은 하급 관료로 지방을 전전하다가 40대 초반에 돌연 사직한다. 그 후 평소 꿈꾸던 전원생활을 시작했다. '밭 갈고, 시 쓰는' 일이 그의 주된 일과였다. 술을 끊지 못해 은거 후에도 거의 매일 마셨는데, 그가 자신의 '술 마시는 속사정'을 담아 읊은 '음주(飲酒)' 연작시는 꽤 유명하다

"과거 오랜 굶주림으로 고생하다가, 쟁기 내던지고 벼슬길에 나섰네. 그 무렵엔 식구들 부양조차 제대로 못 했고 늘 추위와 굶주림의 연속이었지." '음주' 연작시 제19수(首)의 이 첫 구절에서 알 수 있듯, 그가 하급 관료 생활을 시작한 29세 무렵 그의 생활 형편은 매우 곤궁했다.

도연명이 관직을 사직하던 당일의 일화는 그의 기질을 잘 보여준다. 그가 팽택(彭澤)이란 지역에서 현령 직책을 맡고 있었을 때의 에피소드다. 하루는 상부 관청에서 감독관이 내려온다는 전갈이 왔다. 이런 경우 하급 관리는 의관을 갖추고 감독관을 정중하게 맞이해야 했는데, 도연명은 그렇게 갖춰 입고 굽신거릴 마음이 전혀 없었다. "겨우 다섯 말(斗) 쌀 정도의 녹봉을 얻자고 내가 시골의 어린아이에게 허리를 굽혀 절할 순 없다." 이 말을 마치고 그는 인수(印綬)를 풀어 사직하고 고향으로 돌아갔다. 이때의 심정을 읊은 작품이 바로 서정적인 소부(小賦) 형식의 「귀거래혜사(歸去來兮辭)」다. '지금이 옳고, 과거는 그름을 알겠노라'라는 구절이 여기에 등장한다.

도연명이 왕성하게 시를 쓴 시기는 관료 생활을 그만둔 후였다. 아마도 틀에 박힌 관료 생활과 자유로운 시 창작은 병행하기가 쉽지 않았으리라. '작비금시'는 도연명 자신의 타고난 본성이 시 창작에 더 어울린다는 것을 자각했고, 그것을 고백한 것으로 해석하면 가장 무난하다.

이 '작비금시'와 관련해, 전원생활을 시작하고 약 10년 후 그의 내면세계는 대략 다음 네 가지 가운데 하나였을 것이다. 첫째, '맞아, 그때 잘 선택했어.' 둘째, '그 반대 아냐?'라고 의심하는 경우. 셋째, '지금이 맞지만, 그때도 별반 틀리지 않았어'. 끝으로, '지금이나 과거나 다 틀렸지, 뭐~'라고 비관하는 경우다.

사자성어 인물 열전

도연명은 62세에 세상을 하직했다. 그의 작품들을 읽어보면, 만년까지도 그가 전원생활 선택을 후회한 것 같진 않다. 계속 이어지는 혼란스러운 시국에 대한 우려와, 카멜레온처럼 '정치적 줄타기'를 일삼는 과거 지인들에 대한 따끔한 일침을 담은 구절이 적지 않게 발견되기 때문이다. 결국 '작비금시'는 내면 세계와의 진솔한 대화다.

솜씨를 과하게 부리다 결과를 망치다

농교성졸(弄巧成拙)과 손지미(孫知微)

북송(北宋) 멸망을 불러온 황제는 휘종(徽宗. 1082~1135)이다. 그는 누구라도 그림 실력만 뛰어나면 관료로 발탁될 수 있게 길을 터주었다. 그가 도입한 화거(畵擧) 제도는 꽤 이색적인 관료 임용 시험이었다. 기존 문과(文科)와 무과(武科)에 추가된 이 과거를 통해 회화에 재능을 가진 많은 인재들이 관료 신분으로 안정된 창작 활동을 할 수 있었다.

농교성졸(弄巧成拙. 희롱할 롱, 공교로울 교, 이룰 성, 졸할 졸), 앞 두 글자 '농교'는 '기교를 부리다'라는 뜻이다. '성졸'은 '졸렬하게 된다'라는 뜻이다. 이 두 부분이 합쳐져 '솜씨를 과하게 부리다가 오히려 엉터리 결과를 초래하다'라는 의미가 만들어졌다. 북송의 유명한 화가 손지미(孫知微)와 관련된 일화에 이 '농교성졸'이 등장한다.

사자성어 인물 열전

화가 손지미는 쓰촨(四川)성 메이저우(眉州)에서 태어났다. 고향 부근에 은거하며 평생 창작 활동에 힘썼다. 그는 젊은 시절 한 승려 화가로부터 그림을 배웠다. 그래서인지 불교나 도교 관련 그림을 그릴 때엔 목욕재계를 거르지 않았다. 자존심이 강해 높은 벼슬아치가 초청해도 병을 핑계로 응하지 않았다. 그는 회화에서 과거 기법을 그대로 답습하지 않았다. 휘종 시대에 만들어진 총 20권 분량의 회화통사(繪畵通史) 서적『선화화보(宣和畵譜)』에도 그의 작품이 다수 실려있다.

손지미가 청두(成都) 수이닝(壽寧)사 주지 스님 부탁으로 커다란「구요성군도(九曜星君圖)」를 그리던 무렵의 일화다. 일월화수목금토에 2신(神)이 추가된 '구요성군'은 인도 불교의 영향을 받아 중국 민간신앙에서 널리 숭배하던 아홉 신이다. 손지미가 윤곽선을 완성했고, 채색할 물감도 만들었고, '이제 윤곽선 안에 색칠만 하면 완성되겠구나' 생각하던 참에, 한 친구가 찾아왔다. 그는 작업을 중단하고 나가서 술을 마셔야 할 타이밍이라고 손지미에게 권했다.

손지미도 마침 목이 마르던 참이라 손에서 붓을 내려놓고 곁의 제자들에게 말한다. "이 그림은 기본 윤곽선이 이미 다 그려진 상태다. 여기 이 물감으로 착색할 일만 남았다. 이 정도라면 너희들이 마무리해도 무방할 것 같다. 난 이 친구와 나갔다가 돌아오겠다."

스승이 자리를 비우자, 제자들은 당연히 긴장이 풀렸다. 채색은

하지 않고 우선 눈앞의 미완성 「구요성군도」에 대한 솔직한 느낌을 교환하기 시작했다. 제자 가운데 동인익(童仁益)이란 이름을 가진 괴짜가 하나 있었다. 그는 잔꾀가 많고 무슨 일에서나 나서서 발언하길 좋아했다. 그런데 그가 이번에는 그림의 한 부분을 계속 바라보기만 할 뿐, 아무 말도 없었다. "동인익, 꽤 심각한 표정이네. 그림에서 무슨 문제라도 발견한 거야?" 궁금증을 참지 못하고 다른 제자가 물었다.

동인익이 대답한다. "스승께서 물병을 그릴 때면 항상 꽃 한 송이를 함께 그리셨는데 이번엔 꽃이 보이질 않아. 아마도 급히 나가시느라 물병에 꽂힌 꽃을 망각하신 것 같아. 그냥 우리가 꽃을 추가하자." 함께 있던 제자들은 반신반의하며 서로의 얼굴을 바라보았다. 그의 말에 따랐다가 낭패를 본 경험들 때문이었다. 미처 의논이 끝나기도 전에 그가 붉은 연꽃 한 송이를 물병 위에 그려 넣었다.

채색이 끝날 무렵, 손지미가 돌아왔다. 그림을 점검하던 그가 물병 위의 연꽃을 발견하고는 크게 탄식하며 말한다. "대체 누가 여기에 바보짓을 한 거냐. 만약 오류가 화사첨족(畵蛇添足)이라면 그냥 한바탕 웃고 끝내도 될 일이겠지만, 이건 '농교성졸'이 아니냐. 꽃 한 송이가 아예 전체 그림을 망가뜨렸구나." 말을 마치고 그는 그림 전체를 파기하라고 지시한다. 본래 「구요성군도」에서 물의 신을 보좌하는 동자가 쥔 물병은 물의 요괴를 제압하는 진요병(鎮妖瓶)이었다. 여기에 꽃이 추가되어, 장식용 꽃병이 되고 말았다.

'소총명(小聰明)'. '잔머리를 굴리거나 잔재주에 능하다'라는 뜻이다. 중국에서 동인익과 같은 인물을 평가할 때 자주 쓰는 세 글자다. 살면서 마지막 한 마디 추가했다가 '아차!' 하는 순간을 누구나 경험한다. 그 직전에 멈출 줄 아는 이가 진짜 거인이다.

주변에 아무도 없는 것처럼 거리낌 없이 행동하다

방약무인(傍若無人)과 형가(荊軻)

*

진시황은 키가 꽤 큰 편이었다. 약 190cm의 장신이었다는 것이 정설이다. 안하무인(眼下無人)에 누구도 못 믿는 성격인지라 친정(親政)을 시작한 후에 늘 검(劍)을 휴대하고 생활했다. 훗날 중국을 통일하고 진시황으로 등극하게 되는 영정(嬴政)은 32세이던 어느 날 평생 잊을 수 없는 일을 한 차례 경험한다. 독이 묻은 작은 칼 한 자루에 그만 목숨을 잃을 뻔한 사건이었다. 그는 연(燕)나라 태자 단(丹)이 고용한 자객 형가(荊軻)에 의해 자신의 궁정에서 소맷자락을 날카로운 비수(匕首)로 베이고 만다. 물론 그날도 영정은 긴 칼 한 자루를 허리띠에 차고 있었다.

방약무인(傍若無人. 곁 방, 같을 약, 없을 무, 사람 인)의 '방'은 '~의 곁에'라는 뜻이다. 뒤의 세 글자 '약무인'은 '마치 사람이 없는 것처럼'이란 뜻이다. 이 둘이 합쳐져 '마치 자신의 곁에 아무

사자성어 인물 열전

도 없는 것처럼 거리낌 없이 행동하고 말하는 태도'란 의미가 만들어졌다. 요즘에는 과하게 오만방자(午慢放恣)하거나 오만불손(午慢不遜)한 태도를 표현할 때 주로 쓰인다.

형가의 본래 성은 경(慶)이다. 소국 위(衛)나라에서 태어났다. 전쟁과 관련된 가족사의 슬픈 사연으로 성을 바꾸고 주로 연(燕)나라에서 생활했다. 어려서부터 독서와 검술 훈련을 좋아했다.

장성한 후, 형가는 주로 연나라 수도의 시장에서 한 개백정 친구와 함께 축(筑)이라는 현악기를 잘 연주하는 고점리(高漸離)와 어울리며 소일했다. 이 셋이 술을 마시면 고점리의 축 가락에 맞춰 두 사람이 춤을 추고 노래를 불렀다. 흥이 무르익으면 광인처럼 불시에 크게 흐느끼기도 했다. 북적이는 저잣거리지만 마치 주위에 사람이 없는 듯 자신들의 유흥 문화를 즐긴 것이다. '방약무인'이라는 사자성어가 바로 이들의 이 태도에서 유래했다.

연나라 태자 단의 요청을 받고 형가를 자객으로 추천한 이는 전광(田光)이었다. 전광은 은거하며 협객과도 왕래하는 인물이었다. 그에게는 인재를 알아보는 예리한 눈이 있었다. 그가 생각하기에 만약 대의명분만 확실하다면 형가는 영정 암살이라는 임무를 능숙하게 실행할 수 있는 인물이었다.

쌀쌀한 어느 날, 형가는 자객 임무 수행을 위해 진(秦)나라로 출발한다. 이날 형가의 행장에는 진나라에 바치겠다고 속이기 위한 지역의 지도 한 장과, 진나라 장수였다가 연나라로 망명했기에 목에 거액의 현상금이 걸린 번오기의 잘린 목이 포함되어 있었다. 13세에 첫 살인을 경험했다는 진무양(秦舞陽)이라는 풋내기 장사(壯士)도 태자 단의 추천으로 동행했다. 이 둘을 위해 태자 단은 역수(易水) 부근에서 송별 자리를 마련한다.

'바람은 소소하고 역수 물 차갑구나. 장사 한 번 가면 돌아오지 못하리.' 이날 형가는 고점리의 축 가락에 맞춰 자신의 비장한 각오를 이렇게 노래했다.

형가의 이런 각오에도 불구하고 거사는 실패로 끝나고 만다. 거사 당일, 영정에게 다가가기 직전에 조수 진무양이 겁에 질린 표정과 태도를 드러내고 말았기 때문이다. 약자의 목숨을 빼앗았던 진무양의 살인 경험과 정예 호위병들에 둘러싸인 절대권력자를 독이 묻은 짧은 칼 한 자루로 살해하는 일은 분명 다른 차원의 일이다. 평정심 유지가 쉽지 않았을 것이다.

형가는 급히 계획을 바꿔 홀로 자객 임무를 수행한다. 하지만 영정의 옷소매만 베는 데 그치고 실패했다. 형가는 현장에서 영정과 호위병들에 의해 무참하게 살해당했다. 당연히 진무양도 따로 심문을 거친 후 처형됐다. 분노한 영정은 연나라를 침공하고 멸망시킨다.

역사가 사마천은『자객열전(刺客列傳)』에서, 비록 영정 암살이 성공하진 못했지만, 형가가 품었던 뜻이 뚜렷하고 높았기에 역사에 그 이름을 남기게 된 것이라고 긍정적으로 평가했다. 일의 성패 여부보다 '품은 뜻'을 인물 평가 기준으로 삼은 것이 신선하

사자성어 인물 열전

게 다가온다. 도연명(陶淵明)도 「영형가(詠荊軻)」라는 시를 지어 형가의 혼을 위로했다. 사마천과 도연명이 형가의 행적에서 주목한 것은 '방약무인'이 아니었다. 그들 마음의 눈이 응시(凝視)한 것은 문무(文武)가 하나된 '호연지기(浩然之氣)'였다. 영웅들의 시대였다.

먼저 근심하고, 나중에 즐겨라

선우후락(先憂後樂)과 범중엄(范仲淹)

*

　악양루(岳陽樓)는 중국에서 '강남 3대 명루(名樓)' 가운데 하나
다. 다른 2개는 황학루(黃鶴樓)와 등왕각(滕王閣)이다. 악양루는
남쪽으로 둥팅(洞庭)호가 바로 내려다보이는 곳에 있다. 둥팅 호
수는 그 면적이 제주도보다 넓다.

　선우후락(先憂後樂. 먼저 선, 근심할 우, 뒤 후, 즐길 락)의 앞
두 글자 '선우'는 '먼저 근심한다'라는 뜻이다. '후락'은 '나중에
즐긴다'라는 뜻이다. 이 두 부분이 합쳐져 '근심은 세상 사람들보
다 앞서 감당하고, 즐거움은 세상 사람들보다 뒤에 누린다'란 의
미가 만들어졌다.
　'선우후락'은 '선천하지우이우, 후천하지락이락(先天下之憂而
憂, 後天下之樂而樂)', 범중엄(范仲淹. 989~1052)의 이 엄숙한
문장에서 네 글자만 취해 만들어진 사자성어다. 악양루 수리를

기념해 지은 「악양루기(岳陽樓記)」 후반부에 나오는 구절이다.

범중엄은 2세 때 부친을 여의었다. 개가한 모친의 각별한 보살핌을 받으며 성장했다. 계부의 학대도 피하고, 학업에 전념하기 위해 청소년기에 사찰에 들어갔다. 26세 때 과거에 합격하고 벼슬길에 나섰다. 북송(北宋) 4대 인종(仁宗. 1010~1063) 통치기에 마침내 부 재상직에 올라 정치개혁을 단행했다. 이 개혁이 바로 경력신정(慶曆新政)이다.

비록 개혁은 채 2년도 지속되지 못했지만, 한 세대 뒤에 왕안석의 신법(新法)으로 이어진다. 범중엄은 지방 관료로 전전하다가 63세에 병사했다. 정치적 부침에도 불구하고 인종은 시종일관 범중엄을 위해 세심하게 배려했다. 여러 신진 관료와 후학들도 언행이 일치했던 그의 삶을 사대부의 모범으로 여기고 흠모했다.

범중엄은 고위 관료로 승진한 후에도 검소한 생활을 실천했다. 주로 죽으로 식사했다. 집의 반찬은 소금에 절인 나물 위주였다. '나물을 씹으면 궁상각치우(宮商角徵羽) 악보가 귀에 울린다'라는 위트 넘치는 문장을 남기기도 했다.

범중엄이 사찰에서 학업에 정진하던 청소년기의 한 일화가 꽤 인상 깊다. 당시 그는 매일 저녁 두 홉의 노란 좁쌀(粟)로 죽을 끓였다. 다음 날 굳으면 4등분하고 하루 두 끼니만 먹었다. 한 친구가 안쓰러워 그에게 돈을 건넸지만 거절했다. 그가 닭고기와 어류 소재의 요리를 보내주고 나중에 확인하니 곰팡이가 핀 상태였다.

친구가 화를 내자 범중엄은 말한다. "이 고기들을 먹으면, 다신 죽과 절인 채소를 먹을 수 없을 것 같아 입안에 넣지를 못했어."

젊은 시절 하루는, 범중엄이 한 관상가(觀相家)를 찾았다. "내가 훗날 재상이 될 수 있겠소?" 관상가가 부정적으로 대답했다. "그럼, 의원은 될 수 있겠소?" 관상가가 괴이하게 여기고 반문한다. "재상이 될 수 있는가를 묻더니, 무슨 의원 타령이요?"

범중엄이 대답한다. "재상이 되고자 함은 고통에서 백성을 구하고 싶기 때문이오. 그게 어렵다니 백성을 병마에서라도 구해주고 싶소." 관상가가 다시 예언한다. "당신은 재상의 재목입니다!" 왜 조금 전과 평가가 다르냐고 묻자, 관상가가 대답한다. "관상의 으뜸은 얼굴이 아니라 마음을 보는 것입니다. 당신이 품은 큰 뜻은 재상이 되고도 남습니다."

범중엄이 '경력신정'에 이런저런 관료 제도 개혁도 포함했기에 정적이 더 많았다. '관직은 강등과 승진을 분명하게 한다. 과거제도를 엄격히 시행한다. 각 주의 장관을 신중히 고른다. 조정은 명령을 신중히 하달한다. 등등', 모두 상식적인 내용들이다. 당시 사회가 개혁을 통해 일소하지 않으면 안 될 정도로 상당히 부패한 상황이었음을 우리가 짐작할 수 있다.

그래서인지 '선우후락'은 동료 관료들에게 건넨 쓴소리이자 후학들을 향한 업무 태도 가이드라인으로도 읽힌다. 의미를 따져보면, 누구라도 쉽지 않다는 그 지행합일(知行合一)을 전제하고 있어 더욱 매섭다.

사자성어 인물 열전

무우물급(無愚勿及). 범중엄이 지인들에게 자주 건넨 조언 가운데 하나다. 공부 많이 하되, 벼슬만은 자신의 무지와 어리석음이 노출되는 지위까지 높아지면 안 된다는 뜻이다.

알고 있는 것과 행동하는 것이 같게 하라

지행합일(知行合一)과 왕양명(王陽明)

*

"이 순간, 내 마음 이처럼 맑은데(光明) 무슨 말이 더 필요하겠는가." 양명학(陽明學) 창시자 왕양명(王陽明. 1472~1529)은 임종 직전 제자에게 이 짧고 명료한 말을 남겼다.

'지행합일(知行合一. 알 지, 다닐 행, 합할 합, 한 일)', 앞 두 글자 '지행'은 '앎과 행동'이다. '합일'은 '하나가 되다'란 뜻이다. 이 두 부분이 합쳐져 대략 '앎과 실천이 하나가 돼야 한다'라는 의미가 만들어졌다. 신유학(Neo-Confucianism) 사상가 왕양명이 실천의 중요성을 따로 강조하기 위해 제자들에게 가르친 핵심 내용 가운데 하나였다.

왕양명은 저장(浙江)성의 한 지식인 가정에서 태어났다. 이름은 수인(守仁)이지만, 그가 머물던 산자락 촌락 이름을 따른 호(

號) '양명'으로 주로 불렀다.

왕양명이 태어날 무렵, 조모가 태몽을 꿨다. 오색찬란한 구름을 탄 신선이 아이를 건네는 꿈이었다. 조부는 이름을 운(雲)으로 지었다. 분명 언어 장애인은 아니었으나, 5세가 될 때까지 일절 말을 하지 않았다. '이름에 태몽을 누설했기 때문'이라는 한 스님의 조언을 참고해 조부는 수인으로 그의 이름을 바꾼다. 개명하고 얼마 지나지 않아, 조부가 즐기던 시를 처음부터 끝까지 틀리지 않고 암송해 사람들을 놀라게 했다.

성장기에 왕양명의 관심은 한 곳에 머무르지 않았다. 어린 학동 시절엔 그를 총애하던 조부의 슬하에서 유교 경전과 시문(詩文)을 익혔다. 조숙하고 활달한 그는 15세 무렵 어린 하인 둘과 불쑥 집을 떠나 북쪽 국경 지역을 답사하기도 했다. 16세에는 집 근처 대나무를 1주일 동안 쉬지 않고 관찰하다가 혼절한 일도 있었다. 성리학(性理學) 창시자 주희(朱熹)의 '격물치지설(格物致知說)'을 확인하려는 그의 첫 시도였다.

왕양명은 17세에 부친 친구의 딸과 혼인했다. 혼인 당일에 처가 인근에 거주하는 한 도교 도사(道士)와 대화 삼매경에 빠져 다음 날 새벽에야 귀가한 일화는 꽤 유명하다. 큰 키에 엉뚱한 기질이 다분하던 그가 청년이 되자 학업에 정진하더니 28세에 진사가 됐다.

암군 주후조(朱厚照)의 통치기가 시작된 이후 그의 벼슬길은 순탄치 못했다. 환관 유근(劉瑾)과 정면으로 대립하여 대중 앞에서 곤장 40대를 맞은 일도 있었다. 시련이 계속됐지만 군사 분야에서도 능력을 발휘해 토비(土匪)들을 토벌하기도 하고, 왕족의 반란을 신속히 진압하기도 했다.

주된 관심사였던 유교 철학 분야에선 큰 성취를 이뤘다. 귀양살이나 다름 없던 귀저우(貴州)성의 롱창역(龍場驛) 역승(驛丞)으로 재임하던 시절, 그는 훗날 양명학 또는 심학(心學)으로 명명되는 신유학 철학 체계의 틀을 마련한다.

그에겐 깨우친 것들을 뒤로 미루지 않고 다른 지식인들과 논쟁하며 바로 검증하는 습관이 있었다. 소크라테스처럼 그도 제자들과 소탈하게 대화하는 방식을 선호했다.

하루는 남대길(南大吉)이라는 이름을 가진 호탕한 성격의 지방 관료가 그에게 질문한다. "제가 업무를 처리할 때 잘못이 큽니다. 그런데 스승께선 그것에 대해 왜 한마디 말씀도 없으십니까?" 왕양명이 되물었다. "대체 어떤 잘못을 말하는 것인가?" 대길의 이런저런 설명을 듣고 그가 입을 열었다. "나는 네게 그것을 이미 말했다." 대길이 놀라 묻는다. "무엇을 말입니까?" 그가 반문했다. "그럼 내가 말하지도 않았는데, 어떻게 그것이 잘못인지 알았는가?" 대길이 짧게 대답했다. "양지(良知)로써 압니다." 왕양명은 비로소 미소를 지으며 대화를 마무리한다. "그 '양지'가 바로 내가 늘 강학했던 것 아닌가?" 대길이 인사하고 길을 떠났다.

여기에서 말하는 '양지'는 요즘 기준으론 '선악(善惡)에 대한 타고난 인식과 분별'을 의미한다. 왕양명은 관료 겸 유교 철학자로서 스스로 지행합일의 경지를 선보이고 57세에 세상을 떴다. 제자들이 스승의 말을 기록한 『전습록(傳習錄)』이 전해지고 있다.

지행합일. 쉬운 네 글자가 아니다. 현실에서 '언행일치'로 칭송받는 삶을 지속하기도 수월하지 않다. 왕양명이 강조한 지행합일의 삶은 과연 어떤 경지에 이르러야 가능할까.

실패해도 회복하여 다시 돌아오다

권토중래(捲土重來)와 두목(杜牧)

*

항우(項羽)는 '해하(垓下) 전투'에서 유방(劉邦)에게 크게 패배한 후 계속 쫓기다가 우장(烏江)강 변에서 최후를 맞이했다. 사실, 이곳에서 배를 타고 그대로 창장(長江)을 건너기만 하면 항우의 근거지였다. 그러나 그는 '서둘러 배에 올라 후일을 도모하라'는 주변의 조언을 따르는 대신, 장렬하게 싸우다가 자결하는 선택을 한다. 이미 전사한 병사들 부모를 뵐 낯이 없다는 것이 이유였다. 항우의 나이 30세를 갓 넘긴 무렵의 일이다.

당시 중국 땅 전체를 손에 넣었다가 자결했으니, 누가 봐도 아쉬움이 남는 최후였다. 훗날 이곳을 찾은 많은 문인이 시 또는 문장을 지어 항우의 넋을 위로했다.

권토중래(捲土重來. 말 권, 흙 토, 거듭 중, 올 래)의 '권토'는 '땅을 말다, 즉 많은 병력이 흙먼지를 일으키며 신속히 전진하다'

사자성어 인물 열전

란 뜻이다. '중래'는 '다시 돌아오다'란 뜻이다. 이 두 부분이 합쳐져 '처절하게 실패했지만, 다시 세력을 회복하여 돌아오다'란 의미가 만들어졌다.

'어차피 전투에서의 승패는 예측할 수 없으니(勝敗兵家事不期), 지더라도 수치를 안고 부끄러움을 이겨내야 대장부라네(包羞忍恥是男兒). 강동 땅에 뛰어난 젊은이 많았으니(江東子弟多才俊), 항우가 권토중래했다면 최후 승자를 그 누구도 알 수 없었으리라(捲土重來未可知).'

당(唐. 618~907)나라 시인 두목(杜牧. 803~852)의 「제오강정(題烏江亭)」, 이 마지막 구절에서 유래했다. 동산재기(東山再起)와 사회복연(死灰復燃)이 비슷한 의미로 쓰인다.

두목은 당나라 말기 명문가에서 태어났다. 게다가 뭇 여인의 시선을 끄는 매력적인 외모를 가진 청년으로 성장했으며, 25세엔 진사(進士) 시험에도 합격했다. 성격은 강직하고 작은 일에 얽매이길 싫어했다. 자(字)는 목지(牧之), 호는 번천(樊川)이다.

그가 이처럼 고위 관료로 승진할 수 있는 여러 유리한 조건을 갖췄으나, 당나라 말기 조정은 꽤 어수선했다. 우승유를 중심으로 뭉친 신진 세력과 이덕무 중심의 권문세족이 힘을 겨루다가 차츰 이전투구로 치달은 '우이당쟁(牛李黨爭)'이 한창이었다. 국력은 해가 갈수록 약해졌고, 두목은 자신의 앞날도 짙은 안개 속을 걷는 것과 같다고 느꼈다.

그의 시풍은 두보(杜甫. 712~770)와 비슷하다. 과거에 합격하지 못해 생계가 불안정했고 '안녹산의 난'까지 겪은 두보처럼 불우한 처지는 아니었다. 하지만 두목도 국운이 쇠하고 망국의 조짐이 뚜렷한 당나라 말기를 고뇌하는 지식인 관료로 살았다. 서로 다른 시대를 살았지만, 두목의 내면세계가 두보와 대동소이했을 것으로 우리가 짐작해 볼 수 있다. 두보를 염두에 두고, 두목을 소두(小杜)로 칭하기도 한다.

두목은 49세로 일찍 생을 마감했다. 그는 죽음을 앞두고 자신의 묘비명(墓碑銘)을 남긴 것으로도 유명하다. 죽음을 앞두고 꾸었던 기이한 꿈들을 묘비명에 상세히 묘사해 꽤 흥미롭다. 공포감에 사로잡힌 자신의 심리를, 있는 그대로 기록해 후대에 남기려는 그의 진지한 태도가 느껴지기도 한다. 이렇게 허세와는 거리를 둔 삶을 살았으면서도, 죽음을 예감한 후 무슨 이유에서인지 이 미남 천재 시인은 자신의 작품 일부를 불태워 없앴다.

'bouncing back stronger'는 '권토중래'의 의역이다. 아무래도 문인이 남긴 말이라면 한 번 더 생각하게 된다. 「강남춘(江南春)」, 「석춘(惜春)」 등 지금까지 전해지는 그의 여러 작품과 함께 읽어보면, 기울어가는 조국의 현실을 극적으로 회생시킬 어떤 계기를 소망하는 마음을 「제오강정」의 한 구절에 담은 것으로 해석할 수 있다.

어떤 일을 의욕적으로 추진하여 일정한 성취에 이르렀다가, 갑자기 큰 실패를 맛볼 수 있다. 바로 그 '땅이 꺼지는 것 같은' 순간에 '권토중래'의 이미지를 한번 떠올려보는 것도 조금은 힘이 될 수 있지 않을까.

어쩌면 기발한 아이디어나 돌파구가 스쳐 갈 가능성도 있다. 좌절하거나 재기를 쉽게 포기하는 것을 경계하는 말 가운데 이 네 글자보다 더 기세등등하긴 쉽지 않기 때문이다.

마지못해 황제로 등극하다

황포가신(黃袍加身)과 조광윤(趙匡胤)

*

당나라가 멸망하고, 전쟁과 정변이 끊이지 않던 오대십국(伍代十國) 시대가 열렸다. 그러나 이 혼란기도 마침내 수습의 기미가 보이기 시작했다. 술에 만취해 잠들었다가 어리둥절한 채로 송(宋)나라를 건국한 조광윤(趙匡胤. 927~976)의 리더십 덕분이었다.

사자성어 황포가신(黃袍加身. 누를 황, 도포 포, 더할 가, 몸 신)의 '황포'는 '황색 곤룡포'다. '가신'은 '옷을 몸에 걸치다'란 뜻이다. 이 두 부분이 합쳐져 '황포를 몸에 두르다, 즉 정변(政變)을 통해 황제로 등극하다'란 의미가 만들어졌다. 탁월한 무장이던 조광윤은 외적의 침략에 맞서기 위해 대군을 이끌고 출병했다. 수도를 떠난 다음 날 새벽, 부하 장수들이 강제로 황포를 입혀주자, 그는 숙취 상태에서 마지못해 쿠데타를 일으켰다. '황포가신'은

사자성어 인물 열전

이 일을 기록한 '송사(宋史)'에서 유래했다.

조광윤은 무인 집안에서 출생했다. 지혜로운 모친 두(杜) 씨의 엄격한 훈육을 받으며 문무를 겸비한 청년으로 성장했다. 건장한 체격에 창술, 봉술 등 무술 실력이 뛰어나 군주의 총애를 받는 젊은 장수였다. 스스로 권법을 창시할 정도로 상체 몸놀림이 민첩했고, 발로 공을 다루는 기량도 뛰어났다.

조광윤의 나이 27세 때, 그가 모시던 시영(柴榮)이 후주(後周)의 2대 황제로 즉위했다. 시영은 매우 탁월한 리더였다. 그러나 중국 통일을 목표로 동분서주하다가 갑자기 병에 걸려 37세에 사망한다.

조광윤의 송나라 개국은 엄밀하게 평가하면, '진교병변(陳橋兵變)'이란 군사 정변을 거친 것이었다. 시영의 8살짜리 아들인 황제를 무력으로 위협하고 선양의 형식으로 황제 자리에 올랐기 때문이다. 놀랍게도 조광윤은 이 과정에서 무력 충돌을 자제했고, 시영의 후손들을 적극 보호했다.

'시씨의 후손은 죄가 있어도 벌을 주지 말라. 심지어 역모의 죄를 짓더라도 그냥 옥중에서 자결하게 해주고, 저잣거리에서 공개 처형하지 말라. 죄와 벌을 그의 친인척에게 연좌해서도 안 된다.' 조광윤이 돌에 새겨 후계자들에게 전한 석각유훈(石刻遺訓) 가운데 첫 당부다. 요절한 리더 시영을 향한 그의 복잡한 마음을 우리가 충분히 짐작할 수 있다.

33세에 송나라를 개국한 조광윤은 약 10년에 걸친 군사 활동 끝에 중국 북부를 거의 통일했다. 내부적으론 과거제도를 보강했다. 최종 시험에 직접 참관하는 등 관료 선발 과정의 부패 방지에도 힘썼다.

문치(文治)를 향한 그의 집념은 여기에서 그치지 않았다. '자신과 뜻이 맞지 않더라도, 사대부를 죽여서는 안 된다.' '석각유훈'의 한 문장이다. 간결하지만, 불가사의한 힘을 가진 문구가 아닐 수 없다. 송나라에서 문인들이 마음껏 저술하고 소신 있게 정치에 참여할 수 있었던 기초가 바로 이 한 문장에서 나왔기 때문이다.

조광윤의 일생에 모친이 끼친 영향은 매우 컸다. 모친 두 씨는 고관의 아내였음에도 사치를 삼갔고 늘 겸손한 태도로 사람들을 대했다. 안타깝게도 조광윤은 황제에 오른 이듬해에 모친과 사별했다.

모친을 잃은 34세에 조광윤은 큰 결단을 하나 내린다. 훗날 '배주석병권(杯酒釋兵權)'으로 알려지는 조치를 단행한 것이다. 하루는 연회에서 진심을 담은 연설을 한 후, 개국 공신들의 병권을 한꺼번에 회수하겠다는 의지를 표명한다. 누구도 예상치 못한 실로 전광석화와 같은 조치였다.

연회에 참석한 장수들은 그의 대안 제시에 모두 동의하고 병권을 순순히 내놓는다. 내용은 쿠데타 예방을 위한 긴장감 넘치는 권력투쟁이지만, 꽤 신선하고 설득력도 갖춘 형식이었기에 역사 드라마의 소재로 자주 등장한다.

사자성어 인물 열전

조광윤은 49세에 갑자기 병에 걸렸다. 병에 걸리고 얼마 되지 않아 세상을 하직했다. 그의 제위를 아들이 아닌 동생이 계승했기에 독살설 등 여러 의혹이 존재한다.

난세를 치세로 바꾼 송 태조(太祖) 조광윤의 삶 전체를 '경륜(經綸)'이라는 키워드 하나로 요약해 볼 수 있지 않을까 싶다. 준비가 충분히 안 된 상태에서 젊은 나이에 리더로 부상해도, 만약 들뜨지 않고 시대적 소명에 집중하면 탁월한 지도력의 발휘가 얼마든지 가능하다는 것을 알 수 있기 때문이다.

권세에 기대어 사람을 속이다

호가호위(狐假虎威)와 유향(劉向)

*

"하루는 호랑이가 사냥에 나섰다가 여우 한 마리를 포획했습니다. 그런데 그 여우는 호랑이에게 자신을 잡아먹으면 안 된다고 말합니다. 천제(天帝)께서 자신을 백수(百獸)의 대장으로 삼았으며, 만약 잡아먹으면 하늘의 명을 거역하는 것이라고 했습니다. 혹시 거짓말로 의심되거든, 앞장서 걸어볼 테니 뒤를 따라오며 관찰하라고 여우가 말합니다."

『전국책(戰國策)』에서, 책사 강을(江乙)이 초나라 왕에게 재상 소해휼의 위세와 명성에 대해 쉽게 설명하는 에피소드의 일부다. 마치 이솝처럼 문학적 재능이 풍부했던 유향(劉向. 기원전 77~기원전 6)은 이처럼 상상력을 자극하는 대화체를 적극 활용했다.

호가호위(狐假虎威. 여우 호, 거짓 가, 범 호, 위엄 위)의 앞 두 글자 '호가'는 '여우가 거짓으로 속이다'란 뜻이다. '호위'는 '호

사자성어 인물 열전

랑이의 위엄'이다. 이 두 부분이 합쳐져 '여우가 범의 무서움에 기대어, 동물들이 자신을 두려워하는 것처럼 꾸미다'란 의미가 만들어졌다.

'호가호위'는 전한(前漢) 말기에 유향이 저술한 『전국책』에서 유래했다. 『전국책』은 전쟁이 끊이지 않던 중국 전국(戰國)시대 책사들의 유세(遊說) 클라이맥스(climax) 장면 모음집으로 볼 수 있다. 죽간, 서적 등 궁정 기록물의 보관소 수장이던 유향은 과거 책사들이 '세 치 혀'로 상대를 제압하던 그 결정적 순간들을 모아 한 권에 담았다.

삼인성호(三人成虎), 순망치한(脣亡齒寒) 등 익숙한 사자성어들이 『전국책』에 가득하다. 이 가운데 '호가호위' 관련 페이지는 유향의 생애와 관련이 깊어 더 눈길을 끈다.

관료 겸 저술가 유향의 본명은 갱생(更生)이다. 한나라를 건국한 유방(劉邦)의 이복동생 집안에서 태어난 황족(皇族)이었다. 성장하면서 독서에 열중했고, 품행도 단정했기에 20대 초반부터 관료 생활을 시작했다. 그의 성격은 상당히 진취적이었다. 여러 방면에 관심이 많아 관료 생활 초기에 이런저런 시행착오가 많았다.

그는 도교의 영향을 받아 연금술에 심취했는데, 관료가 된 이후 첫 번째 '호가호위' 관련 위기의 원인이 되고 만다. 하루는 무슨 자신감이 솟구쳤는지 전설에나 등장하는 연금술사를 '호가호위'하며, 화학적으로 금을 제조할 수 있다고 정식으로 황제에게 보고했다. 당연히 결과를 보여주지 못했고, 처형당할 위기에 처한다. 친형의 적극적인 노력 덕분에 감형(減刑)받고, 한직이지만 관료로 복직할 수 있었다.

관료 생활에서 두 번째 '호가호위' 관련 위기는 그가 환관과 외척의 전횡을 성토하는 상소를 준비하던 도중에 찾아왔다. 사전에 비밀이 누설됐는지, 상소를 완성하기도 전에 오히려 역공을 당해 그는 다시 감옥에 갇히고 만다. 다행히 유향이 40대 중반일 때, 성제(成帝)가 새로운 황제로 즉위했다. 이 전환기에 석방되어 관료로 복귀한 유향은 이름을 향(向)으로 바꾼다.

사실, 그의 중년기 이후는 성제의 외척인 왕(王)씨 일족이 '호가호위'를 일삼던 망국 직전의 혼란기였다. 그러나 이름까지 바꾼 유향은 이미 고질병으로 굳어진 한나라의 '호가호위' 정국에 이전과 다르게 처신한다. 민감하게 반응하는 대신, 여성들의 전기(biography) 『열녀전(列女傳)』, 『고사집(故事集)』, 『신서(新序)』, 『설화집(說話集)』, 『설원(說苑)』 집필 등 왕성한 저술 활동에 집중했다. 이후 집필과 무난한 관료 생활을 병행하다가, 향년 71세에 세상을 하직했다.

'권세에 기대어 사람을 속이다'란 의미가 있는 '장세기인(仗勢欺人)'이 '호가호위'의 유의어로 쓰인다. 의미가 비슷한 서양 표현으로, '사자 가죽을 뒤집어쓴 나귀(An ass in a lion's skin.)'가 있다.

사자성어 인물 열전

동서고금에 '스스로는 힘이 없으면서도 누군가의 권위를 이용해, 위세 또는 허세를 부리는 경우'가 적지 않다. 물론, 무시하는 것도 이런 위협과 현혹에 대처하는 현명한 방법의 하나가 될 수 있다. 그러나 잠재적 위험은 그대로다. 그래서 사람들은 이런 어수선한 상황이 전개될 때마다, 나서서 상황을 정돈할 현명한 호랑이의 등장을 늘 기대하는지도 모른다.

하루는 장자가 꿈을 꾸었다. 너무 생생한 장면들이었다. 자신이 나비가 되어 허공을 자유롭게 떠다니는 그런 내용이었다. 꿈이 깨고 장자는 의심한다. '나비도 수면을 취하긴 하니까 꿈도 꾸겠지. 그렇다면 거꾸로 지금, 이 현실은 혹시 나비의 꿈 속 세계가 아닐까?' 깨달음의 순간이었다. 『장자』 「내편(內篇)」의 「제물론(齊物論)」에 우화(寓話) 형식으로 기록되어 있다.

:

장자는 구체적인 이슈를 두고 유가(儒家)든 명가(名家)든 누군가와 논쟁을 펼쳤다.

일부 우화에서 비유가 과하거나 괴이한 것을 빼곤 그를 솜씨 좋은 소설가로 볼 수도 있다. 「인간세(人間世)」, 「소요유(逍遙游)」 등 자신의 글 속에서 전무후무한 판타지 초현실 세계와 현실 사이를 장자는 깃털처럼 가볍게 왕래한다.

VII

나비가
되어
자유롭게
날다

달이 차면 기운다

월만즉휴(月滿則虧)와 조설근(曹雪芹)

*

소설에서 작가는 자신이 창조한 등장인물을 통해 관심을 끄는 이야기를 독자에게 생생하게 전달할 수 있다. 짧은 분량의 시(詩)와 달리 소설은 필사를 통한 보급에 애를 먹곤 했다. 한 편에 꽤 많은 문자가 동원되기 때문이다. 과거, 인쇄술이 발전하기 이전에 소설이 유행하기 어려웠다.

조설근(曹雪芹. 1715~1763)의 대하소설 『홍루몽(紅樓夢)』은 요즘에도 꾸준히 읽히고 있다. 이 작품만을 전문적으로 연구하는 소위 '홍학(紅學)'도 있다. 마르셀 프루스트(1871~1922)의 소설 『잃어버린 시간을 찾아서』와 비교되곤 한다.

월만즉휴(月滿則虧. 달 월, 찰 만, 곧 즉, 이지러질 휴)의 '월만'은 '달 모양이 둥글게 된다'란 뜻이다. '즉'은 '~하면 곧'이고, '휴'는 '이지러지다, 여기서는 둥근 보름달이 다시 초승달 모양으로

사자성어 인물 열전

변해간다'란 뜻이다. 따라서 '월만즉휴'는 '달이 차면 기운다, 즉 무슨 일이든 성하면 반드시 쇠한다'란 의미다.

화가 겸 소설가 조설근은 난징(南京)의 넉넉한 한족(漢族) 가정에서 태어났다. 증조모가 강희제(康熙帝)의 유모를 지냈다. 이 인연으로 조부는 강희제 통치기에 황제에게 납품하는 견직물을 관장하는 강녕직조(江寧織造)를 지냈다. 옹정제(雍正帝)가 즉위하고, 조설근이 사춘기에 들어섰을 무렵 가문이 갑자기 몰락했다. 이후 조설근은 수도 베이징 교외로 이사해 성장했다.

이후 그는 평생 가난하게 생활하며 훗날 『홍루몽』으로 세상에 널리 알려지게 되는 80회 분량의 『석두기(石頭記)』를 창작한다. 그는 살아생전에 『석두기』를 완성하지 못했다. 그의 사후에 한 출판업자의 기획을 거쳐 작품이 다듬어지고 후반부도 완성됐다. 여기에 『홍루몽』이란 새로운 제목이 붙여졌다.

안타깝게도 조설근은 인기 작가 지위와 영광을 전혀 누리지 못했다. 그림을 팔아 생계를 유지하다가 48세로 일찍 세상을 떴다.

120회에 달하는 대작 『홍루몽』은 중국 각지에서 크게 유행했다. 지식인 집안에는 대부분 한 질씩 꽂혀있을 정도였고, 많은 젊은이가 삽화가 포함된 이 신선한 느낌의 소설을 애독했다.

『홍루몽』은 청춘 남녀의 사랑과 혼인이 큰 줄기다. 도표를 만들어 따로 정리해야 할 정도로 등장인물이 많다. 『홍루몽』의 인물마다 실제 모델이 존재했을 가능성이 높다. 조설근 자신의 경험을 바탕으로 한 작품이기 때문이다. 많은 인물이 등장하지만, 허점이 별로 발견되지 않는 이유다.

황제의 총애를 받는 귀족 가문이 세속의 온갖 영화를 누리다가 결국 몰락하는 것도 『홍루몽』 서사(敍事)의 한 축이다. 청나라 귀족 가문의 흥망성쇠가 빼곡히 묘사되어 있다. 세부 묘사가 사회학 자료에 가깝다. 『삼국지연의』, 『수호전』, 『서유기』 등과 달리 세밀한 심리 묘사가 특히 돋보인다.

시야를 확장하면, 중국 근대화의 필연성을 예고하는 작품으로 읽히기도 한다. 자극적인 사건보다 세상사의 자연스러운 이치와 흐름에 의지하는 이야기 전개가 개연성 있게 다가온다. 새로운 유형의 지식인이었던 조설근의 탁월한 작가적 역량 덕분에, 시공을 초월해 청나라 귀족 가정에 초대받은 느낌까지 든다.

이 작품을 읽으면, '월만즉휴' 이 네 글자가 떠오른다. 『홍루몽』한 등장인물의 대사에도 나온다. '월만즉휴'는 '물이 가득 차면 넘친다'는 '수만즉일(水滿則溢)'과 한 쌍으로 쓰이는 경우가 많다. 주역(周易) '풍(豊)' 괘의 '일중즉측(日中則昃), 월영즉식(月盈則食)'도 비슷한 쓰임이다.

여전히 우리가 소설을 읽는 이유는 뭘까? 방황하는 청년기엔 심오한 지혜와 철학에 다가가는 한 경로로 여겨질 수도 있다.

내면세계 탐험에 대해 한 작가는 이런 진솔한 문장을 남겼다. '지혜란 우리가 그냥 얻을 수 있는 게 아니다. 누구도 대신 가줄 수 없는 여정을 거쳐, 누구도 대신할 수 없는 노력을 통해 스스로 발견해야만 한다.'

나비가 되어 자유롭게 날다

장주지몽(莊周之夢)과 장자(莊子)

*

상선약수(上善若水). 약수터 명칭이 아니다. 노자(老子)는 인생의 끝자락 즈음, '물처럼 살았다면 더 좋았을 것을!'. 이 간단한 결론에 도달했다. 봄이 나무라면, 여름은 불이다. 물은 겨울을 상징한다.

노자는 약 5천 자 분량의 『도덕경(道德經)』을 남긴 것으로 전해지고 있다. '물소의 등에 걸터앉은' 삽화 등 신비로운 분위기를 물씬 풍기는 인물이다. 어쩌면 노자는 신화와 역사의 경계에 영원히 머물지도 모른다. 그의 젊은 시절이나 생몰(生沒) 연대를 아직 확정하지 못하고 있기 때문이다.

노자는 도가(道家) 사상의 발제문(presentation statement)만 남기고 속세에서 홀연히 자취를 감추었다. 그로부터 약 200년 후 장자(莊子)가 혜성처럼 등장한다. 본명은 장주(莊周), 초(楚)나라 귀족 출신이다. 사연이 있어 초나라를 떠나 송(宋)나라 등 이국을 떠돌았다. 그의 생애는 경제적으로도 궁핍했다. 때론 끼니를 잇기도 어려웠다. 장자는 실존 인물이다. 근대화 이전 중국에서 단순히 문장력이라면 장자와 맹자를 으뜸으로 꼽는다.

장주지몽(莊周之夢. 장할 장, 두루 주, 어조사 지, 꿈 몽), 앞 두 글자 '장주'는 '장자의 이름'이다. '지몽'은 '~의 꿈'을 뜻한다. 이 두 부분이 합쳐져 '장자의 꿈'이란 의미가 만들어졌다. 이 사자성어는 장자가 꾼 꿈에서 유래했다. 장주지몽을 호접지몽(胡蝶之夢)으로 쓰기도 한다. '호접'은 '호랑나비'의 한자어다. 호접지몽을 세 글자로 '호접몽(胡蝶夢)'으로도 쓴다.

하루는 장자가 꿈꾸었다. 너무 생생한 장면들이었다. 자신이 나비가 되어 허공을 자유롭게 떠다니는 그런 내용이었다. 꿈이 깨고 장자는 의심한다. '나비도 수면을 취하긴 하니까 꿈도 꾸겠지. 그렇다면 거꾸로 지금, 이 현실은 혹시 나비의 꿈 속 세계가 아닐까?' 깨달음의 순간이었다. 『장자』「내편(內篇)」의 「제물론(齊物論)」에 우화(寓話) 형식으로 기록되어 있다.

약 10만 자 분량의 『장자』는 「내편」·「외편(外篇)」·「잡편(雜篇)」으로 구성된다. 이 가운데 「내편」은 장자의 저술이고, 「외편」은 장자와 제자의 공저다. 「잡편」은 후세 사람들이 편집한 것으로 본다. 장자는 구체적인 이슈를 두고 유가(儒家)든 명가(名家)든 누군가와 논쟁을 펼쳤다.

일부 우화에서 비유가 과하거나 괴이한 것을 빼곤 그를 솜씨 좋

사자성어 인물 열전

은 소설가로 볼 수도 있다. '인간세(人間世), 소요유(逍遙游) 등 자신의 글 속에서 전무후무한 판타지 초현실 세계와 현실 사이를 장자는 깃털처럼 가볍게 왕래한다.

수학자들은 '안 보이는 세계'를 보는 재주를 갖고 있다. 그들은 육안으로 볼 수 없는 세계를 수월하게 왕래한다. 심지어 '각각 어디쯤이고, 서로 어느 정도 떨어진 거리일까'를 암산으로 얼추 짐작한다. 과거에 이런 경지까지는 오직 수학자만이 해낼 수 있었다. 요즘은 컴퓨터가 눈 깜짝할 사이에 마무리해 보여준다.

장자의 '호접지몽' 우화에는 수학적 요소도 적지 않다. 예를 들어 장자가 꿈꾸기 전의 일상을 기준으로 삼으면 우리가 늘 목격하는 이 세상이 '실수(實數)의 세계'다. 나비가 꿈꾸기 전의 그 세계를 기준으로 삼으면 우리의 이 일상이야말로 허수(虛數)의 세계일 수 있다. 우주의 눈으로 보면 음양(陰陽)의 기호만 바뀌는 셈이다. 수학과 철학, 그리고 문학의 절묘한 교집합 텍스트 사례다.

철학자 장자는 『도덕경』을 통해 노자와 대화하며 깊이 깨우친 바가 있었다. 따르는 제자들에게 이 깨달음을 더 쉽게 설명하고 싶었지만, 방법이 막막했다. 장자가 이론보다 우화에 집중한 이유다. 직관에 기반한 지혜 전수의 한 특징이기도 하다.

노자는 물소를 타고 미개간지의 밭을 쟁기질했다. 장자는 나비가 되어 구만리 장천(長天)을 날며 씨를 뿌렸다. 지금 시대에도 이 동방불패의 '무위(無爲) 사상'은 동양적 사유의 튼실한 한 축으로 꾸준히 성장하고 있다.

서양에는 기원전 323년 사망한 디오게네스가 있다. 플라톤의 고급 침실에 들어가 자신의 맨발에 잔뜩 묻은 흙을 닦았다는 이 '노숙(露宿) 철학자'에게도 필요한 것은 많지 않았다. 장자가 남긴 우화와 디오게네스가 남긴 일화는 '초월(超越)과 놀라움'에서 서로 맥이 통한다.

하늘과 땅처럼 영원히 지속되다

천장지구(天長地久)와 백거이(白居易)

*

『젊은 베르테르의 슬픔』과 『파우스트』로 유명한 독일의 문호(文豪) 괴테(Goethe. 1749~1832)는 20대에 프랑스에서 유학 생활을 했다. 귀국 후 여러 직업에 종사하며, 프랑스 혁명과 나폴레옹 시대까지 요동치는 전환기의 유럽을 경험했다. 격동의 시대였다. 이에 동요하지 않고, 꾸준히 앞으로 나아간 그의 문학적 성취가 꽤 놀랍다. 그는 베토벤, 쇼펜하우어 등과 직접 교류했다. 조선의 정조, 다산 정약용 등과 동시대 인물이다.

천장지구(天長地久. 하늘 천, 길 장, 땅 지, 오랠 구)의 앞 두 글자 '천장'은 '하늘의 영원성'을 뜻한다. '지구'는 '땅의 지속성'을 뜻한다. 이 두 부분이 합쳐져 '천장지구'는 '하늘과 땅의 장구한 시간처럼 변함이 없이 지속되다'란 의미가 만들어졌다. 반대말은 일조일석(一朝一夕)이다.

노자(老子) 『도덕경』 제7장의 첫 4글자에서 유래했다. 대략 '천지는 영원히 계속된다. 천지가 이처럼 영원무궁할 수 있는 것은 스스로 살려고 애쓰지 않기 때문이다. 바로 이 덕분에 오래 지속될 수 있다.'라는 대목의 첫 문장이다.

백거이(白居易. 772~846)가 35세에 쓴 장편 서사시 「장한가(長恨歌)」에 이 '천장지구'가 등장해 더 유명해졌다. '장구한 저 하늘과 땅도 결국 사라지는 날이 오겠지만, 이 한(恨)은 면면히 이어지며 영원히 계속되리라'. 당나라 현종과 양귀비의 애절한 사랑을 다룬 '장한가'는 이렇게 마무리된다.

백거이는 당(唐)나라의 시인 겸 정치가다. 괴테처럼 백거이도 전쟁, 지방 좌천 등 어수선한 외부 환경에는 크게 흔들리지 않았다. 평생 창작에 몰두하며 타고난 재능을 활짝 꽃피웠다. 그는 주로 시작(詩作)에 힘썼다. 현재 3,800여 수(首)가 전해지고 있다. 부침이 전혀 없진 않았으나 근본에 충실하며 관료 생활도 오래 했다.

청소년 시절, 이미 머리카락이 새하얗게 변할 정도로 학습했던 백거이는 29세에 진사과에 합격하고 32세에 황제 친시(親試)에 합격했다. 형부상서(刑部尙書)를 마지막으로 71세에 은퇴하고, 74세에 자신의 글을 모아 『백씨문집(白氏文集)』 75권을 완성했다. 이듬해 75세에 세상을 떴다.

'하고 싶지만, 할 수 없는 것, 할 수 있지만 하고 싶지 않은 것'.

괴테는 이렇게 인생의 희극적 속성을 개괄해 비망록에 기록했다. 하지만 논리적으로 보면, '하고 싶지도 않고 할 수도 없는 것, 할 수 있고 하고 싶기도 한 것'. 이 두 가지 순탄한 선택 상황도 존재한다. 백거이의 경우가 이러했다. 그의 관료 생활이 순조롭고 창작 활동도 왕성할 수 있었던 비결이다.

고집과 욕심을 경계하고 대체로 절제하면 순탄할 수 있는 것이 직장 생활이다. 반면, 최고의 경지를 끊임없이 추구해야만 하는 것이 창작 세계다. 이 두 영역을 그는 지혜롭게 구별했다. 특히 '할 수 있고 하고 싶기도 한' 시(詩) 영역에서 그는 촌음을 아껴가며 일로매진했다.

백거이는 일단 시를 완성하면 평범한 시골 노파에게 읽어주며 그녀가 이해할 때까지 퇴고한 일화로도 유명하다. 그는 난해하지 않은 시풍(詩風)을 추구했다. 그의 시가 중국 초중고 교과서에도 실리고, 한중일 3국에서 오늘날까지 꾸준히 사랑받는 이유다. 백거이는 사람 사귐에 있어 신분에 얽매이지 않았다. 유(儒)·불(佛)·선(仙)에도 두루 밝았다.

시인 가운데 이성(異性)과의 사랑에 쉽게 빠져드는 경우가 있다. 백거이가 깊은 우정을 나눈 시인 원진(元稹)이 이런 경우였다. 원진은 12세 연상의 여류 시인 설도(薛濤)와 깊은 사랑에 빠졌다. 두 시인이 주고받은 연애 시는 지금도 꽤 회자한다. 괴테도 첫사랑을 포함해 여러 여인과 평생 사랑을 나누었다.

백거이도 사랑에 휩쓸리곤 했다. 하지만 그는 사랑의 대상이 조금 달랐다. 직장에서의 승진 경쟁에 연연하길 그만둔 중년 이후, 백거이는 동시대 평범한 서민들 모두와 깊은 사랑에 빠졌다. 우정과 인류애(人類愛)에 근접한 사랑이었다. 노자처럼 일찌감치 근대 지성인의 정신세계를 오가며 유유자적했던 출중한 인물이었을 것으로 추정해 볼 수 있다. '천장지구', 이 예사롭지 않은 네 글자가 일찌감치 그의 시 '장한가'에 등장한 것도 우연만은 아닐 것이다.

사자성어 인물 열전

사실에 근거하여 바름을 추구하다

실사구시(實事求是)와 단옥재(段玉裁)

*

여러 경로를 통해 서양의 과학 수준을 이미 알아챈 청나라 고증학(考證學)은 송나라 성리학이나 명나라 시기에 탄생한 양명학과 차이가 꽤 뚜렷하다. 당시 고증학자들 사이에 '뭔가를 정의할때, 반드시 관련 증거를 토대로 해야 한다'라든가 '증거를 감추거나 고의로 비트는 방식은 비도덕적이다'와 같은 묵계와 공감대가 강했다. 조선 후기에 등장한 실학(實學)에서 중시하는 원칙들과 맥이 통한다. 즉 객관성을 중시하고 실증에 힘썼다.

사자성어 '실사구시(實事求是. 열매 실, 일 사, 구할 구, 바를시)'의 앞 두 글자 '실사'는 '허구가 아닌 실제 사실'이다. '구시'는 '바름을 추구하다, 즉 옳고 그름을 판단한다'란 뜻이다. 이 두 부분이 합쳐져 '실제 증거를 바탕으로, 진위를 판단하다'란 의미가 만들어졌다. 한나라 역사가 반고(班固. 32~92)의 『한서(漢書)』에서 유래했으나, 대진(戴震), 단옥재(段玉裁. 1735~1815) 등으로 대표되던 고증학 전성기에 '실사구시'란 표현이 자주 등장한다.

최근에는 '어떤 일을 처리할 때 실제 사실에 근거해야 하고, 과장하거나 축소해서는 안 된다'란 의미로 주로 쓰인다. 유의어는 각답실지(脚踏實地)다. 탁상공론(卓上空論), 공론무실(空論無實) 등이 반대말이다.

단옥재는 청나라 전성기였던 건륭제(乾隆帝) 통치기에 성장하고 활동했다. 그는 지식인 가정에서 태어났다. 13세에 일찌감치 국립학교 입학시험에 합격하고 생원(生員)이 됐다. 25세에는 향시(鄕試)에 급제하고 거인(擧人)이 됐다. 그러나 3년에 한 차례 치러지는 회시(會試)에서 몇 차례 쓴맛을 본 후, 생계를 위해 그는 35세부터 지방에서 관료 생활을 시작한다. 당시, 거인 신분이면 지방 관료로는 진출할 수 있었기 때문이다. 이 무렵 그는 퇴근 후나 여가 시간을 활용해『육서음균표(六書音均表)』를 저술했다.

47세에 그의 일상에 큰 변화가 생긴다. 관료 생활에서 별로 보람을 느끼지 못하던 단옥재는 사직하고 쑤저우(蘇州)에 정착했다. 12살 연상이던 스승 대진을 만난 후부터 그가 꾸준히 관심을 가져온 음운학(音韻學) 연구와 저술 활동에 매진하기 위해서였다.

이후 그는 베이징에 잠시 머물며 훈고학(訓詁學) 전문가 왕념손(王念孫), 왕인지(王引之) 등과 깊이 교류하기도 한다. 58세에 다시 쑤저우로 돌아온 그는 허신(許愼)의『설문해자(說文解字)』

에 주석(註釋)을 추가하는 큰 프로젝트에 본격 착수했다.

그는 『설문해자』 관련 최고 저술로 인정받는 『설문해자주(說文解字註)』를 1807년에 마침내 완성한다. 이때 그의 나이 72세였다. 『설문해자주』의 초고로 볼 수 있는 『설문해자독(說文解字讀)』 집필부터 계산한다면 약 31년이 오롯이 투입된 결과였다. 이 긴 세월을 그는 홀로 이 프로젝트 하나에 집중해 언어학적으로 큰 성취를 후세에 남겼다.

평소 병에 시달리기는 했으나 단옥재는 장수했다. 자신의 역작 『설문해자주』가 인쇄되어 세상에 보급되는 장면까지 지켜본 후, 향년 81세로 편안히 눈을 감았다.

훗날 자성(字聖)으로까지 칭해지는 허신이 동한(東漢) 시기에 저술한 『설문해자』는 제대로 된 중국 최초의 자전(字典)이다. 540개 부수를 뼈대로 삼아, 총 9,353자 소전(小篆)체 한자의 뜻, 형태, 발음 등에 대해 나름 일목요연한 설명이 실려있다. 『설문해자』를 집필할 당시, 허신은 참고 자료 부족 등 이런저런 어려움을 겪었다. '실사구시'라는 확고한 원칙에 따라 단옥재는 유물 발굴 자료 미비와 같은 허신의 시대적 한계를 메꾸고 충실한 주석을 달아 보완하려 애썼다.

누군가 '실사구시' 정신으로 살아가려 애쓴다면, 굳이 리더가 아니더라도 의미가 있는 삶의 여정으로 귀결될 가능성이 매우 높다. 다만 '실사'와 '구시' 가운데 어느 쪽에 방점을 찍느냐에 따라, 그 성취의 결은 조금 달라질 수도 있을 것 같다.

영문도 모른 채 남을 따라 하다

수폐전견(隨吠前犬)과 이탁오(李卓吾)

*

수폐전견(隨吠前犬. 따를 수, 짖을 폐, 앞 전, 개 견)의 '수폐'는 '따라 짖는다'란 뜻이다. '전견'은 '앞의 개, 또는 먼저 짖는 개'다. 이 둘이 합쳐져 '개들이 먼저 짖는 개를 따라 짖는다'라는 의미가 만들어졌다. 영문도 모르고 남을 따라 하는 경우를 비웃을 때 주로 쓰인다.

'수폐전견'은 명나라 사상가 이탁오(李卓吾. 1527~1602)가 50대 중반에 자신의 지난 인생을 되돌아보며 반성한 글에서 유래했다.

'나는 어려서부터 공자의 가르침이 담긴 책을 읽었으나, 그 가르침을 온전히 이해하진 못했다. 공자를 존경했지만 왜 존경할 만한 인물인지 몰랐다. 왜소증(dwarfism) 환자가 겨우 사람들 가랑이 높이에서 공연을 보다가, 사람들이 재미있다고 말하면 덩달아 반응하는 경우와 같았다. 50세 이전까지 난 진짜 한 마리 개에 불과했다. 앞에 있는 개가 짖으면 나도 따라 짖었다. 그리고 간혹 누군가가 나에게 짖는 이유를 물으면, 언어장애인처럼 어색한 웃음으로 상황을 모면하곤 했다.'

유교 지식인 계층의 위선을 하나하나 날카롭게 지적한 것으로 유명한 이탁오는 푸젠(福建)성에서 태어났다. 본명은 이지(李贄)고, 탁오는 그의 호(號)다. 어려서 모친과 사별했고, 서당에서 글을 가르치던 부친의 사랑을 받으며 성장한다. 조숙하여, 공자(孔子)가 농민을 '소인(小人)'이라고 발언한 것에 대해 비판하는 글을 12세에 짓기도 했다.

사색을 즐겼으나 과거시험을 위한 고리타분한 학업도 절대 소홀하지 않았다. 26세에 향시(鄉試)에 급제하고 거인(擧人)이 됐다. 이어 30세부터 54세까지 순탄하게 관료 생활을 했다.

이탁오의 '인생 2막'은 우연이나 수동적인 것이 아니었다. 그는 55세에 갑자기 관료 생활을 그만두고 자신의 인생을 철저하게 성찰하기 시작한다. 이 성찰의 결과, 그는 자신의 관료 인생이 '수폐전견'이었다는 것을 깨달았다. 이후 그는 가족을 고향으로 보내고 후베이(湖北)성 소재의 지불원(芝佛院)에 홀로 머문다. 생각을 더 다듬어 본격적으로 저술 활동에 전념하기 위해서였다.

이 시기에 쓰인 그의 저서 가운데 『분서(焚書)』가 꽤 유명하다. 그가 굳이 '이 책을 불태워라.'라는 자극적인 제목으로 결정한 이유는 복잡하지 않다. 책의 내용 가운데 많은 분량이 동시대 유교 지식인들의 반(反)지성적 사고와 행실을 신랄하게 폭로하고 꾸짖고 개탄하는 내용이다. 만약 그들이 자신의 책을 읽게 되면 크게 분노하여 죽이려 들 것으로 그는 염려했다.

61세에 그는 삭발했다. 외모로만 살펴보면 틀림없는 스님이었다. 머리를 삭발한 후 그는 더욱 사색과 저술에 몰두하여, 약 10년에 걸쳐 『속분서(續焚書)』, 『장서(藏書)』, 『속장서(續藏書)』 등 시대를 앞선 탁월한 저서를 완성한다. 『장서』는 사마천의 『사기(史記)』 못지않은 대작이다. 역사 속 여러 인물에 대한 이탁오의 이런저런 평가도 빼곡히 담겨 있다.

그는 왕양명(王陽明. 1472~1529)이 창시한 '양명학' 계보의 지식인으로 분류되고 있다. 그의 사상은 과거제(科擧制)의 폐해를 지적하는 것에 초점이 맞춰져 있다. 맹자, 심지어 공자로부터 직접 가르침을 받은 제자들조차 이탁오의 비판에서 예외가 될 수 없었다. 지금 기준으론 보편적인 상식이지만, 당시 기준으론 이단이였다. 옥에 갇혔다가, 옥중에서 자결했다. 그의 나이 75세 때의 일이다.

그는 문학 이론 분야에선 '동심설(童心說)'을 주장했다. 특히 글을 쓸 때, '진심(眞心)'을 드러내어 써야 하고 마음에 없는 내용을 적으면 안 된다고 강조했다. 그가 말하는 '진심'은 어린아이의 때 묻지 않은, 그런 청정한 본래 마음이다.

최근 불특정 다수의 생각을 마치 자신의 고유한 생각인 것으로 오인하는 경우가 늘고 있다. 혹시 '수폐전견'을 떠올리면 이 위험에서 벗어날 수 있을까? 임시방편은 될 수도 있겠다. 최선책은 아무래도 인문학을 가까이하며 수시로 성찰하는 방식이 아닐까 싶다. 습관이 되면, 체계적으로 오류를 치유하는 든든한 버팀목이 될 수 있다.

사방에서 들리는 초나라의 노랫소리

사면초가(四面楚歌)와 항우(項羽)

*

제갈량(諸葛亮)의 저서로 알려진 『장원(將苑)』의 '장재(將材)' 편에선 장수를 9가지 유형으로 나눴다. 인장(仁將), 의장(義將), 예장(禮將), 지장(智將), 신장(信將), 보장(步將), 기장(騎將), 맹장(猛將), 대장(大將), 이 가운데 항우(項羽. 기원전 232~기원전 202)는 과연 어디에 속할까?

사면초가(四面楚歌. 넉 사, 얼굴 면, 초나라 초, 노래 가)의 '사면'은 '동서남북, 즉 모든 방향'이다. '초가'는 '초나라 노래'다.

진시황의 통일 이전을 기준으로, 항우는 초나라 지역 출신이다. 항우가 직접 통솔하던 정예병 가운데 당연히 초나라 출신들이 많았다. 유방(劉邦), 한신(韓信) 등이 이끄는 병력에 포위당했을 때, 고립된 그 작은 성의 사방에서 심야에 초나라 곡조의 노래가 들려왔다. '해하(垓下) 전투'에서 대패한 후 도망쳐온 약 2

사자성어 인물 열전

만 병사들은 고향의 가족을 그리워하기 시작한다. 심리전이 효과를 발휘한 것이다. '사면초가'는 바로 이 상황에서 유래했다. '몹시 어려운 일을 당해 빠져나갈 방법이 거의 없는 상황'을 표현할 때 주로 쓰인다.

항우는 초나라 고위 관료 가정에서 태어났다. 그의 본명은 적(籍)이고, 우(羽)는 자다. 명장(名將)이던 그의 할아버지는 진(秦)나라의 침략에 맞서다가 패배해 자결했다. 위태위태하던 초나라도 결국 멸망했다. 항우의 나이 9살쯤의 일이다.

이후, 그는 집안의 기둥 역할을 떠맡게 된 숙부 항량(項梁)의 보호를 받으며 성장했다. 일찍 사별했을 것으로 추정되는 부친의 행적은 전해지지 않고 있다. 성인이 됐을 때, 항우의 키는 약 185cm 이상이었다. 그뿐만 아니라 근육질 체형이라 힘이 장사였다.

22세부터 30세까지, 항우의 행적은 그 자체가 중국 역사다. 특히 전반부 4년의 활약상은 매우 통쾌하다.

22세에 진시황의 '5차 순행' 행렬을 멀리서 선망하는 마음으로 구경했다. 그해 여름 진시황은 사망한다. 23세에 '진승·오광의 난'이 발생하고, 항량을 따라 그도 진나라를 무너뜨리기 위해 거병했다.

항량이 초기에 전사했지만, 별동대를 이끌던 24세의 젊은 장수 항우는 연전연승(連戰連勝)하며 초나라 부흥 세력의 실력자로 부상한다. 초고속 성장이었다. 25세에 '거록(巨鹿) 전투'에서 크게 승리하고 진나라를 공격하던 모든 세력을 좌지우지할 수 있는 위치에까지 올랐다.

26세에 제후 연합군 약 40만 병력을 이끌고 마침내 진나라 수도에 입성했다. 진나라 마지막 황제를 살해한 후, 자신을 '서초(西楚) 패왕'으로 칭하고는 중국을 19개 지역으로 나누어 자기 뜻대로 분봉(分封)했다.

이 시기부터 그의 한계가 드러나기 시작한다. 준비가 덜 된 상태로 일인자가 되고 보니, 바로 위기가 닥쳤다. 공교롭게도 그의 강력한 맞수 유방은 꽤 능수능란한 중년이었다.

시야를 조금 넓혀보면, '사면초가'는 이 무렵 이미 시작되고 있었다. 장량(張良), 진평(陳平) 등 유방 진영의 참모들은 항우가 자신과 친척 이외에는 불신한다는 약점을 집요하게 공략했다. 이 시기 항우는 유능한 참모였던 범증(范增)을 의심하다가 결국 헤어진다. 유방 참모들의 반간계(反間計)에 제대로 당한 것이다.

이후 항우는 홀로 모든 중대사를 결정해야 하는 곤궁한 처지가 됐다. 그러다가 결국 경쟁자 유방 진영에게 겹겹이 포위되어 '사면초가'를 듣는 신세가 됐다.

마지막 순간까지도 항우는 위풍당당한 강골(強骨) 리더였다. 어렵게 손에 넣었던 당시 중국 전체를 유방에게 넘기고, 칼로 목을 찔러 자결했다. 이때 그의 나이는 겨우 30세였다.

역사가 사마천(司馬遷), 시인 두목(杜牧), 문장가 소동파(蘇東坡) 등 훗날 많은 이들이 이 젊은 영웅의 최후를 아쉬워했다. 누

사자성어 인물 열전

군가 곁에서 유연한 의사결정이 가능하도록 이 열혈남아를 보좌했다면, 그렇게 허망하게 중도에서 꺾이는 비운(悲運)을 피할 수 있었을 것이다.

정신을 똑똑히 차려도, 한 개인의 지혜와 역량에는 한계가 있다고들 말한다. 이 세상에 완벽한 사람은 있을 수 없다. 항우의 명마(名馬) 오추마(烏騅馬)에 날개가 없었던 것처럼.

가난하더라도 즐겁게 살다

안빈낙도(安貧樂道)와 원헌(原憲)

*

젊은 시절 육체노동을 경험한 공자(孔子)의 빈부관(貧富觀)은 명쾌하다. 부유한 삶에 대한 동경은 인간 본능 가운데 하나다. 다만, 우연이든 경쟁을 거친 것이든 부자(富者)가 된 자는 교만(驕慢)을 경계할 필요가 있다.

중산층에서 이미 많이 멀어진 빈자(貧者)는 매일매일 즐거운 마음으로 생활하면 그만이다. 그 자체로 그냥 행복에 가깝기 때문이다. 게다가 미니멀리즘, 즉 '홀홀 털어버리고 나서 얻는 것'이 훨씬 더 클 수 있다.

공자는 이렇게 가난을 부끄러워하거나 두려워하지 않으면서 길다면 길지만 또 짧다면 짧은 삶을 이어갈 수 있는 길을 제시했다. 단순하지만 현명한 조언이다. 그래서 더 실용적으로 느껴지는 것인지도 모른다. '3대(代)까지 이어지는 부자가 드물다'란 말도 있다.

사자성어 인물 열전

안빈낙도(安貧樂道. 편안할 안, 가난할 빈, 즐길 락, 도리 도)의 '안빈'은 '가난이 별로 불편하지 않다'라는 뜻이다. '낙도'는 '도(道), 즉 세상의 바른 이치에 대한 사색과 탐구적 실천을 즐기다'란 뜻이다. 이 두 부분이 합쳐져 '설령 살림살이가 빈궁(貧窮)하더라도 즐거운 마음으로 도에 집중하다'라는 의미가 만들어졌다. 『논어』「옹야(雍也)」편에서 유래했다.

'안빈낙도' 가르침과 어울리는 삶을 살았던 제자로는 안회(顏回)가 으뜸이지만, 원헌(原憲)도 이에 못지않다. 안회는 안타깝게 요절해 공자가 '하늘이 나를 버렸다'라며 애통해했다는 그 제자다. 원헌은 '원헌이 질문했다'로 시작하는 『논어』「헌문(憲問)」편에 등장하는 제자다.

공자는 원헌을 아끼고 신임했다. 공자가 노(魯)나라에서 잠시 사구(司寇) 직책을 맡았을 때의 일이다. 원헌에게 가재(家宰) 임무를 맡기면서 상당히 높은 녹봉을 제안했다. 원헌은 완강히 사양한다. 그저 스승을 돕기 위한 마음에서 기꺼이 떠맡은 지위였기 때문이다.

이때 공자는 원헌에게 한 번 더 권한다. 만약 정말로 녹봉이 필요가 없다면, 일단 받고 주변의 딱한 이들에게 나눠주면 된다며 설득했다. 이 일화에서도 우리는 원헌의 평소 처신이나 사람됨을 짐작해 볼 수 있다.

이와는 대조적으로 자공(子貢)은 다재다능(多才多能)했다. 상업 활동에도 어둡지 않아 윤택한 삶을 살았다. 그는 공자와 제자들이 고생하며 외국을 떠돌던 시기에도 재정적 문제라면 늘 앞장서 해결하는 수완가였다.

공자 사후에, 사방으로 흩어진 제자들이 간혹 재회하는 일이 있었다. 하루는 노(魯)나라에서 가난하게 사는 원헌의 집을 위(衛)나라에서 높은 벼슬을 하며 부유하게 살던 자공이 방문했다. 도착해보니 원헌의 집에 이르는 골목은 너무 좁았다. 어쩔 수 없이 자공은 큰길에 마차를 세우고 걸어서 원헌의 집으로 향했다. 원헌이 곧 허물어질 것만 같은 작은 집 앞에 서서 그를 영접했다. 비록 예의에 어긋나지 않게 갖춰 입기는 했으나, 자세히 보니 원헌의 옷은 낡았고 신발도 뒤축이 아예 없었다.

자공이 원헌의 행색을 보고 걱정하며 먼저 말을 건넨다. "대체 어쩌다가 이렇게 병에 걸리셨습니까?" 이 말을 받아 원헌이 바로 응수한다. "재물이 없는 것은 가난이고, 배우고도 실천하지 못하는 것은 병(病)이라고 저는 들었습니다. 보시다시피 저는 가난한 것이지, 병에 걸린 것은 아닙니다." 이 말의 함의(含意)를 알아들었기에 자공은 부끄러운 마음이 절로 들었다.

동서고금에 가난으로 인한 스트레스는 상상을 초월한다. 누군가 물질적으로 궁핍하게 되면 자신의 모든 불행을 가난 탓으로 돌리기 쉽다. 그러나 가난을 부끄러워하는 것은 또 다른 문제들을 낳는다. 공자는 '조촐한 먹거리와 해진 옷을 부끄러워하거나 심지어 감추려 하는 이를 멀리하라'라는 취지로 말한 적이 있다.

안빈낙도. 실천이 꽤 어려운 네 글자다. 무엇보다, '안빈낙도'에 대한 해석이나 기준이 시대에 따라 달라질 수 있다. 하지만 만약 진정한 안빈낙도의 삶을 '가난을 부끄러워하지 않는' 그런 경지로 해석하면, 그야말로 최고의 경지가 아닐까 싶다. 조금 불편한 삶이겠지만 말이다.

어쩌면 공자는 안빈낙도의 삶이 얼마나 어렵고 높은 수준의 삶인지를 몸소 충분히 겪어 잘 알고 있었을 것이다.

많은 것을 취하되, 간략하게 거둬라

만취일수(萬取一收)와 사공도(司空圖)

*

만약 능숙한 시인이라면, 다채로운 자연이나 일상의 이런저런 순간을 단 하나의 어휘나 문장으로 응축할 수 있을 것이다. 중국의 시학(詩學) 용어 가운데 '함축'은 바로 이 기교를 말한다.

이번 사자성어는 만취일수(萬取一收. 일만 만, 가질 취, 한 일, 거둘 수)다. 앞 두 글자 '만취'는 '만 가지를 취하다, 즉 세상 만물의 변화와 모이고 흩어지는 규칙을 세밀히 관찰하다'란 뜻이다. '일수'는 '하나로, 즉 최대한 간략히 거두어들이다'란 뜻이다. 이 두 부분이 합쳐져 '뭔가를 세밀히 관찰하거나 충분히 사색한 후, 가장 함축적인 표현으로 개괄하다'란 의미가 만들어졌다.

'만취일수'는 중국 시인 겸 미학자(美學者) 사공도(司空圖. 837~908)의 『이십사시품(二十四詩品)』에서 유래했다. 『이십사시품』에서 사공도는 '함축'의 정의를 '천심취산(淺深聚散), 만취일수(萬取一收)'로 마무리한다. 비슷한 표현으로 이소총다(以少总多)가 쓰인다.

　사공도는 당나라 말기에 지식인 가정에서 태어났다. 자(字)는 표성(表聖)이다. 33세에 진사과(進士科)에 급제하고 관료 생활을 시작했다. 순조롭게 관료 생활과 시작 활동을 병행했으나, 43세에 '황소의 난'이 발생했다. 상황이 계속 악화하더니 반란군 세력에 의해 수도 창안(長安)이 함락되는 지경에 이르자, 그도 서둘러 고향으로 피난했다.

　이후 매우 어수선한 시절이 계속됐고, 50대 초반부터는 주로 은거하며 생활했다. 당나라 마지막 황제 애제(哀帝)가 살해됐다는 소식을 접한 후, 곡기를 끊고 향년 72세로 세상을 떴다.

　그의 시풍은 비교적 담백하다. '중추(中秋)' 등 주로 자연에 둘러싸여 은거하는 생활의 소소한 즐거움을 노래한 시를 남겼다. 송나라 문장가 소식(蘇軾)은 그의 시에 대해 '전쟁이 많은 시기에 살았는데도 오히려 작품이 고아하고 태평성세의 분위기마저 느껴진다.'라고 호평했다. 청나라 시인 왕사정(王士禎)도 그의 시를 높이 평가했다.

　사공도는 『이십사시품』 저술 등 시론(詩論)에도 밝았고, 높은 경지의 저술을 남겼다. 즉 요즘 기준으론 평론(評論)과 비평 분야에서 매우 높은 수준에 도달했다.

　시를 넘어, 문인화(文人畵) 영역에서도 자주 언급되는 『이십사시품』의 원래 제목은 그냥 『시품(詩品)』이었다. 웅혼(雄渾), 충담(沖澹), 섬농(纖穠), 침착(沈着), 고고(高古), 전아(典雅), 세련(洗鍊), 경건(勁健), 기려(綺麗), 자연(自然), 함축 등 24개 소제목에 짤막한 설명을 운문 형식으로 기록하였기에, 훗날 제목 앞에 숫자 24가 추가되어 『이십사시품』으로 세상에 널리 알려졌다.

『이십사시품』 가운데 두 번째에 배치된 '충담'은 도연명(陶淵明)의 작품에서 느낄 수 있는 '고요하고 깨끗한' 분위기를 말한다. '고고'는 '고상하고 예스러운' 분위기, '경건'은 '굳세고 강건한' 분위기를 말한다.

이처럼 사공도는 문인들이 시 창작과 평론에 참고할 수 있도록 다채로운 의경(意境)과 풍격을 마치 한 편 시처럼 개괄해 제시했다. 주관적인 소제목들 하나하나를 일종의 질문으로 가정하고서, 이어지는 설명을 읽어보면 흥미로운 체험을 하게 된다. 놀랍게도 머릿속에 따로따로 선명히 구별되는 이미지가 그려지기 때문이다.

여덟 글자씩 여섯 묶음인 운문 형식이라 낯설지만, 일부 인상적인 문구들은 기억에 꽤 오래 머문다. 어쩌면 바로 이 특징이 소제목을 빼고 총 1,152자로 이루어진 『이십사시품』의 쓰임이요 숨은 매력이 아닐까 싶다.

이 강점을 극대화하기 위해 『이십사시품』과 그림을 결합한 서화첩(書畵帖) 형식도 꾸준히 제작됐다. 조선 후기에 정선(鄭敾)이 그림을 그리고 이광사(李匡師)가 글씨를 쓴 「이십사시품서화첩」이 유명하다.

사자성어 인물 열전

순간적 충동을 추진력으로 삼아 작품을 빚어내는 창작 영역과 상대적으로 차분한 비평 영역은 다를 수밖에 없다. 비평은 아무래도 분석 영역이고 냉철함이 필수다.

　『이십사시품』을 다른 이의 저술로 보는 견해도 존재한다. 사공도가 다른 재능이 요구되는 영역을 절묘하게 결합했기 때문일 수 있다. 비록 한 시인의 내면에서 일어난 기적이지만, 다름의 공존은 늘 신선한 자극으로 다가온다.

흔하고 미미한 보잘것없는 존재

구우일모(九牛一毛)와 사마천(司馬遷)

*

과거 중국에서 시행되던 궁형(宮刑)은 남성의 생식기를 제거하는 형벌이었다. 이 형벌을 선고받으면 많은 죄수가 미련 없이 죽음을 선택했다. 차라리 죽음이 더 낫다고 판단했기 때문이다. 불의의 사고로 신체 일부를 잃은 개인은 타인들이 상상하는 것보다 훨씬 더 깊게 마음까지 병든다고 한다. 심리학적 실험을 통해서도 확인된 사실이다.

구우일모(九牛一毛. 아홉 구, 소 우, 한 일, 털 모)의 앞 두 글자 '구우'는 '아홉 마리 소'다. '일모'는 '털 한 올'이다. 이 두 부분이 합쳐져 '아홉 마리나 되는 소 가운데 겨우 털 한 가닥'이란 의미가 만들어졌다. '넓은 바다 가운데 좁쌀 한 알'을 뜻하는 '창해일속(滄海一粟)'과 함께 '매우 적음'을 비유하는 표현이다.

사자성어 인물 열전

사마천은 한(漢)나라의 역사가다. 특이하게 그의 초상화엔 수염이 없다.『사기(史記)』집필을 겸하며 순탄하게 고관 벼슬을 하던 40대 중반에 민감한 사건에 연루되어, 궁형을 선고받고 고환을 제거당했기 때문이다.

동양의 헤로도토스(기원전 484~기원전 425)로 칭해지기도 하는 사마천(司馬遷. 기원전 145~기원전 90)은 사관 집안에서 태어났다. 천문, 달력, 기록 등을 담당하는 고위 관료인 태사령(太史令) 신분이던 부친의 권유로 20대 초반에 중국 각지를 답사하며 역사가의 자질을 키웠다. 35세에 부친을 여의었고, 3년 후 태사령 지위에 올랐다.

사마천은 42세부터 부친의 유언을 받들어 역사서 편찬에 본격 착수했다. 그가 죽음 대신 궁형을 선택한 것은 이미 착수한『사기』저술 임무를 완성하기 위함이었다.

'내가 죽는 선택을 한다고 해봐야 아홉 마리 소 가운데 고작 털한 올이 없어지는 그런 일에 불과할 걸세.' 궁형을 선택할 때의 참담한 심경을 사마천은 친구에게 보내는 편지에 이렇게 적었다. '구우일모'는 여기에서 유래했다.

『사기』집필과 관련해 사마천은 세 번의 큰 결단을 내렸다. 첫째, 42세에『사기』집필에 착수했다. 둘째,『사기』를 완성하기 위해 47세에 죽음 대신 궁형을 선택했다. 셋째, 역사서『춘추(春秋)』를 저술한 공자의 서술 방식이나 유교 이데올로기에 자신을 가두지 않았다. 그는『사기』를 집필하면서 노자의 도교 사상을 적극 수용했다. 기록된 여러 인물과 관련 일화들도 천편일률적이지 않다. 내용과 형식 모두 딱딱하지 않도록 배려했다. 덕분에 요즘에도 고전에 관심을 가진 독자들의 필독서로 꼽힌다.

『사기』의 「열전(列傳)」엔 무려 500명 이상의 인물이 등장하지만 단조롭지 않고 무척 입체적인 느낌을 준다. 고대 중국의 문장가, 학자, 정치인, 무인, 자객과 협객, 해학가, 관료, 상인 등 시대를 풍미한 인물들의 일화가 주된 내용이다. 분량도 『사기』 전체의 반 이상을 차지한다.

'바른 것을 북돋우기 위해 '열전'을 짓는다. 즉, 재능이 뛰어나거나 자신에게 주어진 때를 잃지 않거나 천하에 공명을 이루어가는 이들을 위해 썼다.' 사마천이 직접 요약한 '열전' 저술의 취지다.

그는 자신이 겪은 모든 수모와 세상의 부조리를 『사기』에 투영하며 남은 삶의 의미를 찾고자 했다. 그가 부당한 억압에 저항하고 결국 통쾌하게 복수까지 하는 인물들을 많이 다루고 부각한 이유다. 가능하면 권문세가보다 약자를 적극 옹호했다.

"이것이 내 죄인가! 이것이 내 죄인가! 몸이 훼손되어 이제 쓸모가 없게 되고 말았구나." 사마천은 궁형이 집행된 직후 이렇게 하늘을 향해 절규했다. 『사기』를 집필하며 그는 '창자가 하루에도 아홉 번 뒤틀리는(腸—日而九回)' 육체적 고통을 견뎌야만 했다. 여름철엔 악취를 풍겨 가족들도 그와 거리를 뒀다.

내면과의 치열하고 고독한 전투를 마친 대(大) 역사가의 위엄이란 바로 이런 걸까. 『사기』 어디를 읽어봐도 분위기나 필체에서 패배자라는 자의식을 발견하기 어렵다. 비이성적 전횡을 휘두르던 권력에 의해 신체의 중요한 한 부분을 제거당하거나 죽어야 하는 갈림길에서, 그는 '구우일모'의 길을 선택하지 않았다. 일관된 의지로 『사기』를 완성하고 청사(靑史)에 미명(美名)을 남겼다. 놀랍고 왠지 위안도 된다.

사자성어 색인

사자성어 인물 열전

초판1쇄 인쇄 2025년 12월 08일
초판1쇄 발행 2025년 12월 15일

지은이 홍장호
감수자 황광수

펴낸이 최병윤
펴낸곳 운곡서원
출판등록 2013년 7월 24일 제2024-000064호
주소 서울시 은평구 증산로21가길 11-11, 103호
전화 02-334-4045
팩스 02-334-4046

종이 일문지업
인쇄 이든미디어

ISBN 979-11-94116-21-9 03820
가격 19,000원